류에
햄
치세
"조금 급한 일……
고향으로 돌아가기 위해
여행하고 있어요."
백수, 마왕의 모습으로 이세계에
가끔은 치트인 유유자적 여행
10

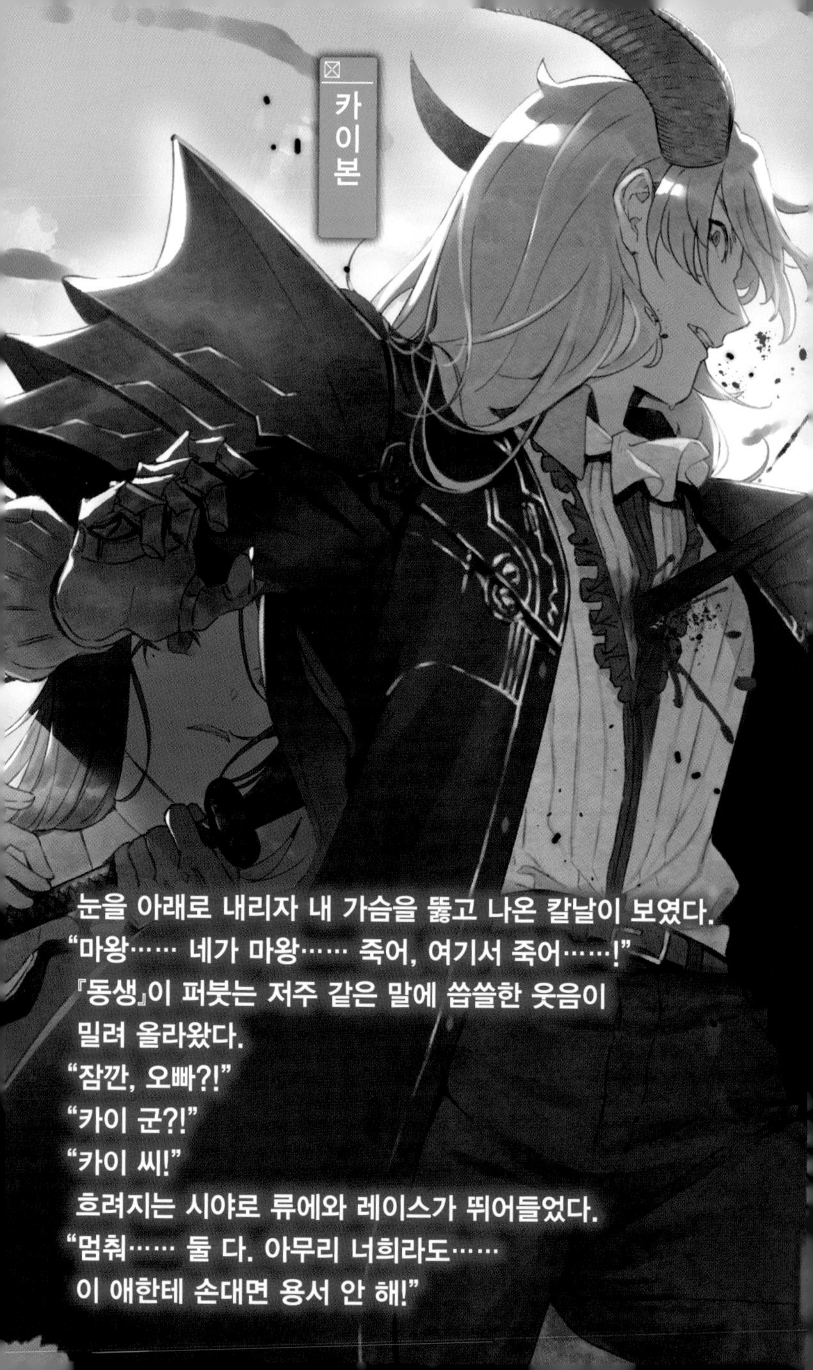
카이본
눈을 아래로 내리자 내 가슴을 뚫고 나온 칼날이 보였다.
“마왕…… 네가 마왕…… 죽어, 여기서 죽어……!”
『동생』이 퍼붓는 저주 같은 말에 씁쓸한 웃음이
밀려 올라왔다.
“잠깐, 오빠?!”
“카이 군?!”
“카이 씨!”
흐려지는 시야로 류에와 레이스가 뛰어들었다.
“멈춰…… 둘 다. 아무리 너희라도……
이 애한테 손대면 용서 안 해!”

비오

백수, 마왕의 모습으로 이세계에 10

Bored, Sacred and Now a Devil!

〈가끔은 치트인 유유자적 여행〉

Contents

백수, 마왕의 모습으로 이세계에

Bored. Sacrod and Now a Davil!

〈가끔은 치트인 유유자적 여행〉 10

아이아츠시 지음

카츠라이 요시아키 일러스트

김장준 옮김

프롤로그

감긴 눈꺼풀 너머로 빛이 파고들었다. 나는 지금 어디 있는 걸까.

적어도 탈출에는 성공했다고 생각하며 주위를 살피려고 눈을 떴다.

"아! 눈떴다햄! 언니, 여 이쓰먼 위험햄. 일루 오나라!"

"어……? 웬 도호쿠 사투리? 여긴 대체……."

눈을 뜨자 내 앞에 밀짚모자를 쓴 귀여운 여자애가 있었다.

바다는 아니다. 강가로 떠밀려온 모양이었다. 지하 감옥을 빠져나와 강으로 뛰어든 것까지는 기억하지만…… 어쨌든 위기는 면했다고 봐도 무방하겠지.

"이봐, 꼬맹이! 또 어디로 꺼졌어! 휴식 끝났으니까 출발한다!"

성난 듯 거친 목소리가 울려 퍼지고 제방 위로 남자 몇 명이 나타났다.

"기다레야! 여자가 쓰러지따햄! 도와줘햄!"

"엉? ……어, 알았어. 잘했다, 꼬맹이."

몹시 우악스러운 사내들이었다. 거기에 정신이 팔렸던 탓일까⋯⋯ 나는 이때 여자애가 찬 목줄을 보지 못했다—.

1장 두 이별과 미사사기의 여우 아가씨

미사사기를 향해 출발한 지 오늘로 사흘째.

날씨도 우리를 도와 마차는 오늘도 순풍에 돛단 듯 달려갔다.

"옳지, 옳지. 잘하고 있어, 마물아. 저쪽으로 꺾으면 돼."

류에가 고삐를 능숙하게 다루어 갈림길을 놓치지 않고 우측으로 꺾었다.

처음에는 익숙하지 않던 마차 몰기도 지금은 누워서 떡 먹기였다.

"몰라보게 좋아졌지? 이렇게 말을 걸어주면 지시를 따라줘."

"그래? 의사소통이 중요하구나."

"맞아. 뭐든 소통이 제일이지. 그런데 카이 군, 묻고 싶은 말이 있는데."

"응? 뭐야?"

"나는 별로 좋아하지 않는 이름이지만, 해방자에 관해서. 어떻게 할 생각이야?"

어떡한다. 해방자 중에서도 내가 용신을 죽인 뒤에 소환된 사람은 누군가에게 『마왕 토벌』 사명을 받았다. 나오와 마찬가지로 미사토도 그럴 가능성이 있다.

일단 해방은 막아야 한다. 칠성이 없어도 현재 이 대륙은 굉장히 안정됐으니까.

물론 칠성을 죽이는 편이 쉽고 빠르며 미래의 걱정도 덜 수 있다.

이 일은 봉인의 거점을 돌아보며, 그리고— 모든 것을 알고 난 뒤에 정할 것이다.

다시 말하면 현 단계에서 우리는 미사토 일행의 칠성 해방을 저지하는 입장이다.

그럼 마왕 토벌에는 어떻게 대응해야 하는가. 이건 솔직히 어떻게든 될 문제다. 그 애 능력으로는 나를 못 죽인다. 동행하는 두 남자는 더 말할 필요도 없다. 물론 매료가 성가시기는 하지만 애초에 내가 마왕 룩을 쓰지 않으면 그만 아닌가?

"해방은 불가능하다고 포기하게 해야지. 나는 평화주의자……는 아니지만, 나쁜 마왕은 아니니까. 저쪽에서 문제를 일으키지 않는 한 평화롭게 해결할 생각이야."

"후후후, 그러게. 가끔 나쁜 짓을 해서 그렇지, 나쁜 마왕은 아니야."

"어허, 누가 들으면 오해할라."

"왜, 사실이잖아?"

하하하, 요 녀석. 꿀밤을 먹여주마.

"재미있게 노는 중에 미안하지만, 슬슬 미사사기 결계로 진입해. 기후가 변할 테니까 마물이 놀라지 않게 고삐 단단히 잡고 있어."

짐수레에서 다리아가 머리를 내밀고 주의했다.

"결계? 그런 게 있어?"

"옛 흔적이야. 저기 주민은 원래 평화주의자라서 전쟁이 한창이던 시절 들키지 않게 도시를 통째로 숨겨서 이주했어. 참고로 내가 구축한 결계도 여기 걸 참고했지."

"흥미롭네요. 제 마안으로도 관찰해 볼게요."

"으엑. 레이스, 위에 올라타지 마. 무거워, 주로 가슴이 무거워."

뒤에서 두 번째 머리가 나왔다. 그리고 다리아의 머리 위에는 레이스의 가슴이……. 네 이놈, 부럽잖아.

"이제 곧 경치가 180도 바뀔 거야. 오른쪽 언덕을 봐."

"흠? 특이한 점은 안 보이는데."

"결계 안으로 들어가야 보여. 인식 저해도 겸했거든."

그때, 살에 닿는 공기가 일변했다.

열대 지방 특유의 후텁지근한 느낌이 어느 정도 가셨다.

그렇다고 너무 건조하지도 않은 온화한 기후였다.

하지만 나는 그보다도 레이스의 탄성에 정신을 빼앗겼다.

"카이 씨! 보세요, 언덕 한쪽이 온통 분홍색이에요!"

"저건…… 꽃잔디?"

"우와! 멋져. 꼭 물감 뿌려놓은 거 같지, 카이 군!"

"이건 정말…… 예쁘네, 굉장히."

마치 딸기 우유라도 흐르는 것처럼 핑크 일색이었다.

향이 전해질 리 없는데 나도 모르게 달콤하다고 생각할 만큼.

아무래도 이 일대 기후는 일본의 봄과 비슷하게 유지되는 모양이었다.

"벚나무는 못 찾았지만, 대신 저 꽃을 찾았어."

"그러고 보니 너 꽃 잘 알았지?"

"이름이 괜히 『다리아』겠어?"

그래, 『다리아(다알리아)』도 꽃 이름이었지.

"아름답네요……. 이렇게 넓은 꽃밭은 처음 봐요."

"나도야. 굉장해……. 뭔가 빛깔이 먹음직스러워."

천진난만하게 웃는다. 황홀하게 미소 짓는다. 자랑스럽게 웃음 띤다.

세 사람이 제각기 보여주는 표정들도 꽃 같다고, 주제에도 없는 낭만적인 생각에 빠졌다.

약한 바람을 타고 날아오르는 꽃잎을 바라보며 우리는 봄의 도시로 나아갔다.

『미사사기령(領)』

과거 『미사사기국(國)』이라고 불리던 도시 국가며, 현재는 령으로 명칭이 바뀌었다.

하지만 그 본질은 변하지 않았고 온화한 기풍과 기후가 방문객의 마음을 부드럽게 어루만졌다.

그 영토는 대륙 남동쪽 산악 지대의 70퍼센트를 차지할 만큼 광대하지만, 실제로 사람이 사는 땅은 이곳 『미사사기 도시』뿐이라고 한다.

이곳의 성립 과정에는 다리아도 적잖게 관여했고 일본의 교토를 참고로—.

"초장부터 뭐가 많이 이상한데."

"얼라리? 이상하다? 내가 있을 때는 이런 거 없었는데?"

"왜 도시 입구가 토리이[#1]야? 게다가 안쪽에는 산문(山門) 같은 것도 보이고."

"멋진데. 신사와 절의 하이브리드잖아?"

처음부터 아름답게 주칠을 한 거대 토리이가 우리를 반기니 제발 멀쩡한 도시이기를 바라던 내 희망은 허무하게 무너져 버렸다. 하지만—.

"이거 참…… 풍취가 있네요. 정말로 거대한 나무를 썼겠어요."

"우와, 나무인데 반짝반짝해. 마치 도자기처럼 반들거려."

"나무 진액으로 만든 도료 덕분이야. 옻칠이라고 해."

#1 토리이 일본 신사의 입구에 세우는 기둥 문.

두 사람이 즐거워 보이니까 넘어가자.

그래도 나는 절대로 인정 안 해……. 이건 교토를 재현한 게 아니라 영화용 민속촌이겠지. 게다가 시대가 다른 물건이 규칙성 없이 혼재하고 건물은 쓸데없이 장식이 많다.

이쯤 되면 그냥 테마파크다.

"크으…… 왜 건물이란 건물마다 샤치호코[#2]가 달렸어?"

"어…… 아마도 성 흉내라도 낸 거 아닐까?"

"어머나, 저렇게 멋진 성이 있다니……라고 할 줄 알았냐?"

"아니, 왜? 저 성은 괜찮잖아?"

"아무리 봐도 나고야성 짝퉁이잖아. 오히려 저 정도로 재현한 게 용하다."

"아마 내부는 엉성할 거야. 내 그림을 본떠서 만들었을 뿐일 테니까."

그러고 보니 이 녀석, 그림을 잘 그렸다. 적어도 나보다는.

내가 그린 주사위 데생이 『소 몸통』으로 평가받은 반면, 너는 정상적으로 주사위라는 소리를 들었지.

입구에서 조금 들어가자 앞쪽에 마차 행렬이 보였다.

그 줄 앞에는 주위 건물보다 배는 큰 건축물이 있었다.

거대한 절일까? 의문을 품는 내 앞으로 승복 비슷한 옷을 입은 인물이 줄 선 사람들에게 어떤 종이를 나눠주며 걸어왔다.

#2 샤치호코 일본성의 지붕 양 끝을 장식하는 용미. 꼬리를 치켜세운 물고기 형상이다.

"어디 보자…… 행사 준비 기간인 관계로 체류 희망자를 제한…… 어쩌지?"

"행사? 여기에 무슨 행사가 있었나? 조건만 만족하면 후세야[#3]에 머물게 해주나 본데…… 특정 물품을 기부해야 하나?"

후세야…… 아마 옛날 일본에 있었던 시설이었지. 식사 없이 잠만 자는 곳으로 기억하는데, 지금은 이 안내서에 적힌 물건을 기부하지 않으면 숙박이 불가능한 모양이다.

"식품…… 생선이 많군. 청새치 한 토막이라도 주면—."

그때, 누가 내 팔을 잡았다. 그 정체는…… 눈망울을 글썽거리며 조용히 고개를 젓는 레이스였다. 알았다, 알았어. 청새치는 전부 우리 거야.

"일식 느낌 나는 재료를 모으나 보군. 카이본, 뭐 없어?"

"쌀이라면 있어. 전에 아기다르에서 사건을 해결하고 작물을 잔뜩 받았거든. 햅쌀은 아니지만, 몇 가마니 줘도 돼."

"그럼 그걸로 하자. 안 주면 그냥 통과해야 하나 봐. 이 영지도 잠깐 조사하고 싶고 여기 말고는 숙박할 곳도 거의 없을 거야."

후세야란 원래 자선 사업이나 마찬가지다. 그런 곳에 대대적으로 사람을 모으고 물품을 징수한다니…… 영지 정책의 일환일까? 아마도 정말로 다른 숙소는 휴업 중이겠지. 불법 체류로 위험을 감수하고 싶지는 않다.

#3 후세야 고대 일본의 숙박 시설. 사찰에서 가난한 백성을 위해 만들었다.

"좋아! 그럼 내 가방에서 쌀가마니를 꺼낼게. 얍, 얍, 얍!"

그러자 류에가 짐수레에 커다란 쌀가마니를 턱턱 꺼내 놓았다. 과적이 무서우니까 그만둬주세요.

머지않아 줄이 줄어들어 우리 차례가 오고 승복 입은 젊은 여성이 다가왔다.

"네, 다음 분 와주세요. 현재 저희는 어패류 가공품과 냉동식품, 쌀과 콩, 아기다르에서 유래한 향신료를 기부받고 있습니다. 뭐든 하나라도 내어주시면 후세야에서 숙박하실 수 있어요. 다만, 영지를 통과할 뿐이시면 이대로 경비를 따라가시면 됩니다. 그리고 금지 물품 거래는 최대 즉결 처형도 가능하니까 각별히 주의해주세요. 최근 그런 사람을 봤다는 제보도 있어서요."

큰 세모 귀가 달린 여성이 지금 모인 마차를 향해 설명했다.

갈색 여우 같은 인상인데 무녀복이 아니라서 못내 아쉽다.

하지만 이건 이거대로 청초한 느낌이 있어서 아주 좋소.

"금지 물품…… 주의를 촉구하는 이유는 이미 횡행하기 때문일까요?"

"의외로 너무 맛있어서 참치는 금지한다거나, 뭐 그런 거 아닐까?"

"아이참…… 심술궂은 말 하지 마세요."

토라진 레이스에게 사과하며 나도 쌀가마니를 밖으로 꺼내서 접수처로 갔다.

오, 방금 설명해주던 아가씨가 이곳 담당자인가?

"네, 다음 분 와주세요. 참고로 여긴 상회가 아니라서 물가보다 싼값에 사들이지만, 체류증 요금으로 생각해주시면—."

"아, 그래도 값은 쳐주네요? 그럼 이 쌀가마니는 얼마나 하죠?"

"오오?! 잠시 실례할게요."

찰싹찰싹 때려도 보고, 살짝 밀어서 무게도 확인하고, 코를 대고 냄새까지 맡았다.

"실례지만, 이 가마니의 산지를 알 수 있을까요?"

"세미피나르 대륙의 아기다르요."

"흠? 바다를 건넌 것치고는 볏짚 상태와 향이 좋네요. 내용물을 확인해도 될까요?"

허가하자 아가씨는 기구를 써서 안에 든 쌀을 몇 알 꺼내 입에 털어 넣었다.

그러고 보니 지구에서도 선박으로 쌀을 운반하면 품질이 떨어지는 문제가 있다고 했던가?

"오오! 깔끔하게 깨지면서도 씹는 맛이 있고 단맛까지…… 이건 틀림없는 특급 쌀! 원하시는 만큼 머물다 가세요! 자, 마차는 저쪽 광장에 대시면 됩니다."

탐스러운 꼬리를 살랑살랑 움직이는 아가씨가 기뻐하며 시설로 들어가는 길을 알려줬다. 다행이다, 이제 이 영지 조사는 문제없이 진행되겠다.

그런 그때, 후세야 입구 쪽에 병사로 보이는 인물들이 모여서 험악한 말투로 시설 내 인간을 추궁하는 광경이 보였다. 흠…… 무슨 문제라도 생겼나?

“마차를 검문하나 보군. 범죄자라도 도망쳤나? 아까도 금지물품을 언급했고 말이야. 귀찮은 일에 말려들기 전에 가자.”

“그래. 역시 행사가 가까워서 그런가. 다양한 사람이 흘러들었나 봐.”

지정된 장소에 마차를 대고 준비된 방으로 가려던 때였다.

짐수레의 짐을 정리하던 류에가 의아하게 말을 꺼냈다.

“응? 쌀가마니가 하나 남았어. 방금 전부 넣었을 텐데.”

“정말이네? 기왕 꺼낸 김에 이것도 나중에 팔까? 식량난일지도 모르니까.”

조금 무겁지만, 이 육체의 힘이라면 거뜬하다.

나는 쌀가마니를 어깨에 짊어지고 우리에게 배정된 방으로 걸어갔다.

§ § §

“영차.”

쌀가마니가 바닥을 누르며 묵직한 소리를 냈다.

안내받은 방은 생각지도 않은 다다미방, 다시 말해 일본식 방이었다.

아기다르에서 보낸 나날을 추억하며 향수를 자극하는 향으로 가슴이 벅차오르는— 뭔가 좋은 향기가 나는데. 꽃 같기도 하고…… 향불? 아니, 향수인가?

"레이스, 향수 바꿨어?"

"아뇨. 저는 언제나 같은 것만 쓰는걸요. ……이 방 냄새와 섞인 걸까요?"

"혹시 난가? 카이 군, 나 냄새나?"

류에 아가씨야 평소대로 엘프 특유의 꽃처럼 좋은 냄새가 나죠.

참고로 아마미는 백합 같고 다리아는 조금 톡 쏘는 꽃향기가 난다.

"이 시설은 곳곳에서 향을 피우는 것 같으니까 아마 그 탓 아닐까?"

"그럴지도 모르겠네요. 신기하게 차분해지는 향기예요."

"그치만 나는 이 다다미 냄새가 더 좋아. 에잇."

류에는 바로 방석을 깔고 뒹굴기 시작했다.

나도 잘 알지. 위로 몸을 던지고 싶어지는 그 느낌.

"다다미방이면 다리아도 역시 그립지 않아?"

"그렇지. ……너희 집이 생각나."

"앗! 또 다리아랑 카이 군만 아는 얘기 한다~!"

아야, 아파. 방석 수리검 던지지 마.

그 뒤 방의 가구나 장식을 관찰하거나 다음 예정을 의논하던 때였다.

방 밖 복도를 급히 지나가는 발소리가 수차례 들렸다.

무슨 일이 생겼나? 발소리를 내는 사람에게 물어보려고 밖으로 나갔다.

"무슨 일이죠?"

"앗, 방금 오셨던 분!"

거기 있던 사람은 아까 접수처에서 만난 여우 아가씨였다.

서두르는지 얼굴에 땀방울이 얼핏 보였고 표정은 초조했다.

"붙잡아서 죄송합니다. 뭔지는 몰라도 도와드릴까요?"

"아, 아뇨. 소란을 피워서 죄송합니다. ……저, 실례지만 이 방에 누가 찾아오지는 않았나요?"

"아무도 안 왔어요. 혹시 오면 알려드릴게요."

"네, 부탁드릴게요. 쉬시는 데 시끄럽게 해서 정말 죄송합니다."

아가씨는 사과를 남기고 다시 급하게 떠났다.

흠…… 누굴 찾고 있나. 방금 본 병사도 그렇고, 누가 사라지기라도 한 걸까?

"카이 군. 이 쌀가마니, 꼬리 같은 게 났어."

"응? 볏짚이 풀렸으면 함부로 만지지 마. 잘못하면 터져."

아차, 이 쌀가마니 얘기도 해야 했는데. 이따가 팔든가 하자.

"볏짚……? 아무리 봐도 꼬리야."

“에이, 그럴 리가.”

류에가 쌀가마니 한곳을 의심스러운 눈초리로 응시했다.

흠? 그렇게 신경 쓰인다면 고쳐줘야—.

“어느 모로 보나 꼬리 같은데……. 털도 복슬복슬해.”

류에 쪽으로 돌아갔더니 정말로 쌀가마니 한 곳에 굉장히 결이 좋은 금색 꼬리가 자라 있었다.

……엉? 이게 뭐야? 진짜 꼬리야?

레이스와 다리아도 불러서 이 기괴한 꼬리 달린 쌀가마니를 보여줬다.

“어머나! 아주 양질인 모피예요! 혹시 밀수품일까요?”

“쌀가마니에 숨겨서……? 다리아, 네 생각은?”

“설마…… 잠깐만…….”

류에가 참지 못하고 그 복슬복슬한 꼬리로 손을 뻗었다.

아, 치사해. 나도 만지고 싶었는데.

“에잇.”

“히악?!”

아, 쌀가마니가 말한다.

“이게 무슨 짓이에요! 제 자랑스러운 꼬리를 허락도 없이 잡다니.”

그 목소리와 동시에 뭔가 퐁 터지는 소리가 나며 방이 흰 연기에 휩싸였다.

연기가 흩어지면서 어떤 실루엣이 떠올랐다. 그리고—.

"너무하네요. 한마디 양해만 구하면 얼마든지 만지게 해 주는데."

꼬리만큼이나 촉감이 좋을 것 같은 금실처럼 얇고 긴 머리카락.

그 머리카락과 같은 색에 커다란 세모 귀가 머리 위에 달린 여성이 꿇어앉아 있었다.

"쌀가마니가 사람으로 변했어……!"

"앗, 나도 모르게 그만."

여성이 다시 연기에 휩싸이고 도로 쌀가마니가 나타났다.

이번에는 꼬리가 없지만, 그런다고 방금 있었던 일까지 사라질 줄 아세요?

쌀가마니를 뒤에서 꽉 붙잡아 두고 말을 걸었다.

"수상한 사람을 잡았는데 이걸 어쩐다? 방금 직원이 사람을 찾는 기색이던데 이대로 넘길까?"

"카이본, 쌀에 말을 거는 이상한 사람처럼 보여."

이건 마술일까? 아니면 여우나 너구리가 부린다는 요술?

"그것만큼은 봐주세요! 조금만 더, 조금만 더 밖에서 놀고 싶어요!"

"정말로? 사실은 악당이나 탈주범 아냐~?"

"나쁜 짓은 안 했다구요! 잠깐 자유를 만끽하고 싶었을 뿐이란 말이에요!"

이거 참 해괴한 상황이다. 끌어안은 쌀가마니와 대화하다니.

……흠. 방에 들어왔을 때 맡은 냄새의 정체는 이 쌀가마니 걸이었나.

제법 좋은 향이 난다. 꽃이나 과일과는 다르지만, 달콤하고 화려한 향이.

"『사향종 폭시테일』인가? 너, 미사사기 영주와 관계자지?"

"그, 글쎄, 무슨 소리신지……. 아, 아무튼 수상한 사람은 아니니까 제발 넘어가 주세요."

"아니, 수상한 점밖에 없잖아. 그리고 그 새로운 용어, 사향종이나 폭시테일에 관해서 자세한 해설 부탁드립니다, 다리아 선생님."

"방금 본 직원도 그렇지만, 수인의 일종이야. 영주는 그중에서도 더 희귀한『사향종』이라는 인종이고, 금색 털과……그 좋은 향기가 특징이지. 조심해, 여성 사향종이 내는 향기는 남자에게 위험해. 최음 효과에 당할 수도 있어."

"……정말로? 좀 좋은 냄새가 난다고 생각하던 참인데."

"무무무, 무례하네요! 아무 남자나 가리지 않고 최음을 쓸 거 같아요?! ……어머, 당신 꽤 멋있네요. 잠깐 심호흡해 보실래요? 돌처럼 만들어 드릴게요."

엄마야! 내 존엄을 지키기 위해서 일단 쌀가마니를 풀어줬다.

그러자 또 연기에 휩싸이며 방금 여성이 나타났다.

흐음…… 황금이다. 눈, 머리, 귀, 눈썹까지 전부 황금이다.

엘프와도 달리, 털이 무척 가늘고 섬세하다고 해야 할까?

게다가 엄청난 미인이다. 레이스와 견주어도 될…… 아니, 어쩌면…….

"그럼 들어볼까? 다짜고짜 넘기지는 않을 테니까 우선 사정과 이름이라도 알려줘."

그래, 일단 더 자세한 사정을 듣고 생각하자.

"그게 말이죠…… 요즘 도시 전체에서 재미있는 일을 하고 있잖아요? 그래서 저도 그 분위기를 조금 느껴 보고 싶어서……."

"흠. 그럼 이름은?"

"알리시아예요. 어떤가요, 외국물 좀 먹은 이름 같죠?"

왠지 자기 이름을 자랑하듯 소개했다.

확실히 이 도시 이미지와 달리 서양풍이기는 하다.

어쩐지 외모와 성격이 묘하게 따로 노는 아이였다.

"나는 류에야. 외국물은 모르겠지만, 자랑스러운 이름이야."

"저는 레이스예요. 후후, 저도 자랑스러운 이름이에요."

거기에 맞춰 두 사람이 자기소개를 하며 그런 말을 덧붙였다.

나를 힐끔 보는 이유는 내가 그 이름을 붙였기 때문이리라.

……어쩐지 쑥스럽구만.

"나는 다리아. 제법 유명한 이름이니까 외우기 좋지?"

"어머, 서드가르드 성녀님과 이름이 같네요. 좋은 이름이에요."

"고럼고럼. 자, 그럼 마지막을 장식해주시죠."

차례가 밀렸을 뿐인데 판을 깔아주니까 쓸데없이 긴장된다.

"카이본이야. 보통 카이라고 줄여서 불러."

"그렇군요. 카이본…… 카이…… 알겠어요."

알리시아 양은 내 이름을 중얼거리고는 무슨 생각에 빠졌다.

팔짱을 끼며 골똘히 생각하는데…… 그, 거기가 강조되는군요.

대단한 박력이다. 거대하다. 뭐라고 말하지는 않겠지만 거대하다. 옷에서 흘러나올 것 같다.

"거 알리시아라고 했던가? 그래서 우리가 어떻게 했으면 좋겠어?"

"그게, 숨으려고 순간적으로 둔갑하기는 했는데 설마 그대로 끌려올 줄은 몰랐거든요. 여기서 빠져나가고 싶으니까 한 번만 더 옮겨주시면 안 돼요?"

"아! 맞아, 그거 그거! 방금 그건 뭐였어?! 마력 흐름도 전혀 못 느꼈어! 나 변신술은 처음 봐!"

"어머? 궁금하세요? 이건 마력을 외부에서 끌어오거나 주변으로 발산하지 않아요. 몸 안에서만 움직이죠."

류에가 알리시아의 쌀가마니 둔갑에 지대한 관심을 보였다.

손을 조물조물 움직이며 당장에라도 몸을 구석구석 살펴볼 기세였다.

"우리 폭시테일은 몸속을 마음대로 움직일 수 있어요. 그러니까 애석하게도 방법을 알려드려도 흉내는 못 낼 거예요."

"아, 그건 아쉽네……. 그래도 어디에 참고가 될지도 모르니까 한 번 보여줘."

"그러시다면……."

알리시아는 선선히 승낙하고 다시 쌀가마니로 변했다.

그리고 그 모습 그대로 『자! 저를 옮겨주세요.』라고 말하니까 어쩐지 기분이 이상했다. 마치 식량이 말을 거는 기분이었다.

으랏차. 나는 그녀를 짊어졌다. 흠, 생각해 보면 쌀가마니치고는 조금 가볍군.

그런 생각을 하면서 떨어뜨리지 않게 쌀가마니 아래를 손으로 받쳤을 때였다.

『그런 곳을 만지다니! 제법 대담하시네요! 싫지는 않지만요!』

"카이 씨?"

"아니, 오해하지 마. 이거 단단한 볏짚 느낌밖에 안 난다니까? 알리시아, 자꾸 놀리면 굴려서 옮기는 수가 있다?"

『제발 그러지 마세요!』

가는 길에 여전히 알리시아를 찾는 사람과 마주쳤지만, 이 쌀가마니의 정체는 끝내 알아채지 못하여 어려움 없이 밖으로 나올 수 있었는데—.

『쌀이 인기가 좋은가 봐요. 다들 탐나는 눈초리로 저를 보던걸요.』

"지금 식량을 모으는 중이래. 내가 방금 기부한 쌀이 1등급이라서 너도 같은 물건이라고 생각한 게 아닐까?"

『오호, 매일같이 먹어서 그렇게 귀한 물건인 줄은 몰랐네요.』

상류 계급의 사고방식인가? 빵이 없으면 케이크를 먹어라 같은.

……응? 그건 지어낸 이야기였던가?

하지만 방금 말을 듣는 한 의외로 좋은 집안 아가씨일지도 모르겠다.

이야기에서는 엄격한 명가나 귀족 영애가 호기심으로 저택을 뛰쳐나와 해프닝에 휘말리거나 멋진 만남을 가지는 로맨틱하면서도 정형적인 전개가 자주 등장하는데…… 아쉽게도 이번에 문제가 있는 건 우리 쪽이다.

"후세아에서 나왔는데 언제까지 이러고 있어야 해?"

『그럼 사람이 없는 곳에 내려주실래요?』

"분부대로 합죠."

사람을 부리는 데 제법 익숙한 기색이지만, 어차피 나도 도시를 돌아보고 싶었다. 그렇다면 조금만 더 이 쌀가마니 아가씨를 짊어지고 다닐까.

"알리시아, 그 상태에서 안쪽은 어떻게 되어 있어?"

어디를 봐도 주민이 건물 장식에 바쁜 가운데, 어디 인적 없는 곳이 없을까 돌아보는데 류에가 흥미진진하게 질문을 던졌다.

그것은 나도 궁금했다. 만약 안을 봤는데 내장이 들어차 있다면…….

엄마야, 갑자기 이 쌀가마니 던져 버리고 도망치고 싶어졌다.

"그건 저도 궁금했어요. 만졌을 때 감촉은 진짜와 똑같던데……."

『힉! 손가락으로 찌르지 마세요! 아파요, 아프다구요!』

"죄, 죄송해요. ……정말로 신기하네요."

『이 상태에서 터지면 둔갑이 풀려요. 아쉽지만 안에는 아무것도 없어요.』

"그랬구나. 나는 알리시아가 알몸으로 웅크리고 있지 않을까 했는데."

『후후후, 안타깝게 됐네요! 알몸을 보고 싶으시다면 다음 기회를 노려 보세요!』

다음 기회에 보여주는 거야?! 촌장님과는 다르지만, 이거 아주 야한 사람이었네!

썩 재미난 인물이라고 평가하면서 겨우 인적이 드문 공터를 발견해서 쌀가마니로 변한 알리시아를 털썩 내려놨다.

『좀 살살 내리시면 안 돼요~? 잠자리에 여자를 눕히듯이 살~살~.』

"쌀가마니를 그렇게 다룰 생각은 안 드네요. 사람이 오기 전에 어서 변신이나 풀어."

“레이스, 레이스. 혹시 모르니까 마안을 관찰하자. 나도 가능한 한 해석할 테니까.”

『꺄악~, 변태가 쳐다봐~. ……라고 말해야 하나요?』

말없이 킥. 젠장, 단단해서 내 발가락만 아프다.

다시 그 소리와 연기를 내며 알리시아는 본래 모습으로 돌아왔다.

이제 우리 역할은 끝났으니까 헤어지자고 말하려고 했으나—.

“혼자 다니면 심심하니까 같이 돌아보아요!”

“아…… 어쩌지?”

“나는 딱히 상관없어. 알리시아, 같이 갈까?”

류에는 제안을 받아들이는 눈치였다. 하지만 다리아는 잠깐 생각하는 모습을 보였다.

큰 문제로 발전할지도 모른다고 생각해서겠지. 현재 도주 중(?)인 사람이기도 하고.

“다리아, 왜 그래? 아까부터 말도 안 하고.”

“응? 아, 잠깐 이 아이에 관해서 생각하느라고.”

“사실 나도 신경 쓰였어. ……영주랑 관련이 있다고 봐도 되겠지?”

“그럴 가능성이 커. 여기서 친분을 맺어서 나쁠 건 없다고 봐.”

“그렇군……. 그러면 잠깐 관광을 즐겨볼까?”

까르륵 웃으며 꼬리를 가지고 노는 세 사람을 보면서 이 도시에서 보낼 예정— 미래에 기다릴 장애물과 문제에 대해 조금씩 사고를 조립해 나갔다.

"뭐~? 그럼 알리시아는 이 도시에 관해서 잘 몰라?"

"부끄러울 따름이네요. 밖을 나돌아 다닐 기회가 거의 없어서요."

"그렇다면…… 어쩌죠? 큰길을 따라서 산책할까요?"

"흠. 다리아, 너는 잘 알지 않아? 어디 추천하는 곳 없어?"

"나도 너무 오랜만이라서 잘…… 앗, 맞아. 이 도시는 디저트가 맛있어."

"간식이야?! 뭐가 있을지 기대돼!"

"간식이요? 그렇다면 저는 경단 아이스를 먹고 싶네요."

"경단 아이스요……?"

"차가운 아이스크림에 말랑말랑 쫀득쫀득한 경단이 들어간 음식이에요."

팥 없는 크림 단팥죽 같은 요리가 있나 보다. 알리시아는 그것이 얼마나 맛있는지 열변을 토했다. 류에 아가씨는 이미 침 흘리기 직전이네요.

도시를 거의 돌아다닌 적 없다고 하지만, 인기 있는 가게는 안다.

역시 젊은 여자애답다. 디저트류라면 정신을 못 차리는 것처럼 보인다.

즐겁게 명물 디저트에 관해 떠드는 세 사람 옆에서 다리아와 함께 어딘지 모르게 일본을 연상케 하는 이 도시의 경관을 바라보며 추억담으로 이야기꽃을 피웠다.

으음, 사극 속 세상으로 들어온 것 같은 착각에 빠지지만, 뜬금없이 샤치호코가 장식된 건물이 있거나 왠지 집 현관에 토리이를 세운 곳이 있어서…… 솔직히 정신이 산만했다.

하지만 이것도 이세계의 재미 아니겠는가. 다리아와 이 괴상하게 발전한 도시의 감상을 주고받으며 길을 걷는데 문득 앞서가던 알리시아가 멈췄다.

"조, 조금만 멀리 돌아갈까요……?"

"응? 왜 그…… 아하. 걱정해서 찾고 있으니까 너무 속 썩이지는 마."

"……아마 그건 아닐 거예요."

큰길에서 병사로 보이는 사람이 순찰을 돌고 있었다.

그렇다면 어쩔 수 없지. 우리는 잽싸게 골목길로 들어갔다. 하지만 안타깝게도…….

"……알리시아 아가씨, 미안한데 포기해. 정면에 있을 줄은 몰랐어."

"아이고…… 하필이면 이 녀석한테 들키다니……."

우회한 곳을 마침 병사 일당이 모여 있었다. 심지어 주변 병사와 뚜렷하게 구분되는, 리더 같은 풍모의 사내까지 있지 않은가.

“오오, 알리시아 님, 이런 곳에 계셨습니까? 정말로 다행입니다. 그 도적놈의 꾐에 넘어가신 게로군요.”

선두에 있는 그 사내는 금색도 갈색도 아닌 은백색 폭시테일이었다.

왠지 내게는 그 남자의 언동이 연극처럼 보였다. 뭐지…… 저 실웃음은.

“으앗?! 아니에요, 이 사람들은 그냥—.”

“포박해. 구속 술식 사용을 허가한다.”

그 말과 동시에 무수한 빛이 날아들어 우리에게 직격했다.

마치 작은 돌멩이에 맞은 것 같은 감각이 들고 보이지 않는 천에 팔다리를 감는 착각에 사로잡히지만…… 그뿐이었다.

“본 씨?! 그만두세요, 『히모로기』! 이분들은 도적이 아니에요!”

알리시아가 필사적으로 항의했다. 이런 상황인데 내 정신은 다른 곳에 가 있었다.

“그런데 『본 씨』라는 호칭이 뭔지 설명 플리즈.”

“응?! 어라…… 어떻게 움직이지…….”

평범하게 걸어서 알리시아 곁으로 갔다. 뒤에서는 다른 일행도 다 같이 따라오는 중.

그러자 히모로기라고 불린 사내가 우리 대화를 듣다못해 다시 방금과는 비교가 되지 않는 양의 빛을 일제히 발사했다.

“재미있는데? 상대에게 충돌한 뒤 술식이 완성되는 타입이야.”

“아, 그래서 원래 마력이 많은 사람에게는 효과가 약한 거네요.”

“정답. 반대로 말하면 보통은 그 발동이 빠르고 회전율이 좋으니까 방어가 어려워.”

세 사람 모두 대량의 빛을 맞으면서 태연하게 이 마법에 관해 담소를 나누고 계십니다.

“그만하라는 말 안 들려요! 저는…… 맞아요, 저는 조사 차원으로 거리에 나온 거예요!”

“……이상한 말씀을 하시는군요. 저 도적들이 협박했나 보죠? 범상치 않은 자들 같지만…… 이제는 구속이 아니라 차라리 이 자리에서 처단—.”

“아하, 제가 조사하면 위험한가요? 어머니께도 보고해야겠어요. 제가 행사에 관해 조사하는 걸 꺼리고 제가 고용한 사람을 다짜고짜 처단했다고.”

그러자 그녀는 갑자기 큰길 쪽으로 척척 걸어가서 연설하듯 큰 소리로 외쳤다.

“여러분, 기억해주세요! 지금 여기 있는 사람은 경비대장 히모로기예요! 저자가 영주의 딸인 제 부하를 입막음하려고 합니다!”

알리시아는 이 소란을 듣고 모인 사람들에게 들리도록 또

랑또랑하게 사정을 설명했다. 그러자 역시 행인들도 그녀를 아는지 웅성거리는 소리가 커져 갔다. ……이 정도로 유명하면 애초에 거리에 나오자마자 들키지 않았을까? 아, 혹시 벌써 들켜서 도망치는 도중이었나?

"……당장 그분들에 대한 공격을 멈추세요. 이번 행사는 당신이 주도한다죠? 저는 당신을 안 믿어요. 그러니까 이렇게 움직이는 거예요. 듣자 하니 이번 주요 인사에게 대접할 요리는 당신이 준비한 요리사가 만든다더군요. 저는 중요한 손님에게 불상사가 있으면 안 되니—."

그때, 의연하게 행동하던 알리시아가 나를 힐끔 보고는—.

"말을 맞춰주세요. 이 상황만 모면하면 도망갈 수 있을 거예요."

오케이, 이해했다. 신변의 위험은 없지만, 범죄자로 누명을 쓰면 활동에 지장이 생긴다.

"이분들은 제가 마련한 상인 겸 요리사입니다. 당일 요리에는 이분이 참여할 거예요. 만에 하나라도 실수가 있으면 안 되니까요."

"후후, 그렇다면 아가씨께서 그 남자를 써서 요리에 수작을 부리시려는 것처럼 들리네요."

"이런 길 한복판에서 선언하는데도요? 너무 구차한 반론이 아닌가 싶네요. 어떤가요, 정말로 당치않은 의심이라면 제 제안을 받아주시지 않겠어요?"

흠. 조금 전 어벙한 모습이 다 연기였던 것처럼 달변이다. 믿지 않았던 건 아니지만, 영주의 딸이라는 말이 거짓은 아니었나 보다.

그나저나 『요리사』라고? 새삼스럽게 그렇게 소개하면 복잡한 심정이 밀려온다.

"아가씨께서는 어떻게든 저를 악당으로 몰고 싶으신가 보군요. 하지만 설령 아가씨가 준비한 사람이라도 중요한 자리에 낼 요리에 능력도 출신도 증명되지 않은 사람을 채용할 수는 없지요. 아, 그래도 요리 실력을 가늠할 행사가 마침 내일 열립니다. 거기서 그 남자의 실력을 한번 볼까요? 물론 내일까지 저희가 철통같이 감시하겠습니다."

어이쿠, 형세 역전인가. 알리시아의 순간적인 거짓말을 간파한 모양이다. 요리사도 아닌 인간이 전문적인 요리를 할 수 있을 리 없으니까 우리는 그대로 오라를 받고 알리시아도 벌을 받는다— 그런 사태가 되지 않게 최선을 다하겠습니다.

히모로기의 제안에 말문이 막힌 그녀 대신 내가 대답했다.

"괜찮습니다. 내일이죠? 필요한 재료를 그쪽에서 준비하고 메뉴도 오늘 중으로 알려주시면 그 행사에 참가하는 데 불만은 없습니다."

거짓말을 했지만, 거짓이 아니었다. 알리시아, 기뻐해도 돼. 그렇게 하늘이 무너진 표정 지을 필요 없어.

"크크, 그러신가요? 그런 검을 차고 다니는 사람이 요리사라니, 새빨간 거짓말이라고 생각했는데 제가 미처 몰라봤군요. 그건 커다란 식칼인가 보죠?"

네, 맞아요. 주로 커다란 용을 썰 때 씁니다.

"나중에 물품 목록을 보내겠습니다. 오늘은 감시병을 몇 명 붙일 테니까 도망갈 생각은 마십시오."

히모로기는 그 말을 남기고 떠났다.

알리시아도 우선 조사라는 명목이 생긴 덕인지 끌려가지는 않았다.

"보, 본 씨, 어떡해요! 순순히 물러날 줄 알았는데 설마 이렇게 끈질길 줄은 몰랐어요! 다음에 『요리사를 의심하는 건 무례하다고 생각해서 제가 고용한 사람은 돌려보냈습니다.』라고 어영부영 넘어가려고 했는데!"

"진정해. 아까부터 궁금했는데 그 『본 씨』란 게 뭐야?"

"아, 다들 카이 군이나 카이 씨라고 불러서 주목도가 낮은 『본』 부분을 불러볼까 하고— 그게 아니라요! 본 씨도 본 씨죠! 그런 도발에 대책 없이 넘어가다뇨! 요리예요, 그것도 내일이라구요! 생선 굽고 수프 끓인다고 다가 아니에요!"

"으음? 생선 굽고 수프만 끓이면 안 돼? 그랬구나…… 카이 군, 미안해."

"오, 착하지, 착해. 류에가 만든 밥은 맛있었으니까 미안해할 필요 없어."

류에가 처음 내게 만들어준 밥이 생선구이와 수프였다.

"일단 후세야로 돌아갈까? 그쪽 사정도 다시 듣고 싶어. 방금 이야기도 마냥 거짓말로 보기에는 의아한 점이 너무 많아."

"……그렇죠? 이미 말려들었으니까 숨길 수도 없겠네요."

이렇게 예상과는 달리 이 여우 아가씨의 시가 탐사는 끝을 맞이했다.

하지만…… 류에 씨가 경단 아이스를 못 먹었다고 너무 아쉬워해서 돌아가는 길에 찹쌀가루를 사 뒀다. 맡겨주십쇼, 일본 요리 재료는 웬만큼 해 봤으니까.

§ § §

"그랬군. 이번 행사를 조사한다는 말은 사실이었어?"

"맞아요. 히모로기는 도시 경비대장인 동시에 모든 병사를 통괄하기도 해요. 다만…… 원래 뒤숭숭한 소문이 끊이지 않는 자였어요. 지금 지위도 선대에게서 빼앗았다는 소문이 있고요. 그리고…… 이번 행사가 열리게 된 원인도 그 자에게 있어요."

"흠. 시내 경비부터 요리 준비까지 일임해? 확실히 부자연스럽다고는 생각해. 무작정 우리를 공격한 것도 그렇고."

"엥? 나는 당연하다고 생각하는데. 카이 군, 요즘 쭉 검을 등에 메고 다니잖아. 그래서 수상하게 여긴 거 아닐까? 이제 그만 넣자."

"거리에는 검을 찬 여행객도 제법 많잖아? 이 도시에서는 별로 못 봤지만."

후세야로 돌아와서 알리시아에게 사건의 전말, 숨겼던 사정을 들었다.

나는 정말로 저잣거리를 돌아보고 싶은 말괄량이 아가씨를 상상했는데…… 숭고한 사명을 띠고 영지를 위해서 움직였나 보다. 제가 그 큰 뜻을 몰랐군요.

"여기에 음식 재료가 모인다는 사실은 알고 있었어요. 그래도 조사할 작정이었는데 여러분에게 들킨 거죠. 그래도 함께 있으면 혼자서는 어려운 거리 탐사도 가능하다고 생각했는데 결과는 이 꼴이네요."

"저기, 머리가 금발이 아니면 별로 눈에 안 띄지 않을까요?"

레이스가 지당한 의견을 꺼냈다. 그렇다, 그 금색 여우 귀가 특징이라면 갈색이든 뭐든 눈에 안 띄는 색으로 바꾸면 되지 않은가?

요즘 이래저래 머리색에 관련된 일이 많다. 인종의 피부색 문제가 털색으로 바뀐 느낌일까.

"안타깝지만 그건 안 돼요. 우리 폭시테일은 보유 마력과 태생적인 자질이 체모로 드러나요. 물리적으로, 마력적으로 색을 바꿔도 순식간에 돌아오죠. 방금 보였던 둔갑술처럼 겉모습만 변화하는 기술은 우리도 상당히 발달했지만, 체모만은 어떻게 해도 어려워요."

"그렇다면 이 이야기는 여기까지 하고…… 알리시아 아가씨는 어떻게 생각해?"

"저는 히모로기가 준비한 요리가 계획에 관여한다고 생각해요. 이 행사는 원래 선대 영주인 우리 할머니의 생신을 축하하고, 그 자리에 참석하는 『세류령(領)』의 특사를 환대하기 위해 열려요. 그리고 세류령 특사를 맞이하겠다며 이 행사를 발안한 게 히모로기고요."

"지금 영주는 세류와 사이가 좋아? 원래 미사사기는 다른 영지와 교류가 별로 없다고 생각했는데, 시대도 사람도 변했구나."

"저기, 다리아 씨는 연세가 어떻게 되죠? 미사사기가 폐쇄적이었던 시기라면 영지가 세워진 초기뿐이었을 텐데……."

"신경 쓰지 마. 그럼 혹시 그 행사에서 선대 영주와 만날 수도 있어?"

"아뇨, 할머니는 요 몇 년 사이 몸이 부쩍 건강이 안 좋아지셔서 성지 가장 안쪽에 있는 사당에서 지내세요. 다만, 중요한 손님과는 행사 당일 성지에서 함께 식사하실 거라고……. 그래서 저도 요리가 가장 의심스럽다고 판단한 거예요."

"성지라면…… 거기 말인가? 그래, 선대도 상당히 고령이지……."

"올해로 700세를 넘겨요. 우리 사향종 폭시테일은 장생종이지만, 할머니는 그중에서도 특별히 오래 사셨어요. 다리아 씨 이름의 유래가 된 서드가르드의 성녀가 봉인의 힘 일부를 이 땅에 남겼고, 그걸 수호하는 게 우리 영주 일족이에요. 할머니도 그 힘으로 지금까지 살아계신 거죠."

"오호라, 봉인을 지키는 인간에게는 힘이 주어진다……. 다리아, 나는 이런 소리 처음 듣는데?"

"말을 안 했으니까. 네가 본 스테이터스의 비밀이 그거야."

흠…… 그러고 보니 다리아의 레벨이 『377(+798)』로 표기됐는데…… 그 괄호 속 숫자가 남에게 양도한 힘이라는 말인가?

"좌우지간! 본 씨 요리를 어떻게 하느냐가 당면 과제예요!"

"카이 군이라면 괜찮지 않을까? 요리가 특기잖아."

"아니, 글쎄! 그냥 특기인 정도로는 안 돼요. 미사사기 요리는 먼 이국에서 전래된 『이세계 요리』에서 독자적으로 발전했다구요!"

"그거 혹시 세미피나르 대륙 아기다르와 관계있나?"

"맞아요. 이세계에서 온 사람은 『일식』이라고 불렀다고 해요. 그 개념이 미사사기 요리와 굉장히 유사해서 그대로 정착해 발전한 거죠."

뭐야, 일식이야? ……일식이란 말이지. 본격적인 일식 요리는 이 세계에 오고 만든 적이 없었지. 향토 요리와 튀김 정도라면 만들기도 했지만. 그리고 술집 요리도.

이봐, 거기. 노골적으로 기대에 찬 눈빛 보내지 마. 이 우엉 중독자 자식.

"카이본, 네 전문은 뭐였어?"

"일식. 하지만 가장 만들기 싫은 요리기도 했어."

"케케케, 일이라면 취미도 잃는 현대인이군? 그립기도 해."

"알리시아 아가씨. 나중에 메뉴가 도착하면 만약을 위해서 그게 어떤 요리인지 실제로 먹어 보고 싶어. 어디 괜찮은 가게를 알면 알려줄래?"

"흠…… 그렇다면 성으로 올래요? 요리사에게 부탁해 볼게요."

오오, 마침내 그 짝퉁 나고야성에 입성할 때가 왔나!

그대로 현 영주와 다리아를 만나게 하면 귀찮은 일들을 넘길 수 있다고 생각했지만, 아무래도 그 행사 때문에 지금은 도시를 벗어나 있다는 모양이다.

"맛있는 밥이 나와?! 나도 가도 될까?!"

"어…… 괜찮을까? 오늘은 감시하겠다고 했으니까 최소한 명은 여기 남아야 의심받지 않을 텐데."

게다가 이번에는 무리하게 만들어 달라고 부탁해야 하는 관계로 우르르 몰려갈 수도 없다. 목적은 식사가 아니라 어디까지나 요리 확인이니까.

"그건 그렇지……. 미안해, 류에. 이번에는 요리와 조리법을 확인하러 가는 거니까 나랑 다리아만 갈게. 만약 영주가 돌아와 있으면 일거양득이고."

"제 생각에도 그게 좋겠어요. 괜찮아요, 류에. 만드는 법을 배우면 카이 씨가 우리에게도 만들어 줄 테니까. 그렇죠, 카이 씨?"

그야 물론이지. 그때는 당연히 디저트로 경단 아이스를 우지킨토키[#4] 식으로 만들어줘야지. 나중에 팥을 무엇으로 대체할지 생각해 둬야겠다.

그렇게 예정을 정하는 사이, 후세야 사람이 봉투 하나를 가지고 왔다.

이게 그 메뉴인가. 나는 바로 그것을 들고 다리아, 알리시아와 함께 도시 중앙에 우뚝 솟은 웅장한 짝퉁 나고야성으로 향했다.

§ § §

이 도시는 큰 산으로 둘러싸인 곳에 있어서 해가 일찍 저물었다. 시각은 아직 저녁일 텐데도 창밖은 이미 어둑어둑해 밤으로 착각할 정도였다.

"사정은 이해하지만, 그래도 먹어 보고 싶었어. 그 일식이란 거."

#4 우지킨토키 일본의 녹차 팥빙수.

"듣기로는 아기다르에서 먹은 요리와 비슷하다죠?"

"아기다르라……. 또 튀김을 먹고 싶은걸……. 감시만 없었으면 먹을 수 있었을지도 모르는데."

주변 기척을 살피자 어두운 창밖에서 이곳을 감시하는 사람 한 명과 건물 안에서도 우리가 도망가지 못하게 감시하는 사람 두 명이 있었다.

이 도시에 머물 계획이고 도망칠 생각도 없지만, 행동을 감시받으니까 괜히 갑갑해서 싫다. 그 때문에 성에도 못 갔고.

따분함을 해소하려고 방에 놓인 도구를 만지거나 방석으로 놀고 있는데 다시 건물 안이 분주해졌다. 그것도 사람을 찾는 느낌이 아니라 전쟁터에서 느끼는 것과 닮은 긴박한 분위기였다.

"레이스, 상황을 보러 가자. 느낌이 심상치 않아."

"그런 거 같네요. 아마 바깥인가 봐요. 감시는 신경 쓰이지만, 가 볼까요?"

서둘러 밖으로 나가자 우리가 왔을 때와 똑같이 서 있던 마차가 전복되어 주변에 짐과 잔해가 흩어졌고 마부와 승객도 다친 참상이 벌어졌다.

그런 와중에 후세야에 있던 마술사들이 치료하러 뛰어다니지만, 아무리 봐도 일손이 부족했다. 대체 무슨 일이 있었던 걸까?

"무슨 일이야? 나도 회복 마법을 쓸 수 있어, 도울게!"

"감사합니다! 줄 선 마차 중 한 대가 갑자기 행렬에서 억지로 빠져나가 날뛰어서…… 그 바람에 다른 마물과 말이 흥분해서 이 사달이에요. 지금 경비대 사람이 도망친 마차를 쫓는 중이에요."

"갑자기 날뛰어……? 아무튼 부상자를 한곳에 모아줘."

다행히 생명에 지장이 있는 부상자는 없어서 내 마법으로 한 번에 치료할 수 있었다.

그때, 문에서 경비병으로 보이는 일당이 마차 한 대를 대동해 다가왔다.

마차라고 부르기에는…… 거의 잔해뿐이었다. 다 망가진 짐수레를 거의 끌고 오다시피 몰고 왔다.

"치유사십니까? 방금 확보한 짐수레인데 혹시 모르니까 봐주시겠습니까? 치유 때문이 아니라 그…… 이미 유해가 되었는데 뭔가 알 수 없을까 하고……."

폭주 마차의 주인은 이미 숨을 거둔 뒤였나 보다. 시체를 무서워할 내가 아니다. 나는 마차에 탄 인간을 살펴보려고 짐수레로 올라탔다. 그런데—.

"……레이스, 잠깐 봐줬으면 하는 게 있는데…… 이거, 『용도』가 뭘까?"

나는 짐수레에 쌓인 시체보다 먼저 바닥에 떨어진 물건에 주목했다.

"이건…… 목줄과 쇠사슬이네요. 맹수였다면 우리가 있었겠죠. 그리고 이 크기는…… 인간 목에 들어갈 크기일까요? 그것도, 어린아이에게."

시체는 모두 성인 남성이었다. 죽은 사람을 모욕할 마음은 없지만, 그 풍모가 도저히 상인처럼 보이지는 않았다. 오히려 불한당이라면 모를까.

그런 생각을 하던 때, 내가 치료한 부상자 중에 있던 한 상인이 말을 꺼냈다.

"그것들은 올바른 상인이 아닙니다. 앞쪽에서 받은 안내서를 돌려보는데 갑자기 그 인간들이 여긴 위험하니까 다른 곳으로 가자고 수군대면서 억지로 다른 마차를 밀치고 도망가지 뭡니까! 아마 금지 물품이라도 실려 있었을 겁니다."

"흠. 그럼 병사들이 이 사람들을 처형했어? 다른 사람은 없었고?"

"아뇨. 저희가 이 마차를 발견했을 때는 건물을 들이박아 멈춘 상태였습니다. 이 사람들은 이미 숨을 거둔 뒤였고요. ……정면에서 충돌했으니까 즉사하지 않았을까요."

시체의 상태는 처참했다. 팔다리가 엉뚱한 방향으로 꺾였다.

그래도— 아니야. 이건 틀림없이 날붙이로 살해한 흔적이다.

"이 도시의 금지 물품이 뭔지 알려줄래? 들은 적이 없거든."

"일부 약물과 술, 그리고…… 사람이요. 지금은 어디서든 금지됐지만, 희귀한 종족은 아직도 일부 영지에서 거래된다고 합니다. 예를 들면 엘다인령이 그렇죠."

"그래? 아마 이 사람들은 노예 상인일 거야. 목줄과 쇠사슬이 있었는데…… 잘렸어. 게다가 죽은 사람들도 급소를 찢겼고. 아마 노예 중에 실력 있는 암살자라도 있어서 노예 상인을 죽이고 도망치지 않았을까?"

그래서 마부도 같이 죽어서 통제를 잃은 마차가 건물에 충돌했다.

내가 했지만 제법 괜찮은 추리라고 생각한다. 카이 군이 있으면 자랑했을 텐데.

"듣고 보니 목이 날카로운 것에 찢긴 상처가……. 알겠습니다. 바로 도시 경비대에 연락해서 경계 태세를 발령하겠습니다. 협력해주셔서 감사합니다, 치유사님."

병사는 그러면서 짐수레를 끌고 떠났다. 우리 감시를 맡은 병사와는 달리 솔직하고 본업에 힘쓰는 모습이 조금 호감을 줬다.

"일단 급한 불은 껐나? 도망친 범인은 신경 쓰이지만……."

"그러게요. 그래도 이만 방으로 돌아가요. 감시병이 뭐라고 하기 전에."

어느샌가 어둑어둑하던 하늘 아래로 새까만 어둠이 깔렸다.

이렇게 어둡구나. 아마 범인인 노예는 벌써 멀리 도망갔겠지.

……본심을 말하면 죽은 노예 상인은 자업자득이다. 범인은 끝까지 도망쳤으면 좋겠다.

그 후, 방으로 돌아온 우리는 저녁 먹을 시간이 되어도 돌아오지 않는 카이 군과 다리아에게 미안하게 생각하면서도 후세야에서 준비한 요리를 먹고 목욕탕을 빌렸다.

밤의 정적 속에서 두 사람이 돌아오기를 기다린다. 그 도중에 밖에 숨었던 기척이 멀어지고 실내에 있던 감시병의 기척도 하나 사라졌다. 아마 오늘은 도망가지 않으리라 판단하고 감시를 완화했겠지. 나 참…… 처음부터 도망칠 마음도 없었는데 말이야.

"조심성이 없네. 지금 이 순간에 창밖으로 도망칠지도 모르는데."

"후후, 그러네요. 하지만…… 그만큼 이 도시가 평화롭다는 뜻이겠죠, 원래는."

"그런가? ……아니, 그렇지는 않겠지. 레이스 ,마안으로 저 부근을 봐."

달도 숨어 버린 어둠 속, 후세야 외부 수풀에서 희미한 기척이 느껴졌다.

몹시 미약하지만 동물은 아닌, 명확한 의지를 가진 기척.

"……류에, 누가 있어요. 교대하는 감시병……일까요?"

"그런 것치고는 기척을 숨기는 방법이 미숙해. ……살펴보고 올까?"

"……알겠어요. 조심하세요."

만약 저녁에 있었던 사건의 범인이라면 도망가도록 돕자.

만약 도둑이라면 이 기회에 잡아 버리자. 그렇게 생각하며 조용히 풀숲으로 향했다.

어둠에 눈이 익숙해졌다. 그래도 기척이 있던 곳에 사람은 보이지 않았고—.

"류에! 뒤예요!"

그 순간, 나는 반사적으로 땅을 얼음 가시로 덮었다. 돌아보자 얼음을 가르는 검 한 자루가 공중에 떠 있었다. ……아니다, 이건 검 외의 부분이 안 보이는 거다.

"……기척을 못 느꼈어. 모습과 함께 감춰주는 거야? 대단한걸, 그 도구."

그 직후, 다시 검이 사라져 상대방을 놓쳤다. 그래도 그 때, 레이스에게서 지시가 날아들었다.

"옆에 있는 큰 나무 아래, 한 명 더 있어요!"

"윽! 알았어!"

지체 없이 나무로 돌아선 순간, 아무것도 없던 등 뒤에서 초조한 목소리가 들렸다.

"잠깐! 그 애는 관계없어!"

나도 나도 내 검을 불러내서 나무 뒤에 숨은 자에게 들이댔다. 그런데—.

"히익! 이러지 말아유! 햄은 아무 잘못 없어햄! 살려, 살려줘유!"

거기 있던 것은 수척해졌지만 틀림없이 그 아이였다.

"……햄! 어떻게 된 거야? 이런 몰골로……."

"희, 흰 언니햄! 오랜만이다햄."

들이댔던 검을 바로 치우면서 등 뒤에 있을 누군가에게 말을 걸었다.

"이 아이와 어떤 관계인지 말해줄래? 대답에 따라서는…… 각오해야 할 거야."

정적. 동요했는지 방금보다 기척은 강하게 느껴졌다. 그렇지만 내가 팔로 끌어안은 햄이 먼저 말을 꺼냈다. 이제 괜찮다, 이 사람은 좋은 사람이다, 라고.

"……아는 사람, 인가요? 죄송해요, 그렇다면 그 아이를 보호해주세요."

"당연히 그럴 거야. 너한테도 사정을 듣고 싶은데 괜찮을까? 일단 저기 창으로 들어가 줘. 자, 어서. 누가 오기 전에."

§ § §

보이지 않는 자를 방으로 들였다. 그러자 그 상대가 갑자기 모습을 드러냈다.

마치 옷을 벗는 것처럼. 실제로 그녀의 손에는 너덜너덜한 로브가 있었다.

"그 로브로 모습을 감춰? 대단한 도구네……."

"네. 제 생명선이기도 해요."

나타난 사람은 고동색 머리를 가진, 상상보다 훨씬 어린 여자애였다.

긴 머리가 산발하고 햄보다 초췌한 모습…… 그리고 무척 어둡지만 힘찬 눈이 인상적이었다.

"그래서…… 햄. 이 아이와는 어떤 관계야? 너는 누구야?"

"저는……."

그 아이는 자기 출신만은 결코 말하려고 하지 않았다. 그래도 어떤 경위로 이렇게 됐는지는 우리에게 확실하게 알려줬다.

"……역시 그 마차에 있던 자들은 노예 상인이었구나. 상대가 상대니까 죄질이 무겁지는 않겠지만…… 자수할 생각은 없지?"

"네. 이 아이가 몹쓸 짓을 당하는 걸 보고만 있을 수 없었어요. 그냥 풀어주기만 하려고 했는데— 참을 수가, 없었어요. 살려줄 이유가 없더라고요."

그렇게 말한 여자애에게서 짙고 오싹한 살의가 흘러나왔다.

……겉모습은 휴먼이다. 생김새에 맞는 나이라면 아마 스무 살을 넘긴 정도일까. 그런데 이 정도의 살기를…… 증오를 드러내는 것이 내게는 믿기지 않았다.

"너는 어떻게 할 생각이야? 이 아이를 맡기는 건 뭔가 목적이 있어서지?"

"네. 조금 급한 일…… 고향으로 돌아가기 위해 여행하고 있어요."

"……그래? 이 아이를 구해줬다고 하니까 하다못해 식량이나 옷을 나눠줄게. 단순히 햄을 맡기려고 여기 숨어들지는 않았지?"

사정은 모르겠지만, 목소리에서 목적을 이루겠다는 강한 의지가 느껴졌다.

악인은…… 아니라고 생각한다. 그러니까 적어도 내가 많이 가진 식량 중에서 오래 가는 것들을 골라 그녀에게 건넸다.

"『치이』, 이제 갈 거야햄? 혼자서 괜찮햄? 또 물에 안 빠져?"

"괜찮아. 이제는 안 빠져. 이 언니들이 하는 말 잘 들어야 한다? 그리고 앞으로 모르는 어른을 따라가면 안 돼. 약속할 수 있어?"

"약속한다햄. 이제 음식 준다고 안 따라가햄. 무서운 세상이그만."

여전히 달관한 듯 신기한 말투를 쓰는 햄에게 나도 모르게 쓴웃음이 나오고 말았다. 똑 부러진 건지, 얼빠진 건지…….

"받아, 이 주머니에 음식을 많이 넣어 뒀어. 그리고 옷도 몇 벌 레이스가 넣어 뒀어, 치이 씨."

"제가 예전에 입던 옷이지만, 못 입을 건 아니에요. 이 아이를 구해주셔서 정말로 감사해요, 치이 씨. 당신이 목적을 이룰 수 있기를 바랄게요."

"……치이 씨……. 아무튼 알았어요. 여러모로 챙겨주셔서 감사합니다."

그녀가 창틀에 다리를 올리고 나가려던 그때, 갑자기 멈춰서 자기 목에 걸린 펜던트를 빼더니 햄에게 줬다.

"자, 받아. 네가 전에 차던 건 액세서리가 아니라 너를 잡아 두기 위한 도구였어. 내가 잘라 버렸으니까 이걸 목줄 대신 차고 있어, 알았지?"

"오오! 고마워햄! 반짝반짝한 게 이뻐다햄……."

"소중히 다뤄줘. 그리고…… 류에 씨랑 레이스 씨였나요? 두 분이 나쁜 사람이 아니란 건 알았어요. 은인이기도 하니까 미리 알려드리는데……."

치이 씨는 막 떠올린 것처럼 다리를 걸친 채로 이번에는 우리에게 말을 걸었다.

"……조만간 이 도시에서 사건이 터질지도 몰라요. 가능하면 장기 체류는 피하세요."

"그게 무슨 말이야? 네가 뭘 저지른다는 뜻이야?"

"……처음에는 그럴 작정이었지만, 이번에 저는 관여하지 않기로 했어요. 제가 할 말은 이것뿐이에요. 어떻게 받아들일지는 두 분에게 맡길게요. 그럼 이만 가보겠습니다."

치이라고 불린 여자아이는 그렇게 말을 남기고 이번에는 정말로 어둠 속으로 사라졌다.

어딘지 모르게 위험한 기운이 감돌았다. 너무 예리한 칼날 같기도, 끊어질 듯 팽팽한 끈 같기도 한 느낌.

"……망설임 없이 사람도 마음도 죽이는 아이. 너무 강한 목적을 가진 탓, 일까."

"그러게요. 아직 젊은 애가 저렇게 싸늘한 살기를 내다니……. 만약 우리가 자유로웠다면 힘이 되어주고 싶었어요……."

지금 우리는 목적을 가지고 행동하고 있다. 다른 길로 빠질 수는, 다른 사람을 위해서 멀리 돌아갈 수는 없다. 햄도…… 분명히 이 도시에 맡기고 떠나게 되겠지.

"후아~, 졸리다햄. 치이도 기냥 여기서 자구 가지."

"아, 그렇구나. 벌써 시간이 이렇게 됐네. 그럼 같이 잘까?"

"그래요. 카이 씨랑 다리아 씨는 아마 오늘은 안 돌아오려나 봐요."

처음에는 투덜댔지만, 여기 남아 있어서 다행이었다.

그 덕분에 햄을 보호할 수 있었으니까.

§ § §

어둠에서 도망치듯 달이 보이는 산꼭대기로 올랐다.

이 세계에 오고 나는 인복이 없다고, 애초에 이 세상에 온 것 자체가 재수 없다, 불행 그 자체라고 생각했다.

그래도 나를 감옥에서 빼주려고 한 소년과 돌봐준 소녀, 그리고 나를 보내준 두 여성.

그 만남만은 행운이라고 불러도 되리라. 그래서— 나는 아주 조금이지만 오지랖을 부리고 말았다. 이 세상에 와서 처음 있는 일이었다.

"……시간이 없어. 그 아이들이 도시에 들어왔다면 나는 다음을 노릴 뿐이야."

산을 넘어 다음 영지로 향한다. 이곳은 이미 내가 손을 댈 필요도 없으니까.

§ § §

"오늘은 감사했습니다. 무리한 부탁을 드린 것도 모자라 외부인인 저를 주방까지 들여보내 주셔서. 알리시아 아가씨도 고마워. 덕분에 내일의 불안이 해소됐어."

"아니에요. 저도 설마 본 씨가 이렇게 요리를 잘 아는 줄은 몰랐어요. 내일 행사의 판세를 뒤엎는 반전도 기대할 수 있겠네요. 그럼 조심해서 돌아가세요. 그럴 리 없다고 생각하지만, 히모로기의 수하가 나타날지도 몰라요. 그리고 아까 도시에서 무슨 사건이 일어났다는 정보도 들어왔고요."

도시 중앙에 우뚝 솟은 영주의 거성. 주인은 자리를 비웠지만, 알리시아의 배려로 내일 요리 품평회에 낼 요리를 자세하게 배울 수 있었다.

다행히 모두 내 지식에 있는 요리와 유사해서 문제없을

것 같다는 안심감을 가지고 성을 나올 수 있었다. 시각은 이미 심야를 넘었지만.

나와 다리아는 알리시아가 마련한 마차를 타고 귀로에 올랐다.

"영주는 역시 없었어. 하지만 내일 품평회에는 온다고 하니까 잘됐어."

"으음…… 아, 응. 직접 만난 적은 없지만…… 만나기만 하면 어떻게든 되겠지."

흔들리는 마차 안에서 다리아는 마치 병든 닭처럼 꾸벅거렸다.

솔직히 나도 졸리다. 몸이 작은 다리아라면 더하겠지.

"……영주가 바뀌었어도 봉인은 전 영주가 담당하나. 역시 수명이 늘어나는 게 매력적인가? 다른 봉인의 수호자도 다들 그래?"

"글쎄…… 다만 적어도 여기 전 영주는…… 그다지 욕심 많은 인간은 아니야."

다리아가 졸리는 목소리로 멍하게 대답했다. 그런데 갑자기—.

"분명히 뭔가 이유가 있겠지……. 원치 않는 삶을 이어가서라도 수호자를 맡을 이유가……. 카이본, 만약 봉인에 뭔가 이상이 생겼을 때는…… 부탁해도 돼?"

약하게 꺼질 듯 가느다란 목소리로 내게 말을 걸었다.

그게 무슨 뜻인지 몰라서 다리아에게 진의를 물었다.

"만약 봉인이, 이 대륙이 한계에 달했다면…… 칠성을 해치워 **주세요**…… 용신마저 해치운 **당신**이라면…… 이 대륙의 미래를 맡겨도……."

"나만 믿어. 글렀다고 생각하면 전부 내가 처리해 줄게. 그러니까…… 안심해."

"아, 다행이야…… 당신이 와줘서…… 늦지 않아서 정말로 다행이야……."

그 말을 마지막으로 다리아는 조용한 숨소리만 냈다. 야…… 너, 혹시…….

"……마음 놔. 네가 어떻게 되어도…… 내 친구라는 건 변함없어."

후세야는 이미 쥐 죽은 듯 조용했다. 희미한 조명을 따라서 완전히 잠들어 버린 다리아를 업고 방으로 돌아왔다. 이미 바닥에 깔린 이불에 다리아를 눕히고 나도 방구석에 놓인 방석을 베개 삼아 잠든다. ……첫날부터 정신없이 바빴어. 내일은 또 무슨 일이 벌어질까.

다음 날 아침. 배에 충격을 받고 잠이 깼다.

뭐야? 류에가 깨우려고 들이박았나? 정말 그러면 너무한데.

하지만 시선을 배로 돌리자 거기에는 커다란 밀짚모자가

보였다. 그리고—.

"검은 오빠 일어나햄! 일어나!"

"햄이잖아! 너 왜 여기 있어?"

태양 소녀, 햄이 거기 있었다.

"카이본, 일어났어? 나도 방금 똑같은 짓 당했는데, 아는 사이라며?"

"맞아. 근데 류에랑 레이스는……."

그때 방문이 열리고 류에와 레이스가 돌아왔다.

"둘 다 일어났어? 내가 없는 동안 무슨 일이 있었는지 알려줄래?"

"카이 군, 잘 잤어? 어제는 여러 일이 있었어. 실은—."

잠기운이 남은 머리에 류에와 레이스에게서 들은 정보를 억지로 집어넣었다.

노예 상인과 암살자로 보이는 여성…… 그리고 이 도시에 관한 불길한 예고.

"……햄은 그 여자애의 정체를 몰라?"

"치이? 햄이 강가에서 치이를 찾았어햄. 어디서 왔는지는 몰러햄. 그치만 치이는 나쁜 사람은 아니야햄. 그것만은 보장햄."

그 여성의 별명일까? 그 단어를 듣고 한순간 가슴이 강하게 조여들었다.

"……카이본, 단순한 우연이야. 진정해."

"알아, 좀 놀랐을 뿐이야. 아무튼 어디 사는 누군지는 모른다는 말이지?"

나와 너무나도 가까웠던 사람과 같은 별명이라서 놀라고 말았다.

흠, 역시 다리아도 알고 있었나. 그렇다면 어제 그 모습은…….

"치이 씨는 아마 어디서 고용한 암살자가 아닐까? 굉장히 간절하게 『고향으로 돌아가겠다』고 말했어. ……정말로 간절하게."

"외모는 꽤나 젊은 여성이었지만…… 솔직히 많은 역경을 겪은 사람 같았어요. 그 사람, 눈동자가 어찌나 어둡던지……."

흠, 젊은 나이에 어디로 끌려가서 암살자로 살았던 걸까?

어떻게 보면 예전의 아마미와 비슷한 처지인지도 모르겠다.

"만약 다음에 만날 일이 있으면…… 사정을 조금 들어봐도 괜찮겠어. 이 도시에 관한 발언도 신경 쓰여. 어쩌면 이번 사건의 관계자일지도 몰라."

"그렇죠……. 앗, 죄송해요, 카이 씨. 제가 깜빡했네요. 방금 이곳 종업원에게 봉투를 받았어요. 오늘 예정이 적힌 서한이래요."

어이쿠, 품평회 예정이 도착했나? 아마 저녁에 열린다고 했었지.

"흠…… 행사장은 성지라는 곳에 만든 특설 조리장. 요리 준비를 위해서 정오에는 행사장에 입장해야 한다는군."

"오, 그러면 나도 어떻게 못 들어갈까? 성지 안쪽에 전 영주가 있다고 하잖아. 조수라고 하면 안 될까?"

"아, 나도 나도. 호기심도 있지만…… 성지라고 할 정도니까 대륙에 펼친 술식에 관련된 장소겠지? 뭔가 도울 일이 있을지도 몰라."

"제 마안도 도움이 될지 몰라요. 어제 우리는 함께 목격했으니까 조수라고 동행하면 들여보내 주지 않을까요?"

흠, 그것도 그렇다. 게다가…… 큰 행사 직전, 외부인이 참가하지 않고 제한된 인물만 참여하는 이 품평회가…… 더 수상하다는 생각도 든다.

알리시아가 염려하는 부분은 아마도 다른 영지와의 관계 악화, 혹은 전 영주의 안위.

다른 영지의 손님을 접대하는 자리에서 문제가 일어나지 않을까 걱정이겠지.

하지만 내가 걱정하는 것은 봉인이다. 다른 영지 인간을 제외하고 경계해야 한다.

"알았어. 분명히 상차림이나 기타 준비도 있을 테니까 도우미로 동행할 수 없는지 물어볼게. 그럼 아침을 먹고 바로 출발할까?"

우리는 당장 후세야 종업원에게 그 뜻을 전하고, 더불어 햄을 보호해 달라고도 부탁했다.

일단 어제 일어난 노예 상인 살해 사건에서 도망친 아이라고 설명했다.

그러자 당연히 우리가 있는 동안은 이 후세야에서 맡아주기로 했다. 단, 그 뒤에는 그녀의 의사를 존중하기로 했다. 이 아이는 가만히 두면 금방 여행하러 떠나니까 괜찮겠지.

§ § §

"와아…… 이 나무들, 모두 천 년은 가볍게 넘었겠어. 성지라고 부를 만해."

"류에스케, 보기만 해도 나이를 알아? 맞아, 여기는 대륙에서 가장 오래된 숲이야."

"그래? 그래도 의외야. 엘프들이 이 대륙에 이주했으면 가장 먼저 이곳을 확보했을 거 같은데……. 당시 엘프에게는 매력적이지 않았나?"

히모로기의 부하는 우리를 도시 동쪽, 산속으로 이어진 산문을 지나 엄중하게 경비하는 성지로 안내했다. 류에와 다리아가 말하는 대로 우리가 들어선 그곳은 여행 중에 들른 어떤 곳보다도 신성하고 엄숙한 분위기가 감도는 산길이었다. 마치…… 산 전체가 신의 영역이기라도 한 것처럼.

"미사사기 사람은 먼 옛날부터 이 부근에 살았어. 이미 산 자체가 이곳 주민을 자연의 일부로 인정했어. 엘프도 산의 분노를 사는 침략은 피하고 싶었겠지. 이러니저러니 해도 엘프나 수인도 숲의 주민인 건 마찬가지니까.”

“오호라. 분명히 이 숲은 생기가 아주 짙어. 잘못하면 나도 혼나겠어.”

“류에도 다른 오래된 숲에서 온 손님이야. 나름대로 환영해주지 않아?”

“후후, 그럴지도. 어쩐지 굉장히 마음이 편안해.”

류, 류에와 다리아가 엄청나게 엘프 같은 대화를 나눈다! 이거 좀 신선한데?

그렇게 녹음으로 둘러싸인 길을 걷는 사이 차츰 주위에 자란 나무가 커지고 껍질은 이끼로 덮여 더욱 녹음이 짙고 오랜 역사가 느껴지는 곳에 다다랐다.

이건…… 아무리 나라도 알겠다. 이곳이 틀림없이 성지라고 불려야 할 곳임을.

“오! 오셨네요, 본 씨. 저기 큰 정자 보이시죠? 저게 특설 조리장이니까 저기로 가셔서 준비해주세요!”

“알았어, 알리시아 아가씨. 히모로기 본인은 아직 안 왔나 봐?”

“맞아요. 그쪽도 급하게 인원을 보충한다고 참가 절차를 밟는다고 해요. 아마 우리에 대한 대항책을 마련했겠죠. 조심성이 많은 남자니까요.”

신성한 곳이라면서 제법 널찍하게 설치된 조리장에 이래도 되나 싶은 감정을 느끼면서 나는 그녀를 따라 그곳으로 갔다.

조리장은 상당히 컸고 중앙에서 구역 절반을 나누고 있었다. 그중 한쪽이 내 공간이라고 했다.

"아직 시간에 여유가 있다지만, 히모로기 진영은 벌써 준비에 들어갔네요. 어떻게 할래요, 본 씨도 시작할래요?"

반대쪽 조리장에서는 이미 요리사들이 재료 손질을 하고 있었고, 멀리서 봐도 숙련도가 높음을 알 수 있었다. 재료도 거의 가공이 끝나서 정말로 완성 일보 직전 같았다.

"이번에는 화기애애하게 요리할 여유도 없으니까 조금 엄격하게 할게. 레이스는 내 지시에 따라서 재료 손질**만** 해줘."

"손질만이요? 달리 도울 일은……."

"그럼 물만 끓여줘. 류에는 이번에 식탁 세팅과 얼음 조달을 부탁할게."

"아, 알았어……. 카이 군, 정말로 분위기가 달라."

당연하지. 어쩌다 보니 참가하게 되었지만 품평회는 품평회고 남의 진로에도 영향을 미치는 문제다.

그리고 무엇보다도 내 정신이 이 자리를 어물쩍 넘어가는 사실을 용납하지 못했다.

확실하게 이긴다. 미안하지만, 이 장르만은 내게도 양보할 수 없는 자존심이 있으니까.

"다리아, 너는…… 그래, 류에와 나를 보조해줘. 전언 역할로."
"알았어. 근데 너 왜 슌이랑 싸웠을 때만큼 진지해 보이냐?"
"똑같이 진지한 싸움이니까 그럴 만도 하지. 그럼 다들 빨리 시작하자."

준비된 재료와 어제 받은 목록을 비교해서 체크했다.
빠진 재료는 없었고 방해하려는 흔적도 딱히 보이지 않았다. 다리아가 아이템 박스를 이용해서 조사하니 독극물 또한 나오지 않았다.
"노골적인 방해는 없지만…… 노골적이지 않은 수작은 왕창 부렸군."
피가 덜 빠진 오리고기. 절묘하게 신선도가 떨어지는 생선. 잘 자라지 못한 채소. 양이 적은 조미료.
솔직히 초보는커녕 요리사도 잘못하면 놓치고 지나갈 방해는 오히려 감탄스러울 지경이었다. 하지만 재료 본연의 맛이 직접적으로 전해지는 일식에서 이 차이는 무시할 수 없다.
"다리아, 저기 누나한테 말해서 녹차 잎을 많이 받아와. 여기 특산품이지?"
"응, 알았어. 받아올게."
하지만 안타깝게도 냄새 잡는 법은 일식의 역사에서 떼려야 뗄 수 없는 기술.
미안하지만 이 정도 방해 공작으로 질 내가 아니야.

"품평회는 저녁에 시작인데 저쪽은 이미 완성 직전……
무슨 짓을 벌일 작정이군."

게다가 우리도 시간 여유는 필요하다. 이 성지를 돌아보기 위해서라도.

저쪽 요리사들은 숙련도가 높다. 뛰어난 기술을 갖췄고 나도 배우고 싶을 만큼 기본에 충실하다. 하지만…… 오로지 효율을 추구하고 비용을 절감하면서, 나쁘게 말하면 손님이 만족할 수밖에 없는 방법은…… 번갯불에 콩 볶아 먹는 일본과는 비교가 되지 않는다.

장담하는데 내가 있던 곳에서 그런 속도로 일하면 도마가 날아왔을 거다.

"진심을 다해서 간다. 다리아, 돌아왔지? 찻잎을 물에 담근 뒤에 솥 안에 채워줘. 레이스는 거기 있는 채소 껍질을 벗기고 나면 조리장 밖에서 대기. 류에는 작은 얼음을 그 통에 수북하게 쌓아 두고 필요할 때까지 떨어져 있어."

이번만은 본본 쿠킹도 휴방이다. 오늘은 특별히―.

"마왕의 주방을 보여주지."

§ § §

오리는 가열한 뒤 물기와 함께 피를 빼기도 한다.

그때, 찻잎을 쪄서 나온 증기로 감싸면 수분을 보호하며 찻잎의 향을 더할 수 있다. 이러면 오리고기의 문제는 완전히 해결된다.

채소도 맛있는 부분만 쓴다. 아깝든 말든 맛이 우선이다. 쓰지 않는 부분은…… 몰래 내가 가지고 돌아가면 되겠지. 버리지 않으면 아까울 것도 없다.

생선은 민물고기이기도 하여 그렇게 신선도가 떨어지는 편은 아니었다. 이 정도라면 조리 방법에 따라서 얼마든지 숨길 수 있다. 그나저나 이 생선, 나도 갖고 싶은데 어디서 구하지?

"카이본, 그럼 나도 이제 물러나겠는데…… 무시무시한 속도네."

"매일 이 정도 작업량이었어. 공백기는 있지만, 못할 것도 없지."

"워어…… 그나저나 방금 재료 중에…… 두부! 두부가 있던데?!"

"맑은국에 쓸 거야. 어제 너도 먹었지? 새우 경단 같은 거."

"두부가 들어 있었나……. 그, 그럼 나중에 튀김 두부……."

"……나중에. 시간에 여유가 있으면 이걸로 이것저것 시험해 볼게."

한 시간이 되려는 무렵, 전채부터 메인 요리까지 대강 준비를 끝내고 겨우 주위를 돌아볼 여유가 생겨서 다리아가 더는 기대를 감출 수 없다는 양 말을 걸어왔다. 그뿐만 아니라— 이미 모든 준비를 끝냈을 히모로기 진영 요리사들도 열심히 내 일솜씨를 지켜보고 있었다.

"……정말로 저들이 무슨 짓을 저지를까? 약을 탈 거 같지는 않은데."

적어도 그들은 진짜 요리사로 보였다. 당연히 말단으로 추측되는 젊은 사람까지.

그리고 히모로기도 아직 나타나지 않았다. 대체 뭘 하느라?

"우와…… 본 씨, 정말로 엄청 요리 잘하잖아요. 우리 집에서 일하지 않을래요? 요리나 내 상대나, 이것저것 해주면 좋겠는데요?"

"전자는 몰라도 후자는 매력적이지만, 급한 목적이 있어서 안 되겠네요~."

"으으…… 그래도 설마 혼자서 여섯 사람이 할 일을 소화할 줄이야. 상대편은 도시에서도 유명한 가게인 『자수암(紫水庵)』의 요리사들이라구요. 아까 요리장도 저한테 와서 본 씨랑 이야기하고 싶다고 했어요."

"품평회가 끝난 뒤라면 얼마든지. 그보다 히모로기는 어떻게 됐어?"

"이게 곧 와요. 본 씨 일 처리가 빨라서 참 다행이에요……."

그게 무슨 뜻인지 물으려던 그때, 연기처럼 과장된 목소리가 울렸다.

"죄송합니다, 여러분! 방금 시찰을 나갔던 영주님께서 돌아오셔서 급히 품평회에 모시고자 개최 시간을 조금 앞당기려고 합니다!"

갑자기 나타난 히모로기는 미안한 기색도 없이 태연하게 스케줄을 변경하려고 했다.

아하…… 이것도 방해 공작의 일환인가?

"30분 후, 영주님과 각 대표자분이 도착하십니다. 죄송하지만 요리 준비를 조금만 일찍 끝내주셨으면 좋겠네요. 오오! 역시 자수암 여러분은 일이 빠르군요."

히모로기는 히죽히죽 웃으면서 다가왔다. 그리고 마치 미리 이렇게 되리라 알고 있었던 것처럼 상대편 요리는 플레이팅에 들어갔다. 노린 것 같은 최고의 타이밍이었다.

"그리고 알리시아 님이 부른 사람은…… 어허, 혼자 계신가요?"

"네. 요리 담기 말고는 혼자서 충분하다고 하시네요. 앞으로 30분이나 있으면 충분해요."

"……설마 이자를 돕지는 않았겠죠? 경쟁 상대인데 말입니다."

이미 그릇에 담기기만 기다리는 요리를 보고 히모로기의 눈길이 주변 요리사들에게 향했다. 그러자 그들 중에서 가장 연장자로 보이는 남성이 앞으로 나왔다.

"맹세코 우리는 그를 돕지 않았습니다. 히모로기 님, 이 사람은 누군가요? 알리시아 님이 부른 요리사라고 들었지만…… 우리는 이미 그와 함께 주방에 서도 불만이 없습니다. 오히려 가르침을 받고 싶다는 생각까지 했습니다."

"……! 판단은 심사원이 합니다. 언제든 요리를 내놓을 수 있게 준비해주세요."

서둘러 류에와 레이스, 다리아의 협력을 받아 플레이팅에 들어갔다.

이번에는 류에가 있으니까 섬세한 얼음 장식도 손쉽게 만들 수 있다.

그리하여 7인분을 모두 그릇에 담고 품평회 심사원이 도착하기를 기다렸다.

"……카이본, 저 남자가 추가 인원을 불렀다고 했지?"

"그렇다고 들었어. 하지만 누가 함께 오지도 않았는데……."

"흠…… 미안, 나는 잠깐 여기서 빠질게. 성지 심층부에 가 볼래."

"……알았어. 혼자서 괜찮겠어?"

"괜찮아. 이 안쪽은 조금 특수해서 나 혼자 가는 편이 편해."

다리아가 몰래 숲 속으로 갔다. 하지만 뭔가를 놓친 기분인데…… 뭐지?

하지만 어떤 말소리가 울리며 내 생각을 끊었다.

"어서 오십시오, 『코우렌』 님. 연회에 낼 요리를 결정할 이 자리에 코우렌 님도 참석해주시기를 바랐습니다."

"그런가? 딸이 독자적으로 움직인다는 이야기도 들었다.

녀석이 너를 믿지 못하는 것도 어쩔 수 없는 일이지. 나 또한 그것을 용인하고 자유롭게 행동하게 두고 있다. 내 의중을 안다면…… 너무 잔꾀를 부리지 말도록."

현 영주의 행차였다. 알리시아의 어머니라는 그 인물은 『엥? 뭐야, 자매 아냐? 너무 젊은데?』라는 말이 무심결에 튀어나올 뻔한 미인이었다.

"본 씨, 본 씨, 어때요? 우리 어머니 미인이죠? 우리 집에서 일하면 어머니 근처에 머물 수 있어요. 아버지가 돌아가신 후로는 그 농익은—."

"딸이 할 소리냐. 얼른 자리에나 앉으세요."

폭스에게 촙. 입만 다물면 미인인데 왜 그런 소리를 하니!

그나저나 방금 얘기를 들으면 영주도 히모로기를 믿지 않는 눈치였다.

그래도 요직에 앉혀 둔 것은 그만큼 능력을 높이 사기 때문이겠지.

"그대가 알리시아가 데리고 온 요리사인가? 휴먼 같은데 참 젊군."

"처음 뵙겠습니다, 영주님. 아직 미숙한 점이 많지만— 따님의 안목이 확실하다고 금방 증명하겠습니다."

"후, 그런가? 흠…… 아직 요리가 완성되지 않은 것처럼 보이는데?"

그러자 그녀는 내가 장난으로 만들던 『어느 요리』에 눈길을 두고 말했다.

그야…… 두부가 있고 여우가 있으면, 이게 빠질 수 없잖아?

"그건 이번에 쓸 요리는 아닙니다. 그저 재료를 낭비하기 싫어서……."

"흠, 그런가? 그렇다면 나도 그만 돌아가지. 준비에 들어가도록."

외모는 닮았는데 위압감은 아예 딴판이다. 사람 위에 군림하는 자답다.

"후우…… 카이 군, 다 담았어. 자, 차 마셔."

"수고했어, 류에. 미안, 간도 못 보게 해서."

"괜찮아. 남은 요리를 몰래 아이템 박스에 넣을 거니까. 후후후, 기대돼."

하하하, 요 녀석. 류에에게 받은 차를 마셔 목을 축였다.

열대 기후까지는 아니어도 온난한 기후였다. 게다가 쭉 불 앞에 있었던 탓에 물이 몸 전체로 스며드는 느낌이었다. 냉녹차가 맛있다.

"상차림은 레이스가 하네? 서빙복이 잘 어울려……."

"나는 어때? 어울려? 방금 갈아입었어."

일본 사극에나 나올 법한 종업원 옷차림이 무척 귀엽네요. 류에도 들떠 보인다.

"어울려. 다음에 시간이 있을 때 나도 그런 옷 입어 볼까?"

수다를 떠는 척하면서도 류에와 나는 레이스가 아직 옮기지 못한 요리에 시선을 고정하고 있었다. 만약 요리에 수작을 부린다면 우리 요리를 노릴 테니까.

하지만 요리에 다가오는 사람은 없었고 레이스는 무사히 모든 요리를 나눠줬다.

"어서 와, 레이스. 수상한 움직임은 없었어?"

"네. 요리를 옮기면서도 상대방 요리를 옮기는 사람에게도 주목했지만……."

"흠, 걱정이 지나쳤나? 그보다 카이 군, 다리아는 어디 있어?"

"다리아는 아까 성지 안쪽으로 갔어. 여기만 경계한다고 될 일이 아니니까."

"아하. 여기는 확실히 대단한 곳이야. 대륙의 땅속에는 마력이 흐르는데 이곳은 그 흐름이 지면과 굉장히 가까워. 다리아가 새긴 술식이 희미하게 느껴질 정도로. 게다가…… 산의 마력이라고 말해야 하나? 그게 땅으로 새어 나오고 있어. 그러니까 나나 알리시아는 아주 마음이 편하지 않을까?"

"아, 그래서 이곳에서 마안을 쓰면 공기가 빛나 보이는군요?"

오호라, 이 일대는 마력이 가득 차 있나? 이 오빠는 전혀 모르겠어.

나도 마력을 느낄 수 있게 되면 여러 상황에서 편리할 텐데 말이야.

그 후, 히모로기가 뭐라고 인사말을 읊은 뒤 심사원들이

시식에 들어갔다.

첫 번째 요리는 전채. 전채는 재료의 질에 좌우되는 요소도 적으니까 눈에 띄는 차이도 없겠지.

긴장하지는 않았지만, 문제가 터지면 안 되므로 품평의 양상을 유심히 지켜봤다.

그러던 그때였다. 지진처럼 큰 진동이 한 차례 주변을 훑고 지나갔다.

대형 트럭이 근처를 지날 때처럼 매우 짧은 순간. 하지만 그 큰 진동은 사람들을 확실히 동요케 했고—.

§ § §

"큭! 뭔가가 몸에 스며들어……! 레이스랑 카이 군은 괜찮아?!"

"나는 아무렇지 않은데…… 류에, 어디 안 좋아?!"

"저도 진동은 느꼈지만, 딱히 변화는— 주위를 보세요!"

돌아보자 심사원부터 서빙 담당, 경비까지 몸이 안 좋은 것처럼 웅크리고 있었다.

그리고…… 그중에서도 알리시아와 영주 코우렌 씨가 중태로 보였다.

"마력과 같이 뭔가가 분출한 거 같아! 나는 사람들을 치료할게! 레이스랑 카이 군은…… 성지 안쪽으로 가는 게 좋겠어!"

"아니, 이 상태를 봐서는 산문 경비가 허술해졌을 우려가 있어. 레이스, 왔던 길을 돌아가서 경비를 맡아줘. 안쪽에는 나 혼자 갈게."

완벽하게 당했다. 요리에 너무 신경을 빼앗겨 있었다. 애초에 그런 규모로 끝날 사태가 아닌 줄 알았으면서! 나도 서둘러 다리아가 갔던 길로 달려갔다.

복잡하다고 들었지만, 사람이 다닌 흔적이 있으면 그것을 따라가면 된다고 생각했다.

그러나 안개가 짙어지면서 흔적을 놓치고 말았다. 그렇다면 이번에는 [오감 강화]를 내게 부여한다.

"뭐야…… 아무것도 안 들려……?"

부자연스러운 정적. 본래 들려야 할 풀잎 스치는 소리조차 들리지 않는 진짜 무음.

설마…… 여기는 단순한 숲이 아니라 어떤 힘이 작용하는 곳인가?

이미 퇴로조차 분간되지 않을 정도로 안개가 짙어져 어떻게 해야 할지 고민하는데 문득 뒤에서 누가 달려오는 발소리가 들렸다.

"본…… 씨! 본 씨, 대답해주세요!"

"날 그렇게 부르는 사람은…… 알리시아 아가씨야?! 여기야! 들려?!"

"드, 드디어 찾았네요……. 혼자 안쪽으로 가는 게 보여서……."

"그쪽이야말로 독인지 뭔지로 완전히 뻗은 줄 알았는데……."

목소리의 주인공은 발걸음이 무겁고 안색이 좋지 않은 알리시아였다.

"성지 안쪽에 이상이 발생했나 봐요. 숲의 마력이 오염돼서 그걸 항상 흡수하는 우리가 직접 빨아들인 영향이에요……. 류에 씨가 치료해줬지만, 어차피 이대로 가면 도시까지 영향이 미쳐요. 그럼 무리해서라도 본 씨를 안쪽으로 안내하는 게 낫죠. 본 씨가 엄청나게 강하다고 들었으니까요!"

목소리에는 기운이 없어도 말투는 끝까지 밝았다. 그렇다면 그 기대에 부응해야겠지. 나는 그녀를 부축하며 이 천혜의 미궁을 빠져나가는 법을 물었다.

"안아주셔도 되는데요? 죄송해요, 장난이에요. 이 안개는 산의 의지예요. 비상시라고 느끼고 스스로 길을 차단했겠죠. 원래 이 안쪽에는 이 땅과 깊은 연관이 있는 사람밖에 못 들어가니까요. 우리 일족과 함께 있으면 문제없을 거예요. 이대로 똑바로 가주세요."

지시에 따르며, 빨리 가기 위해서 정말로 그녀를 안아 들고 달렸다.

……쌀가마니처럼 어깨에 짊어진 채로.

"히익! 뭐예요! 신부처럼 안아 달라고요, 신부처럼!"

"두 손을 못 쓰니까 안 돼! 으악, 꼬리로 공격하지 마!"

몸을 철썩철썩 때리는 꼬리를 견디면서 똑바로 안개 속을 달리는데 갑자기 안개가 걷히고 길 앞으로 무수한 토리이…… 비유하자면 교토의 천본 토리이와 비슷한 광경이 펼쳐졌다.

다른 점이 있다면 이쪽은 썩어서 거의 자연으로 돌아간 상태란 것일까.

"본 씨, 역시 상황이 이상해요……. 지맥이…… 안 느껴져요."

"잘은 몰라도 이상 사태라는 소리지? 그럼 속도를 높일게."

말을 끝내기 무섭게 토리이 앞에 있는 큰 신전 같은 건물에서 주변 공기를 떨리게 하는 폭음이 터졌다. 그리고 동시에—다리아의 비명이 울려 퍼졌다.

"다리아!"

"으으! 카이본, 돌아가!"

뛰어든 신전은 흙먼지와 파괴의 흔적으로 가득했다. 천장과 바닥이 무너지는 가운데, 온몸에 상처가 난 다리아와 그 뒤에 연세가 많은…… 알리시아와 코우렌을 닮은 여성이 있었다.

"할머니! 아……! 침입자는 당신인가요?!"

"어머? 생각보다 빨리 왔네? 한 시간은 못 움직인다고 들었는데."

"흠, 하지만 목적은 거의 달성했으니까 여기서 빠져나갈까요?"

"엉? 잠깐만, 저 녀석…… 전에 본 얼굴이야."

그리고…… 그 습격범의 정체는 원래 가장 경계해야 할—.

그 순간, 둔한 통증이 엄습했다. 머릿속에 뭔가가 흘러드는 감각이었다.

"쳇, 상시 발동하는 타입인가……. 카이본, 부탁이니까 지금 당장 여기서 떨어져!"

"아니, 그럴 순 없어. 우연인걸. 너도 여기 와 있었나, 미사토?"

"후후, 그러게. 정말로 우연이네, 카이. 이 여자애랑 아는 사이야? 미안, 목적을 방해해서 좀 따끔한 맛을 보여줬는데…… 용서해줄 거지?"

거기 있던 자는 전에 헤어진 여성, 미사토였다. 그래, 전에 만났는데 왜 나는 경계하는 거지? 목적지가 같았으면 함께 행동해도—.

"대책 없이 마주친 게 잘못이야……. 원망하지 마라, 카이본. 알리시아! 아무것도 묻지 말고, 지금 당장 최선을 다해서 카이본에게…… 최음을 걸어!"

"네?! 아, 알겠어요! 본 씨, 실례할게요."

그러자 갑자기 미사토를 바라보던 내 시야를 금색 털이 덮었다.

그리고 다음 순간, 왠지 모르게 마음이 진정됐다. 향로라도 피운 것처럼 향긋한 냄새가 얼굴 전체를 감쌌다. 뭐지,

몸 안쪽이 따끈따끈해진다…….

“알리시아 아가씨, 카이본한테 부탁해. 그 녀석들을 해치워 달라고. 그리고 절대로 등에 멘 검은 쓰지 말라고 당부해줘.”

“아, 알았어요. 본 씨, 들리나요? 저도 부탁할게요. 저 침입자들을 날려 버려 주세요. 다만, 검은 쓰면 안 돼요.”

알리시아가 마치 애원하듯 눈가를 촉촉이 적시며 말했다. 귀가 절이라도 하듯 축 처지고 나지막하게 『죄송해요』라고 중얼거렸다. 왜 사과하지?

“고개 들어, 알리시아. 네 부탁은 반드시 들어줄게. 그런 표정 짓지 마.”

머리에 손을 얹고 부드럽게 쓰다듬으며 눈을 들여다봤다. 그런 얼굴은 네게 안 어울린다.

“웃어줘, 알리시아. 그렇게 슬픈 표정 짓지 마. 금방 끝내고 올게.”

“큭, 죄책감과 파괴력이 어마어마하네요……. 다리아 씨, 나중에 설명해주셔야 해요?”

미사토의 표정이 분하게 일그러지고 그녀를 따르는 검사 두 명이 재미없게 나를 보았다.

왜 이 정도 상대에게 다리아가 졌지? 솔직히 질 이유가 안 보이는데.

“다리아, 한심하게 뭐야? 대체 무슨 일이 있었어?”

“해로운 걸 몸 전체로 뒤집어써 버렸어. 게다가 친구를 지키느라고.”

“그래? 알리시아의 할머니라고 했지. 알리시아, 걱정 마. 금방 끝나니까.”

어느샌가 다리아 옆에 이동했던 그녀를 안심시키도록 웃어 보였다.

그리고…… 검을 쓰지 말라고 한다면, 조금 멋진 모습을 보이기 위해서라도 진심을 담아 이 주먹을 휘두르자. 미안하다, 미사토. 여자든 뭐든 안 봐준다.

그 순간, 모든 힘을 다하려고 마왕 모습으로 변했다. 검은 쓰지 않지만, 세팅한 어빌리티를 변경해 알리시아의 소원에 맞게 구성을 짰다. 『날려 버려』라니, 심성도 곱지.

“말도 안 돼…… 능력이 안 통해? 게다가 저거 마족이지? 치사해…… 나도 갖고 싶어.”

“저딴 허세에 쫄지 마! 지금 당장 박살내주마!”

옆을 지키는 검사 1호. 척 보기에 전사 같은 풍모로 다리아의 키보다 큰 대검을 내리친다— 그래서 그 칼날을 잡아서 으깨 버렸다.

“칼이 물렁하네.”

쥐었던 주먹을 그대로 배에 꽂아 다른 검사 쪽으로 날려 버리고, 이어서 땅을 강하게 박차 날아가는 남자를 추월해—.

“각도는 여기…… 조금 더 오른쪽인가?”

"아니?! 뒤에서?!"

날아온 검사와 격돌한 두 번째 검사를 강타해 미사토에게로 날렸다.

순서대로 한 방씩. 미안하지만 남녀평등이다. 너도 한 대 맞아라.

"알리시아한테 감사해. 죽이라고 했으면 죽였어. 셋 다 사이좋게—."

왼팔을 빼고, 세 사람이 충돌해서 하나로 뭉친 순간을 노려 상반신을 비틀어 하반신에 힘을 주고, 온몸의 근육 탄력을 실은 일격을…… 미사토에게 날렸다.

그 순간, 뭔가가 터지는 충격음과 함께 눈앞에서 미사토 일행이 사라졌다.

벽을 파괴하고 숲을 뚫으며, 곧장 멀리 보이는 산 정상을 무너뜨리고 사라졌다.

"[약자 선정]. 절대로 죽지는 않지만…… 그 뒤에 어떻게 될지는 내 알 바 아니지."

거의 등장할 기회가 없던 어빌리티로, 내 의지에 따라서 자유롭게 힘 조절이 가능해진다. 알리시아는 날려 버리라고 부탁했다. 그렇다면 거기에 맞추는 것은 당연하다.

"알리시아, 이제 됐어? 나는 네 소원을 이뤘어?"

"……죄송해요, 다리아 씨. 제가 말을 잘못 골랐나 봐요. 제 최음에 걸린 사람은 시킨 대로만 행동해서……. 바로 추적대를 보낼게요."

"……그것도 좋지만 서둘러 류에, 그리고 만약 올 수 있으면 너희 어머니를 여기로 데리고 와줄래? 『아카츠키』…… 네 할머니의 용태가 안 좋아."

"……! 할머니한테 무슨 일이 있나요?!"

흠…… 뭐지? 아직 조금 머리가 어질어질하다.

그때, 알리시아가 일어나서 급히 신전 밖으로 달려가 버렸다.

나도 따라가야 할까? 아니지, 따라가야 한다. 무슨 일이 생기면 큰일—.

"카이본, 스톱. 아카츠키, 이 녀석 최음을 풀어줄 수 있어?"

"어머나…… 리아 친구구나? 그 아이도 참, 최음도 안 풀고……. 오빠, 이쪽으로 와 보셔요."

다리아에게 불린 뒤, 알리시아의 할머니로 보이는 여성이 옥좌 같은 의자에 몸을 기대고 내게 손짓했다. 그녀의 가족이 부탁하니까 가까이 다가갔는데—.

"이건…… 어마어마한 내성인걸. 보통 사람이었으면 지금쯤 알리시아를 덮치고도 남았어. 이렇게 강한 최음을 당하고도 거의 이성을 유지하는 게 놀라워."

그러면서 그녀는 자기 꼬리털을 몇 가닥 뽑아서 손바닥에 노란 불을 지폈다.

그 순간, 신기한 향기가 콧구멍으로 들어와서 머릿속에 있던 뭔가를 씻어내는 느낌이 들었다.

……그렇군. 독으로 독을 다스린다는 건가. 기억은 선명하게 남는군.

"……죽고 싶어. 알리시아 아가씨에게 노골적으로 추파를 던졌잖아……. 사과해야겠어."

"크크…… 미안, 카이본. 미사토의 능력에 사로잡힌 너를 그대로 둘 수 없었고, 그것밖에 방법이 없었어. 하지만…… 류에와 레이스가 없어서 다행이지?"

"천만다행이지……. 그나저나 미안해. 그 녀석들을 잡을 기회를 날려 버렸어."

"분명히 그건 아쉽지만…… 아마 제대로 움직이지 못하겠지. 금방 잡힐 거야."

그렇게 말한 다리아의 표정이 고통으로 일그러졌다. 맞아, 나는 이 녀석 비명을 듣고…….

"다리아, 너…… 괜찮아? 그 녀석들한테 호되게 당할 정도면 심각한데."

"……봉인이 파괴된 반동으로 오염된 마력이 나한테 흘러들었어."

"뭐— 파괴됐다고……?"

"봉인은 이 옥좌 아래에 있었어. 그런데……."

보아하니 그 옥좌는 무사했고 지금도 아카츠키라고 불린 전 영주가 앉아 있었다.

그러자 내 시선을 알아차린 아카츠키 씨가 조용히 말을

걸었다.

“봉인은, 조금씩 뒤틀리고 있었어. 그게 얼마 전부터 크게 흔들리고 마력 흐름도 바뀌더니…… 이곳과는 다른, 작은 웅덩이가 생겼나 봐……. 거기서 봉인을 공격당하고, 여기 있던 우리에게 칠성에게서 샌 마력이 흘러들어서……”

아카츠키 씨가 그렇게 설명하면 도중, 눈에 보이는 속도로 그녀의 머리와 꼬리에서 색이 빠졌다. 황금색이 희게 바래고, 그리고…… 윤기가 사라졌다.

“……! 다리아, 대체 어떻게 된 거야? 이 사람, 치료는 했어?!”

“안타깝게도 내 힘으로는 방법이 없어……. 류에라면 혹시 모르지만……”

“후후, 됐어. 나는 이미 살 만큼 살았는걸. 아니, 너무 오래 살았나?”

그래…… 봉인의 수호자에게는 힘이 부여된다고 했다. 그리고…… 수명도.

그것을 잃었다면 그녀는…… 수명도 잃었다는 뜻이 아닌가.

그때, 신전 입구에서 류에와 알리시아가 달려왔다. 그리고 코우렌 씨도 레이스에게 부축받으며 이를 악물고 따라왔다.

“웬 놈들이냐! 사당에서 이런 파괴 행위를 일삼다니…… 어머니, 무사하신가요?!”

“진정하렴, 코우렌. 성녀 다리아 님에게 무례하잖니.”

“서, 성녀 다리아?! 하지만 이 사태는 대체?! 어머니도 모습이……."

해방자가 이 공화국에서 소환된 일. 품평회에 신경을 빼앗긴 사이 이곳까지 침입당한 일. 그리고…… 봉인이 파괴된 일을 아카츠키 씨와 다리아가 설명했다.

우연은 아닐 것이다. 이미 류에가 잠재웠지만, 그 이변으로 모두 정신을 잃을 뻔한 상황에서 혼자만 태연히 도망가려던 인물이 있었다고 한다.

"히모로기가 주모자였나……. 그토록 우리가 영주를 맡는 게 아니꼬웠단 말인가……."

"……그 나름대로 이유가 있었는지도 모르지요. 하지만 성지 파괴에 가담한 건 어쩌면 그 남자의 의지가 아닐 가능성도 있습니다."

히모로기가 모종의 방법으로 영주를 실추하려고 했는지도 모른다.

하지만 거기에 편승해 미사토가 매료 능력을 구사하여 도왔을 가능성도 무시할 수 없다.

사실 이 부분은 우리가 조사할 일은 아니지만, 혹시 몰라서 설명했다.

"그래서 다리아 씨가 본 씨에게 최음을 걸라고 하셨군요? 그건 그렇다 치고…… 진짜 성녀님인 줄도 모르고 제가 결례를……."

"신경 안 써도 돼. 그런데…… 류에, 어때? 아카츠키의 상태는."

다리아는 사건 설명도 간략하게 끝맺고 아카츠키 씨의 용태를 물었다.

류에가 빛나는 양손을 아카츠키 씨에게 내밀고 땅 위에도 빛의 문양이 떠올랐다. 상당히 고도의 회복술 같지만, 그래도 류에의 표정은 심각했고 다리아의 질문에 답할 여유조차 없어 보였다.

"……아카츠키 씨라고 했지? 자신이 어떤 상태인지…… 알지?"

"……응. 당신, 대단한 실력이야……. 조금뿐이지만, 자연의 섭리에 거스르다니."

"미안……. 나로서는 이게 최선이야. 미안해, 아카츠키 씨."

불길한 대화였다. 지금 오간 말이 무슨 의미인지 캐물으려고 코우렌 씨가 앞으로 나섰다.

"무, 무슨 뜻이냐?! 어머니가…… 설마…… 살지 못하신다는 말이냐?!"

"아카츠키 씨는 사실 훨씬 오래전에 생을 마감하셨어야 했어……. 아마 지금까지는 봉인 술식으로 변환된 마력을 써서 연명했겠지만…… 미안해. 이 수명은 본래 그녀의 것이 아니니까…… 생명의 유실은 막을 수 없어."

류에는 말했다. 상처도 병도 체력 소모도 아니라 생명 자체가 빠져나가서 본래 있어야 할 대지로 돌아가는 것이라고. 그 자연의 순환을 억지로 막으면 언데드가 되어 의지 없는 마물로 살아가는 것이나 마찬가지라고.

"참 오래 살았어. 코우렌, 알리시아. 나는 그만 떠날게. 봉인이 파괴된 이상…… 누군가 한 명이 『**몸을 바칠**』 필요도 없잖니? 원래는 내가 아니라 네가 이어야 할 역할…… 그걸 나를 위해서 잇지 않았지. 이제는 받아들이렴."

코우렌 씨는 아카츠키 씨의 수명을 늘리려고 봉인의 수호자가 되기를 거절하고 그녀에게 맡겼던 것일까……?

"할머니…… 정말로 이제는, 시간이 없나요……?"

"후후, 미안해. 이 아가씨 덕분에 조금 시간을 벌었지만, 그래도 앞으로 몇 분은 될까? 아쉬워. 떠나는 건 무섭지 않지만, 오늘 요리는 맛이나 보고 싶었는데."

……상황이 너무 안 좋다. 하지만 그런 말을 들으면, 코우렌 씨나 알리시아에게 원망받는 한이 있어도…… 나는 할 수밖에 없다.

"류에. 유실을 억지로 막지는 못해도 일시적으로 강한 생명력을 불어넣으면 조금 더 시간을 벌 수 있지? ……이 사람한테, 먹여주고 싶어."

"카이 군…… 레이스 때 썼던 방법도, 이번에는 불가능해. 살아날 수는 없어. 살아나도 결과는 변하지 않아. 이미…… 원래 있어야 할 생명을 잃었으니까……."

"……아니, 그거랑은 다른 수단이야. 적어도 이 사람이라면…… 틀림없이 견디겠지."

믿을 수 없지만, 아카츠키 씨의 스테이터스는…… 류에와 동급이거나 그 이상이었다.

대지와 이어진 그녀라면…… 방대한 생명력을 몸으로 받아낼 수 있을 것이다.

아카츠키 씨에게 [생명력 극한 강화]를 부여해 봤다. 무한히 샘솟는 생명력을.

"으흑…… 이건 대체……. 당신…… 이 힘은……?"

무사히 성공했다. 희게 센 털이 황금빛으로 돌아오고 피부 탄력도 조금씩 회복됐다.

아마 지금 그녀는 밑 빠진 독이다. 빠져나가는 물보다 더 많은 물을 쏟아주어야 한다. 억지로나마 시간은 벌었다. 적어도…… 최후의 만찬까지는 버텨 주리라.

"당신, 이름을 알려줄래?"

"카이본, 입니다. 들으신 대로 다리아의 오래된 친구입니다."

"……나에게, 뭔가를 빌려준 상태지? 이질적인 존재가 느껴져."

아카츠키 씨는 조금 험악한 표정으로 나를 봤다.

"네. 저는 이번 품평회에서 요리를 만들었습니다. 하다못해 그거라도…… 드셔주셨으면 합니다."

"……그래? 세상의 섭리를 거슬러서까지 내 마지막 소원을 이뤄주려고? 그래도 이 힘은…… 언젠가 필요 없어지면 포기하는 편이 나아. 틀림없이…… 당신이 불행해져.”

“……네. 그럴 생각입니다.”

대수롭지 않게 사용하는 힘. 하지만 냉정하게 생각하면 이건 거의 불로의 힘이다. 우리 신예기 인간은 원래 불로의 힘을 갖췄지만, 그것을 타인에게, 단 한 명에게 나눠줄 수 있다. 그건…… 분명히 많은 싸움을 낳을 것이다. 누가 뭐래도 인류의 숙원이기도 하니까.

“카이본 공이라고 했나?! 이 힘, 어머니에게 양보할 수는 없겠나?! 지금 상태라면 어머니는 살아가실 수 있는 거지?! 부탁한다, 원하는 것이라면 뭐든 주마!”

“그건…… 안 됩니다. 이 힘을 타인에게 계속 넘겨줄 수는 없어요.”

“그건 어머니를 죽이겠다는 뜻이나 진배없다! 그대에게는 살릴 힘이 있지 않은가!”

“그만! 이 사람은 너나 알리시아가 그렇게 반응할지 모른다고 생각하면서 내게 유예를 줬어! 단지 내 아주 사소한 소원을 이뤄주기 위해서!”

그 말이 맞다. 육친의 생살여탈권을 얼핏 보여주고 결국에는 빼앗는 행위.

원망스럽겠지. 하지만 그래도 그녀의 마지막 소원을 이뤄주고 싶었다.

“어머니…… 본 씨가 여기 온 건 우연. 그리고 성지를 습격한 건 다른 누군가의 의지. 또…… 할머니가 여행을 떠나는 건 자연의 섭리예요. 그걸 모두…… 받아들여요……."

"후후, 딸에게 가르침을 받는다니, 너도 아직 멀었구나. 코우렌, 이건 언젠가 찾아올 결말이야. 원래대로라면 분명히 아무도 봐주는 이 없이 여기서 사라졌겠지. 그에 비하면 참 복에 겨워……. 딸과 손녀, 그리고 오랜 친구가 봐주잖아. 이보다 행복할 수 있겠니?"

당당한 표정이 눈물을 먹고 허물어지며, 코우렌 씨는 아카츠키 씨의 설득에…… 고개를 끄덕였다.

그리고 우리는 이 땅에 사는 아름다운 세 여우를 따라서 최후의 만찬으로 향했다—.

§ § §

소란의 영향으로 특설 조리장에는 이미 사람이 없었다.

하지만 다행히 제공하기 전인 요리 일부는 류에가 보존해 준 덕에 무사했다.

게다가 만들고 있던 요리도 냉장 마도구 안에 남아 있었다.

"할머니, 본 씨는 요리를 정말 잘해요! 이걸 전부 혼자서 만들더라니까요."

"어머, 그랬니? 코우렌, 너도 같이 먹자. 자, 옆으로 오렴."

"네……. 저도 두 번째 요리까지 먹었어요. 저도 실력은 보장할게요."

레이스가 다시 세 사람에게 요리를 옮기고 나도 식어 버린 요리를 다시 데웠다.

그리고…… 마침 좋은 기회니까 메뉴에는 없었던 품목을 완성해 나갔다.

두부를 얇게 썰어서 기름으로 튀긴 유부. 그리고 여우 모습을 한 여성.

그렇다면 만들 수밖에 없지 않겠는가. 내가 만든 것은…… 두말하면 잔소리, 유부초밥[#5]이다.

민물고기 배에 있던 알. 연어알과는 달리 황금색으로 빛나는 알에 맛을 입히고 유부초밥 안에 함께 채워 넣어 장식한다. 맛도 보았지만…… 불평의 여지가 없는 맛이다.

메인 메뉴와 겹치지만, 얼추 요리를 다 먹은 세 사람에게 내가 직접 유부초밥을 가져갔다. 살짝 꼭지를 세워서 여우 귀 모양을 흉내 내 보았다.

"마지막으로 이걸 드셔 보시겠습니까? 이 도시에 있는 요리인지는 모르겠지만……."

"어머나? 저는 처음 보는데…… 튀김, 은 아니네요. 흠?"

"이건…… 아까 본 공이 만들던 요리 아닌가? 그런데 안을 채워 넣었군……."

#5 유부초밥 일본의 농경신 이나리에게 바치던 공물. 이나리가 여우를 부리기 때문에 여우가 유부를 좋아한다는 속설을 낳았다.

"후후, 이건 우리 귀니? 귀여운걸."

비장함이 옅어지고 평화로운 식사를 하던 세 사람이 이 낯선 요리에 관해 한마디씩 했다.

그리고 처음으로 젓가락을 뻗은 사람은…… 예상대로 알리시아였다.

"냠…… 음, 음, 음…… 꿀꺽…… 후아……."

크게 한 입 먹은 알리시아의 표정이 마치 잠에 빠지듯 사르르 녹았다.

뭐지? 한마디로 표현하면 『흐물폭스』라고 해야 하나?

"맛있어요……. 우리가 원래 튀김을 좋아하지만…… 이건 뜨겁지도 않고 촉촉한데 기름의 풍미, 달고 짭조름한 맛, 안에 든 밥의 간…… 이 생선알까지……."

말하면서도 참을 수 없었는지 남은 부분도 한입에 넣고는 다시 사르르 녹아 내렸다.

"으음…… 확실히 이건……. 마치 우리의 입맛을 전부 꿰고 있는 것 같은 요리…… 산천어 알이로군? 여기에도 간이 잘 뱄어……. 후후, 맛이 일품이야."

어느샌가 먹고 있던 코우렌 씨도 그 늠름한 표정이 풀어졌다.

다행이다, 여우가 유부초밥을 좋아하는 건 픽션에서만 통하는 게 아니었구나.

"맛있어……. 참으로, 참으로 맛있어……. 떠나는 순간까지 이토록 행복해도 되는 걸까……. 본, 멋진 요리를 만들어줘서…… 정말로 고마워.”

“……좋아해 주시니 저도 무척 기쁩니다.”

그렇게 접시 위에서 모든 요리가 사라지고 식후 차까지 마신 그 순간…… 분위기가 다시 조금씩 무겁게 내려앉았다.

“리아, 가까이 와줘. ……마지막이잖니, 이야기를 하고 싶어.”

그러자 사당에서 이곳으로 올 때까지 조용하던 다리아가 조금 힘없는 표정으로 다가왔다.

“리아. 지금 참고 있지? 방금과 다르다는 게 느껴져.”

“네…… 응. 오랜 친구가 떠나는 길이니까…… 감정이 앞설 만도 해요…… 해.”

“……괜찮아. 편하게 말해줘.”

“하지만…….”

그때, 다리아가 한순간 나를 힐끔 봤다.

……받아들일게. 나는 아무 말 없이 고개를 가로저었다.

“……제 봉인이 더 강했다면 당신의 결말은 달랐을지도 몰라요.”

“그럴지도 몰라. 그래도…… 어차피 당신과 쭉 같은 길을 걸을 수는 없었어. 수명이 있는걸. 언젠가 반드시 내 육신은 세월에 굴복해.”

“그래도! 이번 일도 제가 더 일찍 깨달았더라면―.”

“……자책하지 마. 마지막에 당신이 와줬잖아. 나는 그것만으로 기뻐. 게다가…… 당신도 더는 무리할 필요 없어졌지?"

그러자 아카츠키 씨가 나를 곁눈질했다.

"본. 리아를 잘 부탁해. 슌만으로는 걱정이었는데…… 당신들 같은 친구가 있다면 나도 안심하고 떠날 수 있어."

그렇게 말을 남기고 아카츠키 씨는 조용히 일어나서 다시 사당으로 이어진 길로 향했다.

당연히 코우렌 씨와 알리시아가 그 뒤를 따르지만, 아카츠키 씨는 그저 조용히—.

"여기까지면 됐어. 나는 이 미사사기의 땅으로 돌아가 언제까지고 너희를 곁에서 지켜볼 거야. 리아, 그리고 다른 사람들도. 정말로…… 많은 폐를 끼쳤어."

너무나도 자연스러워서 죽음이 느껴지지 않는 그녀의 초연함에 다들 말을 꺼내지 못했다.

그리고 가족과 친구에게 배웅받으며 그녀는 성지 깊은 곳으로 사라졌다.

§ § §

그날 밤. 나는 홀로 몰래 성지 안쪽으로 들어갔다.

이미 위기가 사라졌기 때문인지 안개는 생기지 않았고, 산이 인도하는지 내가 혼자 와도 사당에 당도할 수 있었다.

"안 됐으면 광장에서 할 생각이었는데……."

사당에는 들어가지 않았다. 나는 그녀가 조용히 시간을 보낼 곳을 바라볼 뿐이었다.

"……돌려받겠습니다. 편히 잠드시길…… 아카츠키 씨."

【커스 기프트】를 해제하고 [생명력 극한 강화] 부여를…… 그녀의 생명을 거뒀다.

"……이제 나와, 다리아."

나는 뒤쪽으로 말을 걸었다. 후세야를 나온 시점에서 쫓아온 듯했다.

"들켰어? ……카이본, 고마워. 그리고 찜찜한 역할을 떠맡겨서 미안해."

"찜찜할 것도 없어. 그런데…… 슬슬 말해줄 때도 되지 않았어? 너에 관해서."

감정이 심하게 흐트러졌을 때, 이 녀석은 성녀로서 말한다.

은신처에서 류에와 말싸움이 벌어질 뻔했을 때도 그렇다.

"……처음에는 입장에 맞게 행동하려고 조심할 뿐이었어. 그래도 역시 힘들더라고. 안 그렇겠어? 평생을 남자로 살아왔는데 성녀라니?"

성지는 어둠 속에서 희미하게 빛을 내는 나무들로 둘러싸였다. 그 빛을 조명 삼아 다리아의 독백이 시작됐다.

"지구에서는 단순한 일반인이었던 내가 성녀로, 딱히 강한 목적의식도 없이 500년이나 마음이 병들지 않고 살 수 있다고 봐? ……못 해. 내가 잠드는 이유는 술식의 부담 때문만이 아니야."

"네가 그렇다면, 그런 거겠지. 그럼 정신적으로 한계에 달해서 오락가락한다는 뜻이야?"

다리아는 오묘한 표정을 짓고는 미안한 투로 말했다.

"미안하지만…… 여기서부터는 히사시가 아니라 다리아가 설명해야겠지."

그 말이 끝남과 동시에 얼굴에서 호승심 어린 표정이 떨어져 나가고—.

"……연기가 아니라 지위에 어울리는 인격을 만들어서 히사시를 보호했어요. 그래도…… 오래 성녀로 지낼 때는 히사시의 영혼이 마모되는 걸 막지 못했죠."

성녀 다리아가 말했다. 그녀가 말하는 내용은 내가 어렴풋이 상상하던 것과 일치했다. 우연히도…… 같은 처지였던 류에가 있기 때문에 나는 이 상황을 쉽게 이해할 수 있었다.

하지만 다리아가 이어서 말한 내용이 나를 조금 동요시켰다.

"……이상하다고 느낀 건 금방이었어요. 성녀인 동시에 지구의 추억과 게임 시절 기억을 가진 나는…… 정말로 만들어진 인격일까. 그리고…… 깨달았죠. 히사시는…… 나였다고. 제가 바로, 본래 영혼이었다고."

"무슨 뜻이야? 방금 이야기하던 사람이 히사시 아니야?"

"저는…… 더 일찍 입장에 어울리는 존재가 되려고 변화했었겠죠. 몸과 마음의 관계는 복잡해요. 몸에 끌려갈 때도 있는가 하면, 그걸 받아들이지 못하고 괴로워할 때도 있어요. 저는 아무래도 전자였나 봐요. 하지만……."

그리고 나는 지금 이 순간까지 친구로 행동하던 히사시의 정체를 알았다.

"사라지면…… 히사시가 사라지면…… 슌은 혼자 남고 말아요. 서로를 잘 아는 동향 친구를 잃어요. 그리고— 언젠가 나타날지도 모를 당신을—."

이제야 알겠다. 이 녀석은 나와 슌을 생각해서 히사시의 기억과 행동거지를 아는 인격을 만들어 내고, 오히려 자신을 뒤로 숨겨 버린 것이다.

반대……였다. 성녀가 곧 히사시고, 오늘까지 히사시로 행동하던 인격이…… 이 세계에서 만들어 낸 인격이었다.

"계기는 아마도 카이본, 당신이에요. 저나 『그』나, 재회를 이루고 자기 역할은 끝나간다고 느꼈어요. 그러니까…… 아마 한계가 온 거예요."

"……그래? 정말로 너는…… 의리가 있어, 예나 지금이나. 인격이 무슨 상관이야. 태도가 다르면 또 어떻고. 네가 어떻든 우리 친구란 사실은 안 변해."

"역시 그런가요? 어렴풋이 그렇게 반응할 줄 알았어요. 여기까지가 제가 설명할 수 있는 전부예요. 다시 그로 변할게요. 그리고 아마도—."

"……이걸로, 마지막이야?"

다리아가, 그녀가 눈을 감았다. 그리고 눈이 다시 뜨였을 때, 거기에는 익숙한 표정을 한 다리아가 있었다.

"대충 알겠지? 나를 가짜라고는 생각 안 하지만…… 곧 사라질 존재인 건 알고 있었어. 미안, 그럴 생각은 아니었는데 결과적으로 속이는 꼴이 돼서."

"신경 안 써. 그래서 너, 정말로 사라져?"

"사라진다는 표현은 좀 그렇지. 원래 다리아 안에 있었으니까 돌아갈 뿐이야. 내 존재는 다리아의 마음, 정신 리소스를 적잖게 잡아먹으니까. 봉인이 불안정해지는 요즘 같은 때는 최대한 절약해야지. 게다가 이미 만족하기도 했고."

"나 참, 그렇게 내가 보고 싶었냐?"

"누가 보고 싶었댔냐! 네가 딱하고 가여워서 그랬다! 다시 만났는데 아예 딴사람이 되어 있으면 네가 불쌍하잖아? 그러니까 고마운 줄 알아."

마지막까지 변함없이 다리아…… 아니, 히사시는 웃으면서 얄미운 소리를 쏟아냈다.

"그럼 마지막으로 부탁 하나만 들어줘. 기억이 있어도 이 세계에서 태어난 건 나나 성녀 다리아나 똑같아. 그리고…… 미각은 기억에 남기 어렵기도 해. 그러니까 음식 많이 해줘. 기억 속에 있는 밥을 많이. 그날 밤에 먹은 네 요리, 지금까지 이 세계에서 먹었던 어떤 음식보다 맛있었어."

"당연하지. 역시 입맛만은 변하지 않는구만. 우리가 좋아하는 건 언제나 술안주지."

마지막 부탁이 또 음식 관련이다. 칠성과 봉인에 관한 걱정은 이제 전혀 없겠지. 당연하다. 나와 다리아가 앞으로도 계속 있을 테니까.

"그럼 일단은 이별이야. 뭐, 말이 그렇다는 거지, 나는 다리아로 돌아갈 뿐이야."

"그래. **다음에 보자.**"

그렇게 말을 남기고 다시 다리아가 눈을 감았고, 다음으로 눈을 뜨자—.

"……정말로 부러울 만큼 친한 사이네요, 카이본."

성녀 다리아가 거기 있었다. 음, 이쪽이 외모에 어울려서 말하기 편하다는 생각까지 든다. 뭘 이런 걸로 고민했던 건지…….

"같은 친구잖아? 시간도 늦었으니까 돌아가자. 급하기는 해도 내일 바로 떠나는 것도 아니니까. 내일도 바쁠 테니까 잠은 자 둬야지."

"그러네요. 부서진 봉인을 어떻게든 해야 하고, 영주와 알리시아 씨를 그대로 둘 수도 없죠. 이틀 정도 머물면서 사후처리를 하고 싶어요."

"미사토 일당도 탐색하고 말이지. 그게 끝나면…… 다음은 어디로 가게 되려나."

"거리상 녹스헤임을 거쳐서 엘다인으로 들어갈 거예요. 둘 다 봉인 거점이니까 마침 좋은 기회죠. 게다가…… 녹스헤임은 어패류가 풍부하고요.”

그렇게 말하는 다리아는 여느 때처럼 능청스럽지는 않았지만, 조금…… 내가 잘 아는 그 녀석과 닮은 느낌이 들었다. 맛있는 요리, 기대하고 있구나?

“……카이본. 다시 한번 잘 부탁할게요.”

“그래. 잘해 보자, 다리아.”

그리고 오늘까지 고마웠어. 잘 가, 또 다른 다리아(히사시)—.

2장 피와 욕망, 그리고 재회

"정말 아쉽네요……. 목적을 이루면 그냥 여기서 사시죠? 우리 집 요리장 겸 새로운 경비대장으로 고용할 의향이 있어요. 그렇죠, 어머니?"

"암. 본 공에게는 큰 은혜를 졌지. 이대로 우리 딸과 혼인하여 이 땅에서 뼈를 묻을 생각은 없나?"

"아뇨…… 저는 이미 정해 둔 상대가 있어서요. 말씀만이라도 감사합니다."

아카츠키 씨가 떠나고 사흘째 되는 날. 이른 아침부터 다음 영지로 떠나는 우리를 배웅하려고 코우렌 씨와 알리시아가 나와줬다. 좀 궁금한 점이 있는데…… 아카츠키 씨를 포함해서 3대가 『본』이라고 부르는 이유가 뭘까. 묘하게 창피하다.

"다들 잘 있어라햄. 햄도 여기서 돈 벌어서 더 강해지믄 간다햄."

"우으, 정말로 여기 남으려고? 돈이라면 우리가 내줄게."

"햄은 내 힘으루 내 길을 간다햄. 흰 언니, 잘 가라햄!"

그리고 햄은 사극풍으로 폼 잡으며 말했다.

“알리시아 아가씨, 고마워. 이 아이를 맡아줘서. 마술도 알려주고.”

“아니에요. 이 아이는 우리 쪽 마술에 꽤나 소질이 있어요. 게다가 이번 일로 인력이 부족해요. 무엇보다 이렇게 귀여운 애를 가만히 둘 수는 없잖아요?”

처음에는 햄도 같이 데리고 가려고 했지만, 그녀는 우리 제안을 거절하고 제힘으로 자기 길을 가겠다며 막무가내였다. 뭔가 강한 목적의식이라도 있는 걸까?

“흠…… 아쉽지만, 억지로 막을 수도 없지. 다음에는 녹스헤임으로 간다고? 얼마 전 나도 거기 머물렀는데 수해로 골머리를 앓는다더군. 지난 일을 생각하면 어떤 조짐일 가능성도 있어. 모쪼록 유념하도록, 본 공.”

이리하여 일본을 연상케 하지만 어딘가 잘못된 도시, 미사사기를 떠났다.

기회가 된다면 또 오고 싶다. 내가 전한 일식 기술이 과연 어떻게 변해 있을까.

“다음에 올 날이 기대돼. 그럼 녹스헤임으로 출발하자.”

“왜 기대될까~? 알리시아랑 결혼이라도 하게?”

“아주 좋아해 주셨죠. 그리고…… 무척 아름답기도 하고요.”

“빈말에 너무 과민반응하지 말아 주세요. 그리고 둘 다 합심해서 공격하지 말아 주세요.”

류에와 레이스가 웃으면서 짓궂게 파고든다. 다 알면서.

"그건 그렇고 녹스헤임이라…… 다크 엘프가 많은 곳이라고 했지?"

"네. 엘프와 수인 사이에 아이가 생기면 높은 빈도로 갈색 피부와 어두운 갈색이나 흰 머리카락을 가진 엘프가 태어나요. 그들이 차츰 독립된 종족으로 인정받은 거예요."

"아하…… 녹스헤임은 해변에 자리 잡은 영지였죠? 엘프라고 하면 숲이나 산에 살 거 같은데……."

다리아는 그날부터 성녀로서 이곳에 있다. 류에와 레이스도 사정은 몰라도 뭔가 눈치를 챘는지 아무 말도 묻지 않았다.

이쪽이 자연스럽기는 하고, 의외로 『이번 사건으로 성녀라는 자각이 강해졌다』 정도로 생각하는지도 모른다.

"바다라……. 항구 도시에 머문 적이 없어서 나는 조금 기대돼."

"그러고 보니 세미피나르에서는 항구에서 바로 윙레스트로 이동했던가?"

"그러셨군요. 저는 가끔씩 항구 도시에 나가고는 해서 그리워요."

"확실히 그립기는 해……. 그런데 다리아, 거기 특산물은 뭐야?"

"올리브와 어패류, 특히 갑각류요. 구 시가지가 수몰되고 얕은 해안처럼 되는 바람에 그런 것들이 많이 나요. 다만……

수해라는 이야기가 마음에 걸리네요."

"그러고 보면…… 결국 미사토 일당을 못 찾은 것도 찝찝해."

수색대가 내 공격의 흔적을 따라서 무너진 산까지 조사했지만, 아무도 찾지 못했다고 한다. 회복 수단이 있었는지, 아니면 다른 협력자가 있었는지는 알 수 없지만, 하나 확실한 것은 나 때문에 귀중한 정보원을 놓쳤다는 사실이다.

"……거의 이성을 잃은 상태였다고는 해도 지나쳤지. 열심히 반성 중이야."

"대충 알고는 있었지만, 옛날보다 훨씬 강한 힘을 얻으셨네요. 다시 떠올리기 싫으시겠지만, 슌과 대결했을 때 장소를 제한하길 잘했어요……."

"후훗, 맞아! 카이 군이 마음만 먹으면…… 무서우니까 말 안 할래."

"……서즈가르드가 하룻밤 사이에 망국이 되었겠죠. 하지만 당신은 절대로 그러지 않아요. 그렇죠? ……여러모로 준비하고 계신 모양이던데."

"그래. 비장의 카드만으로 패를 전부 채우는 게 내 방식이니까."

그러면서 나는 저 멀리 수도 브라이트니스아치가 있을 방향을 보았다.

먹구름이 내려앉은 하늘. 분명 그 아래에 있는 것이 그 녀석, 펜넬의 거성이리라.

백수, 마왕의 모습으로 이세계에 10권
©Aiatsushi 2020
Illustration : Yoshiaki Katsurai
KADOKAWA CORPORATIONN
[NOT FOR SALE]

"……대의명분을 얻으면 언제든지 밟아주겠어. 그러기 위해서라도 서둘러서 봉인을 확인해야지."

§ § §

미사사기를 출발하고 이틀째. 서서히 본래 기온으로 돌아와서 햇빛이 살을 태우는 태양 아래, 갑자기 마부석으로 바다 비린내가 풍겨 왔다.

바다까지는 아직 조금 거리가 남았을 텐데 어떻게 된 까닭일까.

옆자리에 앉은 레이스에게 의견을 물으려던 그때, 그녀가 먼저 입을 열었다.

"카이 씨, 저기 보세요. 저거…… 생선 시체죠?"

"정말이네. 그것도 한두 마리가 아니야. 행상인이 떨어뜨린 느낌도 아닌데."

나는 마차를 세우고 주위를 조사할 겸 휴식에 들어갔다.

"주변 잔디가 말랐네요. 그리고 길 표면이 살짝 희어요. 근처에는 개울이 흐르고……. 카이본, 이게 무엇을 뜻하는지 당신 생각을 말해줄래요?"

가장 먼저 조사에 나선 다리아가 뭔가 확신을 가진 듯 내게 의견을 물었다.

"땅을 덮은 건 소금처럼 보여. 옆에는 강. 강변 자갈도 여기저기 흩어졌군. 아마 네 예상이랑 같아. 지구에서 말하는 포로로카 현상 비슷한 거 아닐까?"

"그렇죠? 이름까지는 몰랐지만, 영상으로 본 기억이 있어요. 하지만…… 여긴 강폭도 좁고 바다에서도 멀어요. 코우렌 님이 말한 수해가 이걸까요? 상상 이상으로 피해 규모가 크겠어요."

"카이 군~! 강에 이상한 게 헤엄쳐~! 이거 뭐야?"

그런데 류에가 강에서 해파리를 잡아서 들고 왔다. 야, 그러다 쏘일라.

"원래 바다에 사는 생물이고 먹지는 않지. 그보다 지금은 녹스헤임이 걱정돼. 서둘러서 가자."

"못 먹어? 그럼 놓아줄까. 잘 가, 물컹아!"

쏘이지는 않았나……. 어쩌면 먹을 수 있는 해파리였는지도 모른다.

해가 기울어 저녁 햇살이 비칠 무렵, 겨우 큰 도시 정문이 보였다.

가까워질수록 그 앞의 녹스헤임의 거리가 드러났다.

"이건…… 마치 시칠리아섬 같군. 해안을 따라서 도시가 펼쳐져……."

"네. 오랜 시간을 들여 서서히 해변 지반이 침하해서 주민이 절벽을 개척한 결과 이런 계단형 도시가 됐어요. 확실히 시칠리아섬을 방불케 하네요."

"오오…… 바다가 오렌지색으로 빛나…… 예쁘다! 내일은 맑아야 할 텐데."

류에는 그 아름다운 하얀 마을과 저녁 햇살에 물든 바다를 보며 감탄했다. 물론 나도 같은 기분이었지만, 레이스만은 어쩐지 신기한 표정을 짓고 있었다.

"오는 길에 수해가 있었던 것치고는 일상에 지장은 없어 보이네요……."

"그러게……. 저 강은 이 도시를 통해서 바다로 흐를 텐데 별다른 흔적이……."

레이스 말대로 도시 건물이 무너지지도 않았고 주민들도 평화롭게 길을 거닐고 있었다. 도시의 피해가 적은 건 좋은 일이지만…… 부자연스러웠다.

"이 일에 관해서는 영주에게 직접 듣는 게 좋겠어요. 내일 아침 일찍 만나러 가죠."

"지금부터 가도 되지 않아? 아니면 영주 저택이 멀어?"

"지금부터 가면 저택에 숙박하게 될지도 몰라요. 그건 피하고 싶어요."

다리아는 어딘지 모르게 불만스러운 기색이었다. 그건 영주에게 부담을 주기 싫다는 배려가 아니라 연관되기 싫다는 거부에 가까웠다.

과거에 다퉜던 나라의 영주고 이쪽은 도망 다니는 입장이니까 그럴 만도 한가.

경계해서 나쁠 건 없지만…… 아마 다리아는 영주의 인격을 알기 때문에 이러는 거겠지.

“그럼 숙소를 찾아야지! 아름다운 도시니까 숙소도 기대할 만하겠어.”

“그건 그래. 응? 저건 혹시…….”

류에의 말에 생각을 전환하고 주변을 돌아보는데, 저 멀리 앞쪽에 해안을 따라서 잎맥처럼 뻗은 부두와 그 앞으로 보이는 작은 건물들에 시선이 고정됐다.

설마. 설마설마설마. 정말로? 저거 수상 방갈로야?

“다리아다리아다리아, 저거 숙소야? 바다 위에 뜬 숙소? 수해 영향도 없어 보이는데 저기 묵을 수 없어?”

“지, 진정하세요. 궁금하면 확인하러 가면 되잖아요. ……아, 맞아. 그러고 보니…… 저기 가는 게 소소한 꿈이었죠?”

예스, 아이 엠. 예전에 친구끼리 언젠가 가보고 싶은 여행지를 의논할 때, 나는 수상 방갈로가 있는 곳을 꼽았다. 물론 묵살당했지만.

오호통재라, 월급 노예. 그리고 경제적 벽. 그런데 그것이 이세계에서 이루어질 줄이야.

“이 도시는 계단이 많아서 마차로 들어갈 수는 없겠어. 어디에 맡겨 두고 저기 가자!”

“으, 응. 카이 군, 굉장히 들떴구나? 이런 모습 신기해.”

“후후, 그러게요. 꼭 류에처럼 들떴네요.”

“그럴 만도 해요. 카이본은 옛날부터 저런 곳에 묵는 게 꿈이었으니까.”

바로 마차를 맡기고 도시를 내려가 해안으로 갔다. 석양에 물든 흰 마을을 즐겁게 거니는 주민의 모습은 지금까지 봤던 어느 곳보다 외국 느낌을 물씬 풍겼다.

그리고…… 발육이 좋으신 다크 엘프 아가씨들이 노출도 높은 차림으로 돌아다니는 광경에 저절로 발걸음이 멈출 뻔 하지만…… 옆에 있는 레이스가 묘한 웃음으로 쳐다보는 통에 자제심을 발휘했다.

“뭔가 좋은 냄새가 나……. 여기는 술집도 많은가 봐.”

“정말이네요. 가게 앞에서 뭔가 굽고 있어요. ……맛있겠어요.”

“큰 새우를 통째로 굽네요. 그밖에도 저건…… 조개 꼬치구이네요.”

“숯불구이 같은 건가? 한잔 걸치고 싶은걸. 하지만 지금 중요한 건 저 숙소야.”

드럼통 같은 것에 채워진 장작이 빨갛게 타오르고, 그 위로 해산물을 통째로 굽고 있었다.

어패류를 굽는 향긋한 냄새가 마음을 사로잡지만, 어두워지기 전에 숙소를 정해야만 했다.

그렇게 수많은 유혹을 뿌리치고 마침내 수상 방갈로의 접수처로 보이는 오두막에 도착했고 곧바로 방을 잡으려고 말을 걸었는데—.

“숙박은 가능하지만, 지금은 강한 너울이 올 수 있어서 육상 시설밖에는…….”

“아니…… 역시 수해의 영향이 있나요?”

“다행히 아직 큰 피해는 없지만, 방파제도 없고 손님께 불상사가 생기면 안 되니까요……. 정말로 죄송합니다.”

“방파제…… 바다에 있는 낮은 벽 말이지? 그게 있으면 머물 수 있어?”

“있으면 좋겠지만, 보통은 파도가 여기까지 오지 않아서요…….”

마지못해 육지에 방을 잡으려고 하는데, 류에가 웬일로 검이 아니라 지팡이를 꺼냈다.

그러더니 그녀는 곧장 접수처에서 나가 무슨 주문을 외기 시작했다.

“접수원 아가씨~! 이러면 어때? 이거라면 방파제가 안 될까?”

대체 무슨 일일까. 기대 반 불안 반으로 밖으로 나가서 바다를 보자—.

“허억?! 얼음벽?! 이건 마법……인가요?”

“응. 파도는 먼바다가 아니라 저쪽에서 오는 것 같으니까 벽을 만들었어.”

수상 방갈로 일대에서 떨어진 곳. 강물이 흘러드는 하구 방향을 막도록 펼쳐진 얼음이 그야말로 방파제처럼 솟아 있었다. ……근데 이래도 돼?

"따뜻한 계절이지만, 아마 일주일은 버텨. 안 되면 바로 해제해서 없앨게."

"이, 이걸 뭐라고 해야 좋을지…… 알겠습니다. 고명한 마술사 같으시고, 위험할 때 몸을 지킬 수단이 있으시다면야……."

아무래도 너무 기대가 컸던 나를 보다 못해서 힘 좀 쓰신 모양이다.

당분간 류에의 소원을 함부로 무시할 수 없겠군. 솔직히 굉장히 기쁘다.

"오오…… 꿈에도 그리던 수상 방갈로! 오늘은 이미 해가 졌지만, 내일이 기대돼."

"와아, 이렇게 되어 있구나. 바다로 이어진 발코니도 있고, 재미있겠어."

"여기서 낚시도 할 수 있겠고 화기를 쓸 곳도 있네요."

"잘됐네요, 카이본. 오, 이 바닥은 유리로 되어 있어요."

꿈에 그리던 수상 방갈로에서 다들 즐겁게 수다를 떠는 가운데, 나는 다리아가 말하던 유리 바닥으로 가서 곧장 그곳을 들여다봤다. ……어둡지만, 조명으로 비추면—.

"오오, 바닥까지 보여. 바닷물이 엄청나게 투명해. 야아……

꿈만 같아."

나도 모르게 마음이 들떴지만, 내일 영주를 만나러 가야 하니까 슬슬 저녁을 정해야 한다. 가까운 곳으로 먹으러 가도 괜찮겠지만…….

"류에, 리퀘스트가 있으면 말해 봐. 덕분에 여기 묵게 됐으니까."

"내가 정해도 돼? 그렇다면 역시 생선이 좋으려나?"

으음, 하고 귀엽게 고민하던 류에가 내린 결론은『먹은 적 없는 생선요리』.

흠, 거기에 차갑고 맛있다면 더할 나위 없겠지…… 좋아.

"정했어. 방금 오던 길에 해산물을 파는 가게가 있었으니까 재료를 사 올게."

해산물이 잔뜩 들어간 가스파초풍 냉수프 파스타는 어떨까?

당장 바다 도시 특유의 저렴한 해산물을 왕창 사서 서둘러 숙소로 돌아왔다.

은신처 명물 채소와 신선한 해산물을 아낌없이 써서 완성한 요리는 당연히 류에를 만족시켰고, 요리 대부분은 레이스의 입으로 사라졌다.

"전에도 다른 냉수프를 먹었는데…… 참 맛있어, 차가운 수프."

"그러게요. 정말로 카이 씨는 뭐든 만들 줄 아네요. 레시피의 보고예요."

"맞아요. 카이본은 이런…… 양식? 레시피도 많이 알죠."

"젊은 사람은 일식보다 양식을 좋아하니까. 가족이, 동생이 좋아했어."

평소에는 가급적 가족 생각을 하지 않으려고 했지만, 가끔 뇌리를 스칠 때가 있다.

……의식하지 않으려고, 떠올리지 않으려고 노력은 하지만.

"응? 어라, 동생이 있었어? 전에 들은 것 같기도 하고, 아닌 것 같기도 하고……."

"전에 여동생이 있다는 얘기는 들었어요. ……묻지 않는 편이 좋을까요?"

"아니, 딱히 상관없어. 동생은 요리를 잘 못 해서 밥은 항상 내가 했어."

"웬만큼 해도 당신 기준에서는 못하는 것처럼 보이지 않을까요?"

"뭐, 어쩌면 그럴지도 모르지. 아무튼 그래서 좋아하는 레시피를 외웠어."

지금 생각해 보면 먹고 싶은 음식이 있으면 분명하게 말하는 아이였지. 『아무거나』라고 말하는 것보다 훨씬 편하고 나도 만드는 보람이 있었다.

……얼마 전에 그리운 이름을 들어서일까. 평소보다 깊이 감회에 빠졌다.

감성에 젖은 채로 이 꿈의 숙소에서 밤이 깊어갔다.

내일이 기대된다. 파란 하늘과 푸른 바다에서 보낼 녹스 헤임에서의 하루가.

§ § §

이른 아침. 너무 기대에 찬 나머지 자연스럽게 일찍 눈을 뜬 나는 혼자 발코니에서 낚싯대를 드리우고 있었다.

다들 일어나려면 한 시간은 있어야겠지만, 이미 내 물통에는 아침으로 먹고도 남을 물고기가 들어 있었다. 아니, 무슨 물 반 고기 반이야?

"얼음벽이 생기면서 고기들이 여기로 도망쳐 왔나? 수심이 얕아서 어업에 지장을 주지는 않겠지만……."

그 후 낚시를 마치자 잠에서 깬 세 사람이 내 성과를 보고 저마다 한마디씩 했다.

"좋겠다……. 나도 아침이라면 낚을 수 있을까? 오늘 아침은 회를 먹고 싶네."

"흠, 저도 낚시를 한 기억이 있네요. 기억이 맞다면 당신과 자주 갔었죠?"

"……깨우지 그러셨어요, 카이 씨……. 저도 질 수는 없어요!"

레이스 씨, 사실 당신한테만 몰래 말을 걸었거든요? 그랬더니 울먹이는 소리로 『싫어요…… 더 잘래요…….』라면서 이불 속으로 들어갔잖아요.

낚시에 재미를 붙인 것 같아서 불렀는데…… 역시 수마에게는 못 이기나 보다.

아무튼 류에의 요청에 따라서 날로 먹을 수 있는 생선으로 회를 뜨고, 라임 과즙으로 만든 드레싱, 추억의 간장을 준비하여 넷이서 단란하게 아침을 먹었다.

참고로 이번에는 레이스보다 다리아가 더 많이 먹었다. 역시 일식이 그리운가.

도중에 일본주까지 꺼냈지만, 영주와 면회를 앞두고 웬 술이냐며 압수했다.

역시 다리아는 다리아다. 아침 댓바람부터 술이라니, 이 오빠는 허락할 수 없어요.

뒷정리까지 끝내고 배도 꺼졌을 무렵, 다리아가 말했다.

"이제 영주 저택으로 갈까 하는데…… 두 팀으로 나뉘어요. 한쪽은 도시에서 수해 상황을 확인하고 정보를 구해요. 그리고 남은 사람은 저랑 함께 저택으로 가죠."

"효율적이지만, 다른 이유가 있지? 보아하니 영주에게 문제라도 있나?"

"……우선 첫째, 영주는 옛날 저와 펜넬의 조수로 연구를 도왔어요. 어쩌면 펜넬과 내통할 가능성이 있어요."

"그 아이의 제자라는 말이지? ……다른 이유도 있어?"

"제가 개인적으로 거북할 뿐이에요. 괴짜라고 해야 하나, 조금 별난 구석이 있어서요."

"내가 따라가련다. 뭔가 재미있는 일이 생길 것 같은 예감이야."

"확실히 카이 씨가 적임자일지도 모르겠어요. 무슨 일이 생겨도 다리아 씨를 지킬 수 있고요."

아니, 어지간한 일은 이 녀석 혼자서 해결할 텐데…… 그래도 미사사기에서 있었던 일을 생각하면 불안하기는 하다. 일단 나도 만반의 준비를 하고 따라갈까.

류에, 레이스와 헤어진 나와 다리아는 곧장 영주 저택으로 향했다.

높다란 언덕 위에 있는 흰 저택은 뒤쪽으로 펼쳐진 바다와 어우러져 한 폭의 그림 같았다.

문지기에게 면회를 요청하자 얼마 기다리지 않아 출입 허가가 떨어졌다.

다리아는 사용인도 보이지 않는 휑한 저택 안을 걸었다.

"기본적으로 주위에 사람을 두지 않는 성격이에요. ……아마 여기인가 보네요."

"응접실이야? 인기척이 나기는 해."

다리아가 노크하자 안에서 온화한 남자 목소리가 들렸다.

"들어오시죠."

안에서 우리를 맞아준 사람은 갈색 피부와 백은색 머리를 가진 다크 엘프였다.

동그란 안경을 쓰고 장발을 뒤로 묶은, 왠지 모르게 명랑한 분위기를 내는 인물.

그가 영주라면…… 다리아가 경계하는 이상, 나도 경계하는 편이 좋을까?

"오랜만에 뵙네요. 여전히 저택에 사람을 두지 않으시나요."

"네. 혼자 있는 게 편해서요. 그쪽 분은…… 처음 뵙는군요. 녹스헤임령의 영주인 『코웬 녹스 나흐트』라고 합니다."

"반갑습니다. 다리아의 동행자인 카이본입니다."

소파에 앉으라고 권하여 다리아와 나란히 앉자 그는 바로 용건을 물었다.

"그런데 오늘은 무슨 일로 오셨나요? 다리아 님이 공화국을 방문하다니, 예삿일은 아닌 것 같군요."

"네. 현재 대륙에 펼쳐진 술식, 칠성 봉인과 관련된 거점을 확인하고 다니는 중이에요. 이 영지의 거점 『섬 연구소 폐허』를 조사하고 싶어서 찾아왔어요."

아는 곳인지, 다리아가 그렇게 제안하자 코웬 씨의 온화한 분위기가 살짝 옅어지며 목소리에 희미한 노기가 서렸다.

"……다 알고, 오신 건 아니라는 말씀이군요?"

"그게 무슨……. 뭔가 이상이 생겼나요?"

"……봉인을 지키기 위해서는 제가 여기 눌러앉아 있어야만 합니다. 하지만 저는 이 힘을 제가 아니라 수하에게 보내서 강력한 병사를 만들어 지키고 있지요."

"……당신이라면 그 정도는 가능하겠네요. 봉인에 악영향을 주지 않는다면 비난할 생각은 없습니다. 그래서…… 들려줄 이야기는 그거뿐인가요?"

그는 큰 한숨을 내쉬며 어떤 사실을 입에 담았다.

"얼마 전에 저는 그 병사들을 펜넬 님께 빌려드렸습니다. 하지만 어떤 작전에 투입되어 전원 사망했다는군요. 그들에게 빌려준 힘이 모두 제게 돌아왔습니다. 당신이라면 그 원인이 짐작되지 않으시나요? 성녀 다리아."

"네, 알겠네요. 펜넬에게 마술사 집단을 빌려 어떤 곳에 잠입했어요. 그곳에서 그들은 제 지시에 불응하다가 모두 목숨을 잃었어요."

야야야, 그거 은신처에서 있었던 사건 아니야? 그때 침입자는 전부 나와 다리아, 촌장님과 레이스가 처리했는데…… 이 인물이 만든 병사였어?

"좋습니다. 그분에게 빌려준 시점에서 어느 정도 각오했던 바니까요. 그럼 확인도 마쳤으니까 본론으로 들어가죠."

코웬 씨는 안경을 벗고 어째선지 날카로워진 눈매로 나를 강하게 노려봤다.

……응? 이 사람, 왠지 낯이 익은데. 이런 표정은 아니었지만…….

"병사를 잃어서 부아가 치밀더군요. 그래서 이번에는 소수 정예가 되도록, 칠성 봉인으로 얻는 마력을 적은 병사에게 고밀도로 부여해 봉인 수호를 맡겼습니다. 총 열네 명. 웬만해서는 절대로 돌파할 수 없는 병력이지요. 그런데—."

……그런데? 설마 이미 봉인이……?

"반응이 있었던 건 그저께입니다. 정예 열네 명이 모두 참혹한 시체로 발견됐습니다."

"……! 그저께, 말인가요? 설마 봉인도?"

"네. 그것도 파괴가 아닌 해제. 칠성이 내뿜는 마력에 호응해 내부에서 깬 흔적. 솔직히 서즈가르드에 속한 당신에게는 알리고 싶지 않았지만…… 해방자의 소행이겠죠."

"그럴 리가요! 그저께…… 너무 빨라요……. 미사토 일당이 여기까지……?"

나도 같은 의견이었다. 내게 당한 녀석들이 단기간에 이곳으로 와서 정예를 해치우고 봉인을 해제한다? 너무 현실성이 없지 않은가.

하지만 코웬 씨는 해방자의 소행이라고 확신하는 눈치였다.

"어차피 그 섬에는 다른 용건도 있었습니다. 조사도 겸해서 출입을 허가해주셨으면 합니다."

"……알겠습니다. 봉인이 해제된 영향인지, 평소보다 해류가 거칩니다. 얼마 전 미사사기 영주 코우렌 님께도 이야기했지만, 수해의 영향도 있고요."

"그런 것치고는 도시에 피해가 적어 보이던데, 어떤 대책을 세우셨나요?"

“조수 간만의 차가 크고 해수가 강으로 역류하는 상황인지라 피해를 줄이려고 방파제를 완비했습니다. 간이용이지만, 도시로 오는 피해는 많이 줄었어요.”

“대신 가도에 침수된 흔적이 있었어요. 가도를 따라서 제방을 쌓았어야 했어요.”

“알고 있습니다. 하지만 다리아 님이 술식을 조정해주시면 수고를 덜 수 있겠군요.”

“알겠어요. 그럼 오늘 중으로 술식을 수정할게요. 배를 마련해주세요.”

“듣던 중 반가운 소리군요! 그렇다면 저녁에 숙소로 연락하겠습니다. 어제 갑자기 바다에 얼음 제방이 생겼는데, 그건 당신 짓이지요?”

아, 그건 우리 집 류에가 했어요. 하지만 지금은 입을 다물고 다리아에게 죄를 떠넘기자.

“아, 아아, 맞아요. 문제가 있으면 바로 해제할게요.”

“아닙니다, 괜찮고말고요. 그럼 저는 당장 배를 알아볼 테니…… 두 분은 도시 관광이라도 하시면 어떻습니까? 재미있는 일이 벌어지고 있으니까요.”

그렇게 말하며 그의 표정이 겨우 명랑하게 돌아왔다. 저 표정, 역시 익숙해……. 다크 엘프는 최근까지 볼 기회가 없었는데…… 아.

“저기, 생뚱맞게 들릴지 모르지만 하나 여쭤 봐도 되겠습니까?"

"네? 왜 그러시죠, 카이본 씨."

"혹시…… 올해 세미피나르 대륙 수확제에 오시지 않았나요?"

"오오. 네, 갔었죠. 올해는 미인 대회 심사원을 맡았습니다. 당신도 그 자리에 있었나요?"

"네, 사실 그렇습니다. 어쩐지 낯이 익다 싶더라고요……."

기억났다. 이 사람, 류에가 만든 눈을 보고 엄청 신났던 사람이다.

입을 벌리고 눈을 먹으려고 하지 않았던가……. 정말로 요주의 인물 맞아?

우선은 그의 말대로 관광이나 하면서 시간을 보내려고 저택을 나왔다. 그러다가 다리아의 표정이 살짝 일그러진 것을 깨달았다. 방금 대화에서 걸리는 부분이라도 있었나……?

"지금도…… 펜넬과 이어져 있다는 걸 알았으니까요. 봉인술식에 다소 개입했다는 점도 마음에 걸려요. 역시 방심할 수 없겠어요."

"그렇게 경계할 사람인가? 그야 겉과 속이 다르기야 하겠지만……."

"게다가 정예들이 참살당했다는 이야기도 신경 쓰여요. 미사토 일당이 날아간 산에서 그 섬까지 거리를 생각하면…… 시간상 도저히 불가능해요. 심지어 미사사기 사람이

가도를 순찰하고 있었는데 들키지 않고 이동하려면…….”

“그것만은 확실히 이상해……. 특수한 이동 수단이라도 있나?”

모르겠다. 하지만 이 사건에 관해서 정보가 더 필요하다는 건 확실했다.

어쩌면 섬의 봉인에 어떤 결함이 생겼을 가능성도 있다.

외부에서 개입할 수단이 있다면 봉인 해제 방법도 있을지 모른다.

어쨌거나 지금은 약속한 시간까지 도시를 돌아보기로 했다.

§ § §

“이, 이건……. 저기요, 이거 가격이 잘못되지 않았나요?”

“그 가격 맞아, 예쁜 아가씨! 더도 말고 덜도 말고, 세 개에 딱 1500룩스야!”

“네?! 세 개요?! 하나만 해도 파격적인 가격인데…… 살게요!”

나는 가게 앞에 진열된 어떤 희귀한 음식에 눈길을 빼앗겼다.

한때 프로미스 메이든에서도 제공하던 최고급 오르되브르 중 하나.

내가 아는 가장 고급 음식이 믿을 수 없는 가격으로 팔리고 있었다.

"레이스, 그거 맛있어? 정체 모를 덩어리처럼 보이는데."
"굉장히 맛있어요. 전에 아기다르 숙소에서도 얇게 썰어서 나왔고요."
그때 카이 씨는 『카라스미』라고 불렀지. 나는 『보타르가』라는 이름으로 알고 있지만, 지역에 따라서 명칭이 다른 걸까?
"후후, 틀림없이 카이 씨도 기뻐하겠죠. 언젠가 딸들에게 선물로 가져가야겠어요."
"흐음, 그렇게나 맛있구나……. 어쩐지 생긴 건 치즈 같아."
좋은 물건을 구했다. 가벼워진 발걸음으로 계속 거리를 돌아다니는데 소문으로 듣던 큰 운하가 보였다. 물론 지금은 운하가 아니라 수영을 하는 곳이지만.
"아, 그거 말이지? 바닷물이 역류한다고 들었는데 위험하지 않을까?"
"물살 자체는 그다지 강하지 않고 가장 역류가 격한 시간대는 통제한다고 들었어요. 실제로 볼까요?"
"아, 그럼 나도 수영하고 싶어! 물살을 타면 강을 거슬러 오르는 거지?"
"그런 놀이가 유행한대요. ……그럼 잠깐만 놀까요?"
주변을 돌아보자 수영복과 수영복이나 다름없는 얇은 옷을 입은 사람들이 돌아다니고 있었다.
카이 씨를 데리고 오고 싶지 않다……. 여자들을 눈으로 좇을 것만 같으니까.

……나와 류에만으로 만족하지 못해서는 아니겠지만.

“본능일까요……. 아앗, 저렇게 엉덩이를 보여주고 다니다니…….”

“우와, 야해! 저런 수영복도 있구나……. 어쩌지? 저거 살래?”

“살 리가 없잖아요. 어디 보자…… 물놀이용 옷을 파는 가게는…….”

살펴보니 물놀이용 도구를 파는 상점이 곳곳에 있었다.

수해를 돈벌이 기회로 이용하다니…… 대단한 상인 근성이다.

일단 수영복을 파는 가게를 찾아서 강에 들어가기 위해 한 벌을 샀다.

류에는 노출이 적고 귀여운 치마가 달린 투피스 수영복을. 그리고 나도 이 인파 속에서 살을 보이기는 싫은데—.

“이거밖에 없겠네요……. 위에 젖어도 되는 셔츠라도 걸칠까요.”

“와아…… 하긴 크니까. 나랑 같은 수영복이면 절대로 안 들어가지…….”

와인색 비키니. 위에 셔츠를 걸쳐서 가슴을 감추도록 매듭을 묶었다.

이제 강에 들어가 볼까. 바다에서 강으로 흘러드는 현상은 평범하지 않다. 어쩌면 물뿐만 아니라 마력 흐름이 연관됐을 가능성도…….

"레이스! 파도 탈 판자를 빌려왔다~! 바로 들어가서 연습하자~!"

……목적은 어디까지나 조사다. 절대로 이 기온에 지쳐서 물놀이를 하고 싶은 게…….

"물에 이 판자를 띄우고…… 균형을 잡으면서 선다…… 합! ……앗!"

첨벙 소리를 내며 류에가 강 속으로 가라앉았다. 척 보기에도 어려워 보인다.

아하, 이 판자가 파도를 타면 사람이 거기 올라서 나아가는 방식 같다.

주위를 돌아보자 익숙한 사람이 작은 파도를 노려 물 위를 미끄러지듯 나아가고 있었다.

"합! ……우왁! 한 번 더! ……으악! 에잇! ……와악!"

"류, 류에…… 우선 얕은 곳에서 뭐라도 잡고 연습하는 편이……."

몇 번이고 뒤집혀서 가라앉는 류에에게 말을 걸어도 오기가 생겼는지 그녀는 포기할 줄 모르고 첨벙첨벙 물기둥을 만들어 냈다. ……이걸 보고 재미있어하면 안 되겠지.

"저는 얕은 모래밭 쪽에서 연습할 겸 주변 마력 흐름을 관찰하고 올게요."

"알았어…… 섰다! 으아아! ……응, 잘 다녀와."

혼자서 괜찮을까……. 혼자 두기 불안하지만, 조사도 해야 한다.

강바닥을 마안으로 관찰하면서 모래사장으로 갔다. 강 자체에는 이상이 보이지 않으니까 아마도 바다에서 이상이 발생했고 그 영향으로 해류가 흐트러진 게 아닐까?

"……일단 다리아 씨에게 보고해야겠네요. 바다 쪽에 이상이 있는 것 같다고."

관광지로 번창한 것 같지만…… 이상 사태가 원인이라면 해결해야겠지. 그 때문에 이 활기를 잃는 한이 있더라도…….

"이봐, 경비를 불러야 하지 않아……?"

"방금 한 사람이 바다로 가라앉았어……. 뭐야, 저 녀석은. 어디서 온 거야……?"

그때, 당혹감을 감추지 못하는 남성 두 명이 빠른 걸음으로 지나갔다.

그들이 온 방향을 보니까 사람이 모여 있었고 가끔 성난 고함소리와 여성의 비명이 들렸다.

무시할 수는…… 없어. 달려가서 인파를 밀어내고 중심으로 들어갔다.

"야. 그런 꼴로 돌아다니면서 할 생각이 없다는 게 말이 돼? 가리지 마!"

"꺄악! 누가 사람 좀 불러줘요! 제발요!"

"사람? 주변에 쫙 깔린 거 안 보여? 그런데 아무도 안 말리잖아. 전부 보고 싶은 거라니까!"

거기에는 수영복을 빼앗겨 가슴을 감춘 채 웅크린 여성과 우락부락한 거한이 있었다.

누가 봐도 알 수 있는 상황이었다. 폭행당하는 여자와 짐승 같은 욕망을 발산하는 남자…… 밤거리에서 수도 없이 본 지긋지긋한 광경……. 나는 참지 못하고 그 두 사람 사이로 끼어들었다.

내 셔츠로 그녀를 감싸주고 곧바로 이곳에서 떨어지도록 지시했다.

"……일방적인 감정을 떠밀면서 여자를 힘으로 꺾으려고 하다니, 남자로서 삼류 이하예요. 법에 따라서 심판을 받으세요. 그러지 않는다면…… 여기서 남자의 존엄을 없애 드릴게요."

수인. 한눈에 봐도 알 수 있는 비상식적인 육체. 그리고 수없이 새겨진 상처.

전사다. 명예도 모를 법한 이런 남자에게는 어울리지 않는 말이지만.

"헹…… 내가 봐줬다. 아까 여자보다 엉덩이도 가슴도 얼굴도 좋군. 최상급이야. 당장 이 자리에서 한판 하고 싶을 정도야. 야, 내가 벗겨도 되지만 벗는 모습이 보고 싶다. 지금 당장 전부 벗어."

그 순간, 피가 거꾸로 솟는 기분이었다. 오른팔이 정확하게 남자의 명치로 뻗었다.

하지만— 믿어지지 않게도 주먹이 막혔다. 그가 팔을 붙잡고 나를 끌어당겼다.

지체 없이 턱으로 발차기를 날렸다. 진심으로, 확실하게 정신을 빼앗기 위해 사각에서 날아든 일격.

"어이구. 다리 멋진데. 잘 빠졌고 허벅지에 적당히 살집이 있어. 이대로 물어뜯고 싶구만. 한 번 맛만 보자."

그 순간 남자의 손이 허벅지로 향하고 얼굴이 가랑이로—.

"만지지 마! 나를 만져도 되는 건 네가 아니야! ……죽어."

전신에서 흘러나오는 자홍색 불꽃. 간발의 차이로 빠져나오며 이 남자는 지금 당장 모든 힘, 모든 기술을 동원해서 진압해야 한다고 결심한다. ……방심, 했어.

이토록 분노한 게 얼마 만일까. 죽일 작정으로 불을 뿜어 체력을 빼앗으려고 했다.

"너무 날뛰는군. 포기하라고. 그나저나 특이한 기술이야. 설명 좀 해줄래? 먹히는 동안에."

"아?! 안 통해……."

말도 안 된다고 생각했다. 마치 아무 일도 없는 것처럼 서서 방어한 흔적조차 보이지 않는 그 모습에 나는 겨우…… 내가 위험에 빠졌다는 사실을 깨달았다.

저급한 웃음을 띤 남자가 혀를 날름거리며 다가왔다. 그리고 팔을 앞으로 뻗는다.

하지만 팔을 채 다 올리기도 전에 그가 우뚝 멈췄고, 온몸에서 진홍색 결정이 튀어나왔다.

그와 동시에 한여름의 하늘이 돌연 어두워지고 기온이 순식간에 떨어지며— 무시무시한 목소리가 들렸다.

"……내 동생한테 다가가지 마. 혼자 두면 안 됐어. **이건** 여기서 죽일게."

그곳에는 검과 지팡이를 양손에 들고 무수한 얼음 창을 거느린 류에가 있었다.

주위로 눈이 내렸다. 옷을 얇게 입은 사람들이 재채기를 하고 해수면에는 살얼음이 얼었다.

"류에, 저는 괜찮아요. 화를 삭이세요. 주변 사람들에게 영향을 끼쳐요."

"……응, 알았어. 그럼 이걸로, 끝이야."

무수한 얼음 창이 쏟아졌다. 처음으로 가까이서 보는 진심 어린 대인 마도에 두려움을 느꼈다.

"……레이스, 조금은 위기감을 가지는 편이 낫겠어. 세상은 넓어. 이런 녀석도 있는 법이야. ……아캄 같은 전례도 있잖아."

"……오만, 했네요. 이렇게 분한 건…… 그 남자를 상대할 때 이후로 처음이에요."

나라면 지킬 수 있다. 악한이 열 명 모이든 스무 명 모이든, 조무래기에 불과하다고 믿어 의심치 않았다.

남자는 기이한 붉은 가시에 둘러싸여 얼음 창으로 땅에 꿰여 있었다. 아마 죽었겠지.

"놀랐어. 피를 전부 얼려서 몸속을 찢어 버리려고 했는데 표면의 피밖에 못 얼렸어. 창으로 마무리했지만…… 이런 인간이 아직 있을 줄 몰랐어.”

“그런 기술이……. 하지만 그렇게 강한 상대가 여기 있을 줄은…….”

“그렇지? 병사를 불러올게. 일단은 통보는 해야 하니까.”

그러면서 류에가 뒤를 돌아본 순간, 얼음덩어리로 변한 남자가 길을 굴러서 바다로 도망쳐 버렸다. 설마, 아직 살아 있어?!

하지만 그와 거의 동시에 귀를 찌르는 호적 소리가 울려 퍼지고—.

“썰물이다—! 곧 해일이 온다—! 숙련자를 제외하고 어서 강에서 나와—!”

방금 류에의 마도로 수온이 떨어졌던 탓일까, 이미 물속에 사람은 없었다.

곧 강에서 물이 빠지더니— 노도와 같은 물이 밀려 들어왔다.

“……살아 있던 건 놀랍지만…… 이 바다가 대신 끝내준 걸까.”

“그, 그러네요……. 이래서야, 살아남지는 못하겠네요. 대체 누구였을까요?”

“그건 모르지만…… 이 일은 카이 군에게는 말하지 말자. 알게 되면 아마도…… 강까지 전부 없애 버릴 거야. 시체도 남기지 않겠다고 하면서……."

나는 만약 방금 구하러 온 사람이 류에가 아니라 카이 씨였다고 생각해 봤다.

"그, 그게 좋겠네요. 우리만의 비밀로 해요. ……도시가 사라질지도 몰라요."

§ § §

"아저씨! 이거 하나밖에 없어요?! 하나에 700룩스라고요?!"

"미안하구먼, 형씨. 원래는 많아서 세 개에 1500룩스에 팔았는데…… 아까 예쁜 아가씨가 죄다 사 가지 뭐야. 타지에서는 이게 드문가 보지?"

다리아와 거리를 산책하던 중 희귀한 먹거리가 많아서 자꾸만 발길이 멈췄다.

처음 이 도시를 봤을 때 시칠리아섬을 닮았다고 생각했는데, 아무래도 식문화까지 비슷한 모양이었다. 기후와 지형이 문화 발전에 영향을 준다는 뜻이겠지.

"그나저나 거리에서 물어도 수해로 피해를 봤다는 이야기는 안 들리네요."

"그러게. 지금은 레저로 즐긴다는 소리까지 있을 정도야. 재밌게들 사는구만."

코웬 씨와 약속한 시간까지 아직 여유가 있어서 화제의

중심지인 운하로 가 보았다.

가는 길에 한순간 강 쪽에서 차가운 바람이 불었는데 대체 뭐였을까?

"오오…… 정말로 포로로카야. 기세가 대단한데. 수영하던 사람들도 다 피신했나?"

"아, 그래도 서프보드를 탄 사람도 있네요. ……목숨 아까운 줄 모르고."

운하에서는 마침 물이 역류하는 참이었다. 임시로 만들었을 제방이 도시까지 범람하지 않게 간신히 막아주고 있었다. 그래도 바닥은 물바다지만.

"아슬아슬하군……. 역시 신속하게 술식 조정이 필요하겠어."

"강이나 모래사장도 자세히 조사하고 싶네요. 지맥이 이곳까지 뻗어 있는지 확인해야 하니까."

강이든 모래사장이든 다가가기는 힘들어 보였다. 그곳을 바라보며 중얼거렸을 때, 뒤에서 누가 말을 걸었다.

"아, 카이 씨와 다리아 씨. 영주님과 면회는 끝났나요?"

"어, 레이스? 그래, 방금 끝났—."

돌아보자마자 무심결에 말문이 막혔다. 위험하다, 잘못하면 몸을 앞으로 숙여야겠는데.

와인색 비키니를 입은 레이스. 웬 수영복이냐는 의문은 즉시 어디론가 날아가 버리고 그 아름다운 몸에 눈과 마음을 완전히 빼앗기고 말았다.

"혹시 수영하고 계셨나요? 상태는 어떻던가요?"

"강바닥과 걸을 수 있는 범위에서 바다를 조사했는데 이 부근에는 마력 흐름과 지맥이 흐트러진 흔적을 못 찾았어요. 역시 먼 바다에서 이상이 발생한 게 아닌가 싶어요."

크…… 이미 정신이 완전히 여성이 된 다리아와는 이 감동을 공유할 수 없다!

터질 것 같은 가슴! 아름다울 만큼 잘록한 허리 라인! 탄력 있는 다리!

허락만 된다면 지금 당장 숙소로 데리고 가서 독점하고 싶을 정도다!

"아, 카이 군이랑 다리아다! 용무는 마쳤어?"

그리고 이번에는 류에가 달려왔다. 섹시함은 없다. 그렇지만 귀엽다.

아아, 안 되겠다. 데리고 가서 막 쓰다듬고 싶다. 끌어안고 뒹굴고 싶다.

"……둘 다 일단 방으로 돌아가자. 예정을 전달할 테니까……."

"후후, 두 사람 수영복을 보고 부끄럼 타나 본데요? 두 분 다 멋져요."

"그랬어?! 헤헤, 카이 군, 여기 봐. 어울려?"

"어머…… 후후, 더 봐주세요, 카이 씨. 어때요?"

이러지 마세요, 저 못 참습니다. 다리아 이 녀석이 괜한 말을 해서는!

§ § §

탈의실에서 옷을 갈아입은 그녀들과 숙소로 돌아가기로 했다. 이 근처에는 똑같이 수영복을 입은 사람도 많지만, 다른 곳을 수영복 차림으로 거닐기는 부끄럽다고 했다. 당연하지, 누구 좋으라고 사람들한테 보여줘.

그렇게 숙소로 돌아와 저녁에 영주에게서 연락이 오리라는 사실을 전했다.

"그 섬이 봉인의 거점이고 그저께 깨졌다고? 으음……."

"……타이밍이 부자연스럽네요. 두 분은 어떻게 생각하나요?"

대강 사정을 설명하자 류에와 레이스도 그런 결론에 도달했다.

미사토가 이곳 봉인을 해제했을 리 없다. 시간상 어렵다.

류에는 은신처처럼 특별한 곳이 있으면 또 모른다고 하지만, 적어도 다리아의 술식이 곳곳에 뻗어 있는 공화국에서 그런 곳을 만들기는 불가능하다고 말했다.

게다가 이번 수해에도…… 몇 가지 부자연스러운 부분이 있었다.

"다리아, 다리아. 이 대륙에 봉인된 칠성에 관해서 자세하게 알려줘."

“알겠어요. 한 마리는 『검신 하이네른』. 이름만이라면 신예기에 들었을지도 모르겠네요. 그리고 또 한 마리는 『마극 리스티리아』. 이쪽도 마찬가지예요.”

안다. 마법과 일부 기술, 장비에 첨부된 설명문에 그 이름이 거론되어 있었다. 세계관에 깊이를 주기 위한 설정으로만 여겼는데 실존했을 줄이야.

듣기로는 둘 다 인간의 형상이며 내가 싸웠던 용신과 플래시드 드래곤보다는 상당히 크기가 작다고 한다. ……물론 몸 크기와 전투 능력은 비례하지 않지만.

“이건 만약의 이야기인데…… 해방자는 봉인된 칠성에게서 새어 나온 마력을 이용해서 불러낸다고 하잖아? 그럼 칠성이 둘이면 해방자도 두 명 동시에 불러낼 수 있지 않을까……?”

류에의 지적은 나도 머리 한쪽에서 생각하던 가설이었다. 솔직히…… 그게 맞다고 본다.

이 대륙은 지금까지 본 대륙과 달리 두 칠성이 봉인되어 있다. 그래서 서로에게서 나온 마력을 쌍소멸로 없애며 대륙의 쇠락을 최소한으로 막고 있다.

“그럴 가능성은 있겠죠……. 그렇다면 봉인 일부를 의도적으로 약화하고 두 명을 소환하기 위해서 두 칠성의 마력을 모을 필요가 있어요. 오랜 시간을 들여서…….”

“즉, 그자는 옛날부터 언젠가 왕국과 결별할 준비를 했다는 말이군.”

"……네. 이쯤 되면 단순한 과격파의 독단이 아니에요. 봉인과 깊은 관련이 있는…… 어떤 영주가 협력하고 있다고밖에 생각할 수 없어요."

"역시 그런가. 슬슬 배신자를 점찍어 놔야겠어."

"생각할 필요도 없어요. 역시 여기 영주가 의심스럽죠……. 그는 저와 펜넬에게 너무 가까웠어요. 게다가 지금도 펜넬과 연결됐다는 게 밝혀졌고요."

역시 다리아는 이곳 영주를 의심했다. 그야 나도 그 사람이 뭔가 꾸민다고는 생각한다. 다른 속내가 있다는 느낌이 든다. 하지만— 그건 어렵다.

"미안한데 이건 해방자와 무관하다고 생각해. 나는 역시 미사사기가 수상하지만, 그것도 일전의 사건으로 봐서 말이 안 돼. 다른 영주에 관해서 알려줘."

"뭐라고요?! 하필이면 미사사기…… 아니, 지금은 아니라고 생각하는 거죠?"

"카이 군의 추리를 들려줘. 아, 그 전에 나도 다른 영주 이야기를 듣고 싶어."

다리아는 방금 만난 코웬 씨에 대해 류에와 레이스에게 설명했다.

그리고 슌이 처치한 엘다인의 전 영주와 세류의 영주에 관해서도.

"엘다인의 영주는 수시로 바뀌어요. 찬탈과 분쟁이 자주 일어나죠. 하지만 얼마 전에 쓰러진 영주는 상당히 오랜 기간 지배자로 군림한 사내였어요."

"아, 공화국에서 반란을 계획하다가 슌에게 처단됐다지? 그렇다면 지금 영주 자리는 비어 있겠군."

"으음…… 그런 환경이라면 안정적으로 마력을 모으기도 힘들었겠어."

"네. 그리고 마지막으로 세류 영주인데, 솔직히 그녀만은 절대로 아니라고 생각해요. 전쟁 중에 단독으로 저와 슌, 그리고 펜넬과 대등하게 싸우고, 이 대륙을 평정하려고 일어난 대단한 인물이에요. 적이면서도 당시부터 저와 슌이 눈여겨보았죠. 게다가 칠성이 출현했을 때 가장 먼저 협력하겠다고 나선 것도 그녀였어요."

"와아! 다리아와 슌, 그리고 그 아이가 뭉쳐도 비등하다고? 대단해! 그 영주, 굉장한 사람이구나. ……게다가 엄청 강하겠어."

"……카이 씨. 저, 알 거 같아요……. 누가 해방자를 불러냈는지."

이야기를 듣던 레이스가 불쑥 말했다. 그래, 나도 지금 이야기로 확신했다.

"훌륭한 인물이라면 그럴만한 이유를 가지고 행동하겠지. 다리아, 해방자를 소환한 건 세류야. 영주가 전면적으로 협력한다고 봐도 좋아."

"네?! 하필이면 그런 결론을……. 일단 이유라도 들어보죠."

"그래. 이번에 한해서 해방자, 미사토를 불러내고 지시하려면 『어떤 조건』이 필요해. 그걸 만족하는 게 미사사기와…… 세류뿐이야."

"맞아요. 저도 같은 결론이에요. 다리아 씨, 미사토의 힘을 떠올려주세요."

그렇다. 미사토는 한없이 자기중심적이고 자유롭게 행동한다.

그런 그녀가 귀찮은 지시를 받는다면 어떻게 할까? 높은 확률로 상대방을 매료해서 자기 아래에 둘 것이다.

"……남성을 매료한다. 다시 말해 여성이 아니라면 그녀를 조종할 수 없다……?"

"바로 그거야. 어쩌면 다른 방법이 있는지도 모르지만, 가능성은 높아."

다리아는 세류 영주를 높이 사서 적잖은 충격을 받은 모양이었다.

조금이라도 그녀를 변호하려던 그때, 누가 발코니 문을 두드렸다.

"아차, 벌써 시간이 됐나. 아마 데리러 왔겠지. 다들 같이 가자."

코웬 씨가 보냈다는 사람을 따라서 해안에 있는 작은 부두로 간 우리는 거기 정박한 소형선에 올라탔다. 들은 바로는 이 부근은 침하한 구시가지로 지리가 복잡한 탓에 큰 배는 입항할 수 없다고 한다. 한마디로 대륙의 현관은 되지 못한 곳이다. 아쉬워라, 관광 명소도 무역의 거점도 될 수 있었을 텐데.

"그런데…… 그 섬에 있는 연구소 폐허란 게…… 설마?"

"네. 어떻게 보면 제 죄의 증거라고도 할 수 있겠네요. 많은 아이가 태어나고…… 목숨을 잃은 곳이죠. 폐쇄는 했지만, 결국 왕국에서 연구소가 재건되었어요."

그건 『다리아』라는 미들네임을 가진 아이가 태어난 곳이란 말인가?

습격…… 내 예상으로는 『수확』을 목적으로 공격받았을 가능성이 있는 연구소. 그리고 아마미가 태어나서 맡겨진 곳. 아니, 그뿐만이 아니다. 어쩌면—.

"레이스. 너무 깊이 생각하지 않아도 돼. 그 사람 어머니는 너야."

"그렇죠……. 그냥 감개에 젖었을 뿐이에요. 이곳에서 그 아이가 태어났다고 생각하니까."

옛날 레이스가 거두어 함께 살던 딸 중 한 명 『이크스』 씨도 이곳에서 태어났을 가능성이 있다. 그녀는 했던 말이 떠오른다. 『나는 그곳에 있어서는 안 됐다』.

그녀는 이유는 몰라도 그곳이 위험하다고 느꼈는지도 모

르겠다.

배가 섬에 도착했다. 멀리서도 사람의 왕래가 느껴지지 않는 자연으로 가득한 섬이었다.

배의 조타수는 이곳에 남고 우리는 다리아를 따라서 섬 안쪽으로 들어갔다.

"죄송해요, 잠깐 들를 데가 있어요. 별로 오래 걸리지는 않을 거예요."

"응, 알았어."

도중에 다리아는 보일락 말락 이어지는 길 흔적에서 벗어나 숲으로 들어갔다.

숲을 빠져나오자 바다가 보이는 절벽이 나왔다. 그리고 그곳에는 큰 비석이 세워져 있었다.

"여긴…… 설마 묘지야?"

"……네. 습격으로 세상을 떠난 아이들과 때로는 태어나지 못했던 아이도 있었어요. 행방불명된 아이가 나중에 죽었다는 소식을 듣기도 했죠."

다리아는 무릎 꿇고 기도를 올렸다. 거기에 맞춰 우리도 함께 기도했다.

자세히 보니 그곳에는 여러 이름이 새겨져 있었다. 아이들의 이름이겠지…….

"……다음에 아마미의 이름을 지울게요. 언젠가 진실을 알게 됐을 때는…… 이곳에 올지도 몰라요. ……사실 이 아이들의 이름은, 제가 지었답니다."

그렇게 말하면서 다리아는 그리운 듯 아이들의 이름을 손가락으로 더듬었다.

그리고 나는 그 이름 중에서 찾고 말았다. 『익스펠』이라는 이름을.

"저, 다리아 씨. 거기 마지막에 있는 이름, 익스펠은……."

"여기서부터 위로 아홉 명은 이곳 시설에서 태어난 마지막 세대예요. 그러니까…… 습격을 당한 아이들이죠. 아마미 씨는 운 좋게 살아남았지만요."

"익스펠이라는 이름에는 어떤 의미가 담겨 있죠?"

"그 아이는 마지막으로 태어났어요. 그리고 동시에 역대 최고의 소양을 가져 많은 기대를 보았죠. 어쩌면 이 나라를 미지의 영역, 새로운 길로 이끌지도 모른다고. 그래서 저는 미지라는 의미도 가진 『X』가 들어간 이름을 붙였어요."

그랬군……. 이크스 씨는 틀림없이 강했다. 그리고…… 그 마도는 싸우는 방식에 따라서 류에에 필적할 정도였다. 게다가 레이스의 말에 따르면 만났을 때부터 자기보다 강했다고 한다.

"그런가요……. 알려주셔서 감사합니다. ……모두 목숨을 잃었다는 보장은 없어요. 아마미 씨처럼 어딘가로 도망친 사람이 있을 거예요, 분명히."

"레이스…… 감사합니다. 저도 어딘가에 살아 있으리라 믿어요."

레이스는 이크스 씨에 관해서 말하지 않기로 마음먹은 듯했다. ……그래, 그게 좋겠지.

그리고 다리아는 이제 출발하자며 연구소로 걸음을 돌렸다.

"이거 참…… 심각하군. 시체는 안 남았지만…… 야생 마물이 모이겠어."

연구소는 화재라도 났었는지 검게 그을린 흔적이 희미하게 남아 있고 자연이 침식하여 완전히 폐허가 되었다. 그런 그곳에 새로운 혈흔이 대량으로 남아 있었다.

"정말로 처참한 현장이었겠어요. 어쩌면 이 사건을 일으킨 게 두 번째 해방자일지도 모르겠네요. 미사토 씨도 성가시지만, 이쪽도……."

"카이본, 어떻게 보나요? 아마 이곳 수호를 맡았던 사람은 모두 정예예요. 적어도 그 은신처를 습격한 사람보다는 확연히 강력하겠죠."

"……저랑 아마미 씨도 고전한 상대인데 그보다 더 강하다면……."

적어도 레이스와 아마미 이상으로 강한 해방자, 혹은 협력자가 있다는 뜻이다.

"뭐가 됐건 지금 생각해 봤자 소용없어. 봉인 거점으로 가자."

잔해를 밟고 시설 안쪽으로 들어가자 다른 곳과 비교해

상처가 적고 큰 문이 나타났다.

하지만 상처는 적어도 열쇠 구멍이 있어야 할 곳이 깨끗하게 잘려 나가 있었다.

"예리한 참격이나 마법……. 봉인 거점은 이 앞이에요."

다리아가 문을 연 그때였다. 갑자기 레이스가 숨을 들이마시며 헉 소리를 냈다.

"레이스, 왜 그래!"

"보여요……. 아아, 어떡해……."

"레이스, 마안을 발동한 거지? 나한테는 안 보이지만…… 또렷하게 느껴져."

여전히 나는 알 수 없었다. 그렇지만 의외로 다리아도 모르는 눈치였다.

"나는 성기사야. 영적인 것이나 언데드에 민감해. 게다가…… 레이스는 마력과 지맥처럼 실체가 없는 것을 볼 수 있어. 레이스, 뭐가 보여?"

설마 영적인 존재가 보인다고? 그럼 이곳에서 참살된 인물들이……?

"다리아 씨…… 아이가, 조그만 아이들이 당신에게 안기고 있어요……. 게다가 이 문 안쪽에서…… 여러 아이의 목소리가, 울음소리가 들려요……."

"뭐라고요……? 설마, 어째서!"

목소리가 거칠어진 다리아가 문 너머의 계단을 뛰어 내려갔다.

허둥지둥 뒤를 쫓았다. 지하인데 묘하게 습하고 따뜻해서 마치 생물의 몸속에라도 들어온 기분이었다. 그리고 그 앞에는 살점이 뒤엉킨 것 같은 문이 버티고 있었다.

"……! 아아…… 저는…… 아니에요. 미안해요…… 미안해요……."

그러자 뒤에 있던 레이스가 흐느끼는 소리가 들렸다.

"레이스는…… 아이들의 엄마였으니까. 틀림없이 그 아이들도 착각해서 끌리는 거야. 레이스, 내 손을 잡아. 막아줄게."

아마 레이스와 류에도 더는 앞으로 갈 수 없는 듯했다. 나는 혼자 꿈틀대는 문 앞에 선 다리아 옆으로 가서 그녀에게 이 참상, 이 현상에 관해 물었다.

"다리아, 이 참상은 뭐야? 이곳 봉인은 왜 이렇게…… 사악해?"

"……겠어요……. 이런 건…… 전 몰라요……. 왜…… 이런……."

"문 안쪽이 거점이지? ……열게."

미적지근한 온기를 띤 문을 열었다. 그리고— 그 앞에 펼쳐진 광경에 할 말을 잃었다.

"아아…… 아아아! 왜! 어째서! 누가…… 무슨 이유로!!"

그 순간, 옆에 있던 다리아가 통곡하듯 소리쳤다.

문 앞에는 제단이 있었다. 곳곳에 배덕적인 장식, 작은 두개

골과 미라가 된 팔다리가 흩어진 제단. 사람을 저주하는 듯, 세상을 더럽히는 듯, 배덕을 욱여넣은 것 같은 모습이었다.

"다리아, 이게 봉인 거점이야? 아무리 나라도 기분이 안 좋아져. 이거 그냥 장식이…… 아니지? 설마…… 아이들의 신체야?"

"전부, 전부 정중하게 기도를 올리고…… 진혼 의식과 함께 비석 아래 묻었어요! 그게 왜……. 누가, 파헤쳤어……? 아니, 누군지는 뻔해…… 누군지는……."

그러자 뒤에서 대기하는 줄 알았던 레이스가 떨리는 목소리로 다리아에게 전했다.

"……다리아 씨, 그 아이들이 당신에게 안긴 건, 원망해서가 아니에요……. 아마도, 위로겠죠. 틀림없이 기다렸던 거예요……."

"카이 군, 오랜만에 그걸 하는 편이 좋겠어. 이토록 심각한 오염이면 나로서는 완전히 정화할 엄두가 안 나. ……네 힘으로 하늘로 돌려보내줘."

전에 했던 **그것** 말인가. 과거 엔드레시아 대륙 폐갱도에서 발견한…… 그 얼굴 없는 검은 여신상에 썼던 엉터리 오리지널 마법.

"다리아, 들었지? 이 아이들은 아마 이런 곳에 묶여 있었던 거야. 나라면…… 모두 하늘로 돌려보낼 수 있을지도 몰라. 괜찮겠어?"

"……네. 이 아이들을 제발 하늘로 안내해주세요."

나는 영적인 힘도 없거니와 신성한 마법도 다룰 줄 모른다.

하지만 내 어둠 마법은 의지를 반영한다. 힘은 없어도 기도라면 바칠 수 있다.

하늘로 올라가라. 그곳은 틀림없이 밝고 즐겁고 친구와 마음껏 놀 수 있는 곳일 테니까.

있어 주기를 바라는 낙원에서 어린아이들이 뛰노는 모습을 마음에 그리며 나는 마법을 발동했다.

"분명히 먼저 간 여자애가 놀아줄 거야. 『헤븐리 플레임』."

주문을 입에 담은 순간, 땅에서 소리도 없이 칠흑색 불길이 치솟아 이 끔찍한 방과 제단을 모조리 불사르며 천장을 뚫고 하늘 높이 솟구쳤다.

닿아라. 하늘에 낙원으로 가는 길을 놓아라. 그리고 전부 불로 태워 버려라.

"……결과는 모르지만, 적어도 이곳에 있었던 건 전부 하늘 멀리 사라졌어."

"고마, 워요. 뭐예요…… 성녀보다 성녀답잖아요."

"……목소리가, 그쳤어요. 다들 여기서 떠났나 봐요……."

"응, 기운이 변했어. 자, 그럼 다시 술식을 조정할까? 다리아."

본래 역할을 수행하기 위해서 다리아가 정화된 방의 바닥을 조사했다.

"……술식을 오염하고 흐름 일부를 바꿔서…… 자기 힘으로 삼았나요. 하지만 그러면 몸에 부담이— 아, 그래서 자신이 아니라 부하들에게 힘을 나눠줘서—."

"그 영주, 해방자와 무관하더라도 대단한 야심가로 봐도 되겠지?"

"힘을 비축하고 펜넬과 연결되어 있다……. 대등해지고 싶기라도 했던 걸까요? ……조금, 열 받네요. 돌아가는 대로 바로 영주 저택으로 가죠."

웬일로 분노한 표정을 지은 다리아가 어깨를 부르르 떨면서 지상으로 이어진 계단을 올라갔다.

그런데 심각한 표정을 한 류에가 다리아의 어깨에 손을 얹고 제지했다.

"멈춰. 위에 누가 있어. 조타수……는 아니야."

그렇다면 늘 애용하는 [소나]를 발동할 차례다. 확실히 지상의 넓은 공간, 혈흔이 남은 그곳에 다수의 사람이 있었다. ……여기는 무인도였을 텐데.

"상황으로 봐서는 우리가 이곳에 온 걸 아는 사람이 보냈겠지. 다리아, 어쩔래?"

"……적의가 있다면 제거하죠. 만약 그중에 코웬이 있다면……."

"붙잡아서 사정을 듣고? 그나저나 무모하군. 우리는 몰라도 다리아가 있는데 싸울 작정인가."

"저는 공개적으로 싸우지는 않으니까요. 게다가 전쟁 때도, 칠성과 싸울 때도 그는 아직 전쟁터에 설 나이가 아니었어요."

야심을 가진 점은 확실하다. 그리고…… 이 상황에서 공격해 온다면—.

"내가 먼저 나갈게. 저쪽은 너 말고는 쓸모가 없으니까 죽이려고 들겠지."

"그렇구나. 카이 군, 보조 필요해?"

"필요하겠어?"

나는 말이지, 나와 친한 사람에게 해코지하는 인간, 그리고— 죽은 자를 모독하는 인간도 용서 안 해.

뭐, 나도 심령 스폿 탐사는 좋아하지만.

지상으로 이어진 문을 열고 목적지로 향한 순간, 셀 수 없이 많은 화살이 날아들었다.

입구에 자리 잡은 자는 아침에 봤을 때와 달리 냉혹한 웃음을 띤 코웬이었다.

"술식을 수복해줘서 감사합니다, 성녀 다리아! 이 부하처럼 되고 싶지 않거든 순순히 나오시죠!"

아니, 잘 좀 봐. 화살 안 박혔잖아. 코트에 몇 발 꽂혔을 뿐이야.

두 발로 선 거 안 보여? 이 위풍당당한 자세가 안 보이냐고.

그러자 한숨을 쉬면서 다리아, 그리고 류에와 레이스가 나타났다.

“누가 더 있었나요? 당신은 지금 굉장히 위태로운 입장입니다. 펜넬과 교섭할 때 당신도 쓸 수 있겠군요. 얌전히 우리와 동행해주셨으면 하는데, 어떻습니까?”

“……참고삼아 묻겠는데, 무슨 교섭을 하겠다는 거죠?”

“우리는 언제까지고 드래고니아나 엘프 아래에 있을 종족이 아닙니다. 그러기 위해 이 영지를 하나의 나라로 인정받는 겁니다! 당신은 만약을 위해서 비장의 카드가 되어주셔야겠습니다.”

흠. 그러고 보니 다크 엘프는 수인과 엘프의 혼혈이 조상이랬지.

……무슨 감정이라도 있나. 예를 들면 부당한 차별을 받았다거나?

“해방자는 예상하지 못한 복병이었지만, 저는 이미…… 충분한 힘을 키웠습니다. 머지않은 미래에 칠성은 해방되고 서즈가르드의 힘은 크게 꺾이겠죠. 그때가 바로 힘을 키운 제가 우리 다크 엘프를 이끌고 일어설 때입니다.”

그렇군. 이번 해방자 사건을 반대로 기회로 보고 움직인 거다. 아마도 다리아에게 이곳 술식을 고치게 하고 인적이 없는 이곳에서 생포할 작정이었겠지.

“코웬, 당신의 사상은 알겠어요. 만약 영주민이 모두 같은 마음이라면 언젠가 대등한 입장에서 회담을 열 수도 있었겠지요. 하지만 그 가능성은— 지금 닫혔어요.”

그것을 신호로 나는 『권투사』 기술인 『기공격』을 숨어 있는 저격수에게 날렸다.

초급 중에서도 초급, 가장 초반에 익히는 기술이지만, 초보는 모두 이 원거리 공격을 『○동권』이니 장풍이니 하며 재미있게 써먹었다. 곧 성능이 구리다는 걸 알고 쳐다보지도 않게 되지만.

내 행동과 동시에 류에의 마법과 레이스의 화살이 날아가고, 다리아의 마법이 전개되어 순식간에 모든 부하가 목숨을 잃었다. ……우리를 얼마나 얕봤던 거야.

"평화적인 길을 일찌감치 포기하고 무력에 기대다니. 당신은 모르나 보네요. 그 길을 고르면…… 이런 결과가 기다린다는 걸. 우리는…… 당신 상상보다 강합니다."

눈 깜짝할 사이에 부하를 잃은 코웬이 살며시 어깨를 떨었다. 후회해도 이미 늦었다. 하지만 녀석은 공포도 후회도 아닌, 그저 자신의 웃음을 참느라 어깨를 떨고 있을 뿐이었다.

"이걸로 위기를 벗어난 줄 아십니까? 저건 힘을 나눠주지도 않은 평범한 병사인데요?"

다음 순간, 코웬이 왼팔을 들어 거기에 무시무시한 검붉은 오라를 둘렀다. 그리고 팔을 크게 휘둘러 주변 잔해와 함께 건물 벽을 부스러뜨려 보였다.

"어떻습니까! 언제까지고 『특별』한 건 자기네뿐이라고 생각하면 큰 오산— 부헥!"

접근해서 조금 힘을 넣어 팼다. 그만 좀 떠들어, 사람이 화살을 맞고도 멀쩡히 반격하는데 왜 반응이 없어? 위기감을 가지라고, 눈이나 퍼먹는 멍청이 깜장 엘프야.

"다리아. 죽이지만 않으면 뭘 하든 괜찮지? 마음을 완전히 짓밟아 놔야겠어."

"전부 허가할게요. 잠든 아이들을 더럽힌 자에게…… 우리의 힘을 보여주세요."

아직 무슨 일이 일어났는지 모르는 코웬의 목덜미를 잡아 최고 속력으로 섬 끝으로 달렸다. 그리고 바다 앞에 내려놓고 어둠 마도로 완전히 움직임을 봉했다.

"무, 무슨…… 너는, 너는 뭐야?!"

"보여? 바다가 펼쳐졌어. 아, 바다 아래로 희미하게 오래된 건물이 보이는군. 저거 때문에 대형 선박도 못 들어오나. 야, 내가 좋은 구경시켜줄게."

서브 클래스 『권투사』는 장식이 아니다. 최고 레벨에 모든 기술도 습득했다.

검을 못 써도— 사람 하나의 마음 정도야 순식간에 꺾어버릴 수 있다.

"뭘, 뭘 어쩌려는 셈이냐! 도시를…… 주민에게 손을 댈 생각이냐?!"

"아니. ……보이는 범위에는 배도 없군. 그럼 구경이나 해— 이게 진짜 『특별함』이다."

집중한다. 이 세계에 오고 처음으로 쓴, 권투사의 비기. 방금 보여준 기술이 겉만 번드르르한 공격이라면…… 이건 이야기를 마지막을 장식할 필살기다.

그럴싸한 포즈로 힘을 모은다. 그리고— 뭔가를 발사하듯 팔을 내질렀다.

푸른 빛줄기가 한순간에 바다를 증발시키고 밑바닥을 도려내어 깊은 골을 만들며 끝없이 뻗어 나갔다. 그 붕괴는 멈추지 않고 시야가 닿지 않는 곳까지 바다를 갈라 지형을, 대륙 연해의 바닥을 바꾸어 놓았다. 이것이 지금 사용할 수 있는 최강의 일격이다.

"구름도 갈라졌네. 봐, 증발한 바다 수증기로 비가 내려. 축하해, 이 일대 수심이 50미터는 깊어졌겠는데? 이 정도면 대형 선박도 들어올 수 있겠어."

"와아…… 카이 군, 지금 그거 뭐야? 그런 기술도 쓸 줄 알아?"

"……저기, 저도 이 정도일 줄은 몰랐는데요……."

"전부 허가한다고 말했지만, 이건 좀……. 아무튼 이제 알았겠죠, 코웬. 당신이 고른 길은 이 힘과 적대한다는 뜻이에요. 만약 지금 기술이 바다가 아니라 육지를 휩쓸면 어떻게 될지…… 굳이 말할 필요는 없겠죠?"

검은 결정에 닫혀 얼굴만 내밀고 있는 코웬은 망연자실하여 바닷물이 새롭게 태어난 거대한 해구로 흘러드는 광경을 바라보고 있었다.

“코웬. 당신은 수단을 잘못 선택했어요. 이번 소동이 어떻게 결말을 맞이하든 당신은 가만히 끝을 기다리기나 하세요. 언젠가 합당한 벌과…… 당신이 바라는 결말을 위해서 움직이겠다고 약속할 테니까.”

§ § §

넋이 나가 버린 코웬을 데리고 그의 저택으로 돌아왔다.

지나쳤다고는 생각하지 않는다. 오히려 봐줬다고 생각한다.

응접실에서 새하얗게 불타서 의자에 앉은 그에게 다리아가 다시 캐물었다.

“왜 이토록 섣부르게 행동했나요? 그 정도로 우리나라가 공화국을 대하는 태도가 불만이었나요? 지금까지 당신들과 좋은 관계를 유지했다고 생각하는데요?”

“좋은 관계……라고요? 강국의 안색을 살피고 강한 종족의 눈치를 보며 비위를 맞추는 관계가, 적어도 제게는…… 좋은 관계처럼 보이지 않았습니다.”

“……그런가요. 당신이 우리와 가까웠기 때문에…… 더 그렇게 느꼈는지도 모르겠네요.”

“아, 그런가……. 나는 내 불만을…… 종족 전체의 불만으로 덮어씌운 건가…….”

코웬은 마치 뭔가에 씌었던 것처럼 냉정하게 자기 행동을 돌아보았다. 『다시 보게 하겠다』, 『독립해서 대등해지고 싶다』, 『나는 이 정도가 아니다』. 그런 마음이 언젠가부터 자신만이 아니라 특수한 환경에 있는 종족 전체의 생각이라고 착각했었다. ……이 대륙의 정점에 가까운 펜넬과 다리아와 함께 연구하던 시기가 있었기에 그런 마음이 더욱 강했다.

"하지만 네가 저지른 짓은 용서받을 수 없어. 너는 알고 있었겠지? 아이들이 어떤 이유로 태어나고 어떻게 사용됐는지. 아니면 유해를 그런 식으로 이용하지 않았겠죠."

"……그러네요. 당신은 아이들의 힘을…… 『이용법』을 알고 있었지요?"

"네. 다리아 님에게 들키지 않게 펜넬 님의 조수로 행동했으니까요."

"……방금도 말했지만, 당신은 앞으로 이 대륙을 뒤흔들 사건에 절대로 개입하지 않겠다고 맹세하세요. 그리고 전부 끝난 뒤에— 한 번 더 대화를 하죠."

자세한 내용은 말하지 않았다. 아직 미래가 어떻게 될지는 정해지지 않았으니까.

그래도 이 상태로 가면 칠성 토벌은 피할 수 없겠지. 뒤에서 이렇게 수작을 부린다면 해방되든 말든 죽이는 편이 낫다.

"봉인 술식 조정은 끝났으니까 이제 대규모 이상 해류가 발생하지는 않을 거예요. 게다가— 카이본이 쓴 기술은……

결과적으로 이 영지의 미래를 넓혔어요."

"다리아가 너를 죽이지 말라고 했어. 그러니까…… 이건 자비임과 동시에 벌이야. 너는 여기서 내정에 힘쓰면서 배가 드나들기 쉬워진 항구를 어떻게 활용할지나 궁리해. 적어도 교역 도시로 성장해서 공화국 내부에서 위상이 오르면— 독립할 수 있을지도 모르지."

"……! 그렇습니까……. 저는…… 아직 조금 더, 꿈을 꿀 수 있겠군요……."

딱히 이자를 위해서 한 일은 아니었다. 그저…… 이 도시가 마음에 들었을 뿐이다, 내가.

희귀한 음식과 멋진 사람들. 그리고 꿈에 그리던 수상 방갈로. ……그래, 나는 이 도시가 좋다.

"우리는 다음 봉인을 조사하러 엘다인으로 가겠어요. 당신은…… 앞으로 아무도 그 섬에 다가가지 못하게 경비를 강화해주세요."

"알겠습니다……. 맹세하죠. 저는 이제…… 거창한 야망은 품지 않겠습니다."

그러면서 그는 조금 생기를 되찾은 얼굴을 들었다.

용서할 생각은 없다. 하지만…… 미워하지도 않는다. 능력껏 이 도시를 좋은 방향으로 이끌어다오.

"놀랐어요. 설마 이 도시의 발전까지 생각했다니. 이곳이 대륙의 현관이 된다면 영지의 지위도 오르고 공화국, 왕국 모두 이익이겠죠."

"그냥 순간적으로 그런 생각이 들었어. 여기서 본…… 카라스미가 다른 곳에도 더 퍼지면 좋겠다고."

숙소로 가는 길에 다리아가 의외라는 말투로 칭찬했다. 뭐야, 내가 그냥 폭력의 화신이라고 생각했냐. 굳이 따지면 음식의 화신이다, 인마. ……사실 그 남자 이름에 『나흐트』가 들어간 것도 이유 중 하나지만.

과거, 류에를 위해서 움직인 씨족이 있었다. 그리고 은신처 초대 촌장으로 살았던 엘프가 있었다. 그게 『나흐트』라는 씨족이다. 그 자손이라면…… 조금쯤은 괜찮겠지.

"어쨌든 봉인이 풀렸다는 사실은 변함없어. 다음 영지로 서두르자."

"그래야겠네요. 다음은 엘다인…… 지금까지 들른 곳과는 상황이 다른 영지예요."

"전쟁을 걸었던 적이 있다고 했지? 응, 조심할게."

"다음 봉인이 무사해야 할 텐데……."

그렇게 두 번째 영지, 녹스헤임을 일찌감치 떠나기로 결정했다.

있을지도 모르는 또 한 명의 해방자…… 다음 영지에서는 충돌하게 될까?

§ § §

"길이 엉망이군……. 이제 곧 엘다인으로 진입하지?"

"그 영지가 가도를 정비하지는 않겠죠. 얼마 전 대규모 진군으로 망가졌을 가능성도 있지만요. 저 앞에 바위산이 보이나요? 저기가 관문이에요."

엘다인령으로 가는 길. 원래 치안이 안 좋은 영지라서 이 가도를 이용하는 사람은 드물며, 당연히 길 상태도 다른 곳에 비해서 엉망이었다.

엘다인은 바위산과 절벽으로 둘러싸인 천혜의 요새 같은 영지며, 외적의 침입과 함께 다른 영지의 의견, 비난, 반발까지도 완전히 차단한다고 한다.

서즈가르드의 특사로 보낸 여성이 가자마자 행방불명되어 훗날 아이를 배고 정신이 망가진 채로 발견됐다는 이야기도 있다.

반면, 돈과 힘만 있으면 어느 곳보다 쾌적하며 자유롭게 살 수 있는 곳이기도 하다. ……이 이야기를 듣고 왜 이 영지가 망하지 않았는지 이해했다.

"돈과 힘이 있으면 어떤 욕망도 이룰 수 있다……. 어떻게 보면 나 같은 놈이 살기 좋은 곳이군."

"……그렇죠. 나나 카이본은 이 힘 때문에 자유롭게 행동하지 못해요. 그 바다를 가른 힘으로 협박하면 모든 나라를 한 번에 억압할 수도 있겠죠."

"하지만 그건 단순한 폭군이고 많은 사람의 믿음을 배신하는 짓이야. 참 어려워. 이 세계에 막 왔을 무렵에는 비교적 생각 없이 힘을 휘둘렀는데."

"지금 생각하면 그랬던 거 같기도. 그래도 그때는 나도 세상 물정을 몰랐으니까……."

"두, 두 사람 다 무슨 짓을 한 건가요……?"

피투성이 결투 소동이 있었죠. 그 후에는 공갈 협박까지 했습니다.

그런 대화를 나누는 사이에 관문인 바위산 터널에 도착했다.

"거기 마차, 멈춰라! 이곳부터는 엘다인령이다!"

"거기에 볼일이 있어서 왔는데 설마 통행이 막혔나요?"

터널을 관리하는 병사가 길을 막으려고 앞으로 나왔다.

"통행은 가능하지만…… 목적은? 관광? 아니면 장사인가?"

"관광……일까요? 장사는 아닙니다."

"그런가……. 보아하니 짐마차에는 여성이 탔군. 옆에 있는 여자도 아직 어리고……. 솔직히 말해서 안전이 보장되는 곳이 아니다. 웬만하면 들어가지 않는 편이 나아."

상당한 위험지대인 모양이군.

지금 마부석에 앉은 사람은 나와 다리아였다. 그리고 레이스와 류에도 쉽게 확인할 수 있는 상태였다. 역시 그런 걱정도 해야 하나.

"그래도 가야 할 이유가 있어서요. 다행히 우리 중에는 다른 대륙 모험가도 있습니다."

"그래……? 그렇다면 미리 경고하지. 여기서부터는 무법지대라고 생각해. 자기 몸은 자기가 지킬 것. 달콤한 제안과 서비스에 조심해."

"잘 알겠습니다. 그럼 우리도 자기 방어라면…… 죽여도 문제없죠?"

입장상 허가한다고 말할 수는 없겠지. 다만, 병사인 그는 작지만 확실하게 고개를 끄덕였다.

"……싸움은 싸움을 부른다. 그것만은 유념하도록. 여행길이 무사하길 빌지."

"네. 좋은 말씀 감사합니다."

그렇게 이 좁고 어두운 터널을 빠져나가고자 앞에 보이는 빛을 향해 나아갔다.

"꽤 좋은 사람이었어. 이런 가도 경비는 역시 자유 기사가 하나?"

"그렇죠. 단, 자유 기사단은 지부가 거의 독립되어 있어요. 유사시에 엘다인 지부에 도움을 요청해 봤자 소용없다고 생각하세요."

"자유 기사…… 그게 아마미와 비오가 소속한 조직이었나?"

"아마미 씨는 이제 아니지만요. 우리 모험가와 비슷한 사람들이겠죠."

"비오……? 그거 혹시 키가 작은 여자 전사 말인가요?"

"아, 다리아도 알아? 엄청나게 강한 아이야."

오, 혹시 다리아도 아나? 그녀는 이 대륙에서도 상당히 실력이 뛰어나다고 들었다. 어디선가 만났을지도 모른다.

"그렇군요. 세상 좁네요. 일단은 아는 사이예요. 이곳 지부에 소속하지는 않았지만, 그녀의 고향은 이곳 엘다인이에요."

"그랬어? 그럼 어쩌면 지금 여기 있을지도 모르겠네."

"귀국했다면 그럴 가능성은 있겠네요……. 카이본, 첫 목표가 생겼어요. 어떻게든 그녀의 정보를 구해서 접촉해주세요."

"응, 알았어. 이 지역을 잘 아는 실력자가 협력해주면 든든하지."

행동 방침이 정해지고, 터널을 빠져나온 마차는 엘다인령으로 들어섰다.

"핫하—! 네놈들 거기 멈춰—!"

"이 도시에 무슨 볼일이냐, 어엉? 지나가고 싶거든 통행료를 두고 가시지!"

엘다인 도시 입구에 완벽한 세기말 패션과 불량배 대사를 뱉는 모히칸 2인조와 맞닥뜨렸다. 미안, 이 정도로 완벽하면 웃기다. 이걸 어떻게 참아.

"관광하러 왔어요. 요금이 얼마죠?"

"다리아…… 너는 아무렇지도 않냐? 너도 알잖아…… 북

○의 권."

"……말 걸지 마요, 참느라 힘드니까."

"그래? ……아쵸!"

"푸흡! 그만 하세요! 그, 그래서 요금은 얼마죠?"

역시. 기억 안쪽에는 다 남아 있구나, 다리아.

"뭐라고? 너희 상인 아니냐?! 이런 쓰레기장에 털리러 오다니 특이한 놈들이구만! 상인이 아니면 그냥 들어가! 케케케."

"내장 안 털리게 간수 잘해라! 햐하하하핫!"

그냥 들여보내 주네? 외모와 언동에 비해서 정상적인 문지기잖아.

"말투가 재미있는 사람인걸. 햣하—!"

"어허, 저런 거 흉내 내지 마. 일단 짐수레에 숨어 있어."

"그러게요……. 저랑 류에는 그럴게요. 다리아 씨도 이쪽으로 오세요."

"아뇨, 저는 후드를 썼으니까 됐어요. 이목을 끌지도 모르지만, 아이라고 생각할 테니까 큰 문제는 없겠죠. 게다가— 여기서는 힘이 전부예요."

"……하긴, 어디선가 그걸 과시할 필요가 있을지도 모르겠네요."

듣던 중 반가운 소리군. 나를 언터처블한 존재로 인식하면 선불리 시비를 걸지도 않겠지. 더군다나 비오가 소문을 들을 수도 있고.

우선 거점으로 삼을 숙소를 찾자. 이런 곳이니까 아무 숙소나 잡았다가는 무슨 불상사가 있을지 모른다. 가능하면 호화롭고 권력자가 이용할 만한 곳을 찾아야지.

"그나저나…… 정말로 무법지대군. 다른 영지가 개입하지 않나?"

"적어도 서즈가르드에서는 손을 못 대요, 타국이니까. 세류가 감시역으로 견제하고 있었지만, 결국 모반할 뻔했고요."

"그게 의문이야. 왜 슌이 나선 거야? 타국 문제잖아?"

"세류와 서즈가르드는 협정을 맺었어요. 유사시에 협력한다는 규정이 있는데…… 쉽게 말해서 공포의 상징을 자기네 나라가 아니라 타국에 둬서 전후 처리와 영지 간의 관계가 무너지지 않게 막는 거죠."

억지력으로 자신이 아니라 타국을 사용한다는 말인가. 시커먼 속내와 정치적 지략만 보면 조금 오잉크와 닮았다, 그 세류의 영주라는 인간은.

"……카이 군. 나는 이런 영지는 없어지는 게 낫다고 생각해."

"영주가 없어서 치안이 더 나빠졌나, 아니면 원래 이런 곳인가……. 불쾌하기 짝이 없는 장소예요. 보세요, 저거…… 어떻게 봐도 인신매매예요."

류에와 레이스가 짐수레에서 몰래 바깥을 살피며 어두운 어조로 말했다.

그곳을 보자 큰 우리와 거기 갇힌 많은 사람이 있었다.

우리라면 그나마 다행이다. 조잡한 기둥에 사슬로 이어진 수인과 엘프, 휴먼도 보였다.

……확실히 유쾌한 광경은 아니군. 하지만— 그들을 구하는 게 목적이 아니다. 지금은 당장의 정의에 매달릴 때는 아니니까…….

"……이 대륙이 바뀌면…… 아니, 적어도 새로운 영주가 올바른 사람이면……."

"지금은 목적 달성을 서두를 수밖에 없지. 봉인 거점도 어딘지 모르지?"

"오래된 유적이었는데 이미 이 도시에서는 당시 모습을 찾아볼 수 없어서요……."

"아무래도 여기는 술식이 지하 깊은 곳에 있는 모양이야. 나도 쫓을 수가 없어."

"마안으로 희미한 빛이 보이지만, 그것도 다른 많은 마력에 가로막혀 있어요."

"이 도시는 몰래 찾아오는 거상이나 귀족도 있어요. 그런 사람의 정보를 지키려고 도처에 마술로 추적하지 못하게 술식이 새겨져 있죠."

성가시네. 이러면 역시 탐문 수사가 필요하겠다.

그렇게 노예 시장과 여성들에게 보여줄 수 없는 거리를 지나자 다른 거리보다 더 넓고 다소 차분한 분위기의 큰길로 나왔다.

그 거리 앞에는 거대한 건축물이 있었다. 보이는 그대로 설명하면 『콜로세움』이 서 있었다. 이 근처라면 관람객용으로 그나마 괜찮은 숙소가 있을지도 모르겠다.

§ § §

"마차는 이곳에 세우쇼. 헤헤, 거 멋진 여자를 구하셨군요, 나리. 어떻습니까, 이 마족 여자를 하룻밤 빌려주면 공짜로 마차를 지켜드립죠."

"죽어."

숙소의 마차 지킴이가 천박하게 웃으며 레이스에게 손을 뻗으려는 찰나, 가차 없이 머리를 잡아 터뜨렸다.

다른 마차 지킴이와 경비로 보이는 자들이 일제히 자세를 바로잡았다. 우리를 업신여기던 표정이 모두 사라지고 마치 군기가 든 기사단처럼 변해 있었다.

"여기 있는 인간 중에 가장 약한 건 나다. 자신 없으면 이 분들에게 손대지 마라."

일단 이렇게 말해 두면 괜한 해코지는 안 하겠지. 죽이고만 남자에게는 미안하지만, 재수가 없었으니까 포기해라. 이건 본보기다.

"이거면 됐지, 다리아?"

"네. 명심하세요, 기존의 도덕과 가치관은 이 도시에서 버리세요."

"무서운 곳이네요……. 여기서 비오 씨가 자랐다면…… 그 힘도……."

"옛날 생각 나. 응, 알았어. 나도 조금은 긴장할게."

빠르게 찾아온 신고식에 나도 살육으로 답해줬다. 그냥 봐서는 모르지만, 레이스도 전쟁 참전자고 류에도 전란의 시대를 살아남은 강자다. 일일이 마음 아파하는 기색은 없었다.

바로 숙소 접수처로 가서 다른 사람이 절대로 다가오지 못하는 최고급 방을 잡았다. 물론 식사도 받지 않는다. 약을 탈지도 모르기 때문이다. 여기서는 아이템 박스에 있는 음식을 먹기로 했다.

보나 마나 다리아의 아이템 박스도 음식으로 가득할 테니까 굶을 걱정은 없다.

"후우…… 일단 한숨 돌렸어. 역시 좋은 방이 있긴 하구나."

"아마 몰래 놀러 온 귀족을 위한 숙소겠죠. ……필요 없는 가구도 좀 있지만요."

"이거 말이야? 이게 뭐야? 말 모양 의자? 그래도 앉기 힘들겠어."

"뭘까요…… 비슷한 물건을 촌장님 저택에서 본 기억이 있는데……."

관심 갖지 말아줄래요? 그거 삼각 목마입니다. 그리고 구속대?

뭐야, 여기 SM방이야?! 여기 오는 귀족은 뭐가 목적이야?!

그리고 레이스 누님, 지금 그 나무 상자를 열고 당황해서 닫았죠? 얼굴 새빨개요.

대체 뭐가 들었는지 원……. 소형 성인용품인가. 그거라든가, 아니면 그거.

"우선 정보 수집부터 시작하려고 해. 나는 일단 큰 술집이나 사람이 모이는 곳에서 이야기를 들을 생각인데— 너희는 어떡할래? 이 도시는 보다시피 이 모양인데."

"저는 어린애로만 보이니까 정보를 끌어내기 어려워요. 일단 기억을 더듬어서 도시 안을 조사해 보려고요."

"레이스랑 나는…… 이 방에서 가만히 있을래. 내 몸 정도는 지킬 수 있고 실제로 이름을 퍼뜨리기 좋은 기회지만…… 레이스는 아마 못 참을 거야. 만약 여자애가 노예가 돼서 비참한 대우를 받고 있으면."

"……네. 솔직히 당장 방금 봤던 곳으로 가고 싶을 정도예요. 싸움이 벌어져도 상관없다고 하지만…… 자발적으로 문제를 일으키는 행동은 삼가고 싶어요."

"……그래? 알았어. 이런 말 하고 싶지 않지만, 엘다인에 왔으면 엘다인 법을 따라야지. 받아들일 수 없어도 지금 엘다인에서는 그게 평범한 광경이야. 그걸 일일이 응징하고 다니면……."

아무리 힘을 과시할 필요가 있다지만, 그건 아니다. 규칙을 따르지 않는 외지인이 날뛴다고 인식되면 유명해지기 전에 도시의 적으로 찍힐 수 있다.

여기서는 아직 정의를 바랄 수 없다. 하지만 언젠가 이 대륙이 변하면…… 대가를 치르게 될 것이다. 다리아가 말하기로는 노예는 상당한 위험을 감수하고 이곳까지 끌고 오므로 함부로 죽이지는 않는다고 한다.

그렇지. 안 좋은 표현이지만, 귀중한 상품이다. 그걸 제 손으로 망가뜨리지는 않겠지.

"게다가 공화국이라도 나는 백발 엘프야. 특이하니까 표적이 될지도 몰라."

"그렇다면 최소한 이 근처의 탐문은 제가 할게요. 여기서는 오히려 옷을 지나치게 화려하게 입으면 손대기 어려울 거예요."

"아하, 그거 좋은 방법일지도 모르겠네요. 대귀족이나 대상인의 동반자로 보이면 보복이 두려워서 섣불리 손대지 못할 테니까요."

"아름다운 장미에는 가시가 있고 화려한 버섯에는 독이 있다는 거군?"

"자, 장미 얘기만 해도 됐을 텐데…… 버섯이라고요?"

그렇게 말하며 웃는 레이스의 표정에는 역시 얼핏 그늘이 져 있었다.

괴롭겠지. 그녀는 불우한 환경에 있던 딸들을 많이 거두었으니까.

……좋아. 이 대륙이 변하면 이곳을 한 번…… 정화해야겠어.

혼자 숙소를 나와서 우선 정보를 모으기 위해 큰 술집을 찾았다.

그 도중에 방금 마차를 맡겼을 때 벌어진 해프닝을 듣고 웬 양아치가 시비를 걸어 왔다. 정말로 재수도 없지. 레이스와 류에가 보지 않는 곳에서 내가 봐줄 리 없는데.

말없이 시체로 만들었다. 공포에 떨어라, 위험인물이 이 도시에 찾아왔다며.

§ § §

『네게 힘을 줄게. 네가 그 세계로 가는 건 이미 정해진 운명이야. 그래도 만약 무사히 원래 있던 곳으로 돌아오고 싶다면 너를 불러들인 자의 소원을 이뤄줘야만 해. 그러니까 내가 네게 힘을 줄게. 단, 그 대신…… 내 소원도 이뤄주길 바라―.』

한순간 꿈을 꿨다. 과거의 꿈, 이 세계로 불려왔을 때의 꿈.

내게 주어진 힘을 꽉 쥐고 다시 내게 맡겨진 소원을 떠올렸다.

"그 이상한 목소리는…… 마왕을 죽이라고 했어……. 미사토는 그런 부탁 못 들었다고 하지만…… 그 목소리도 개한테는 기대하지 않았던 걸까."

주어진 힘. 이질적 존재를 죽이고 소원을 반영하는 힘. 생각한 대로 몸을 움직이는 힘.

이 힘으로 나는 이미 많은 사람을, 셀 수도 없이 많은 사람을 죽였다.

마음이 차가워지는 것이 느껴졌다. 원래 그렇게 정이 많은 사람은 아니었지만, 이건 잘못됐다고, 해서는 안 될 일이라고 알고 있다. 그래도—.

"시간이 됐나. 이 세계에는 정말로 정보상이란 게 있구나."

소환자의 소원은 순조롭게 이루어지고 있었다. 그렇다면 나는 내 소원을 위해서 슬슬 움직이자.

마왕의 소문은 들은 적이 있다. 옆 대륙에서 마왕을 자처하는 인물이 나타났다는 것이다.

허름한 침대에서 가볍게 기지개를 켠 나는 약속한 장소로 가려고 외출 준비를 시작했다.

그런데 내가 빌린 술집 2층 방에 집주인의 목소리가 들렸다.

"아씨, 일어나셨습니까? 아는 사람이 아씨에게 부탁할 일이 있다는—."

"전에도 말했지만, 나는 내게 튄 불똥을 털었을 뿐이야.

좋아서 사람을 죽이지는 않아. 그런 일은 무시해. 그 사람한테도 거절한다고 전해주고."

그렇게 대답한 순간, 평소 듣던 것과 다른 난폭한 남자의 목소리와 함께 문이 발로 차여 박살 났다.

"까불고 있어, 이 꼬맹이가! 실력 좋은 검사라더니 이따위 계집을—."

"주인아저씨, 청소 부탁할게. 환기도 해 놓고. 나는 아래 술집에서 만날 사람이 있어."

"예, 예이…… 근데, 이 녀석은……."

"벌써 베었어. 깨끗하게 청소해줘. 잠자기 불편하니까 냄새 남으면 안 돼."

부서진 문을 지남과 동시에 뒤에서 물소리가 들렸다. 이미 익숙해지고 말았다.

"왜 다들 애라고 할까. 일본인이 어려 보이나."

나는 다시 내가 걸친 로브의 후드를 깊이 눌러 써서 얼굴을 감췄다.

약속한 시간까지는 아직 여유가 있어서 나는 술집 가장 안쪽, 바 카운터에 앉았다.

무서운 도시. 그래도 다들 살인자. 그래서일까, 나는 이곳이 조금 편안하게 느껴졌다. 나도 이미 살인자가 됐으니까.

일본에 있을 무렵에는 여행지 호텔을 잡을 때도 조금이라도 치안이 나쁘면 피하고는 했는데. ……걱정 많은 아빠와 오빠가 하도 신신당부해서 그런 것도 있지만.

『여자라면 좀 더 위기감을 가지게나. 그리고 나도 갈래.』

『싫어, 친구랑 간단 말이야. 그냥 맛있는 가게나 알려줘.』

『에효, 알았다. 그럼 이쪽 길에 있는—.』

잠깐 옛날 추억에 잠기며 바텐더에게 술을 주문하려던 그 때였다. 이 세계에서는 아직 듣지 못한, 지구에 있던 칵테일을 주문하는 소리가 들렸다.

"그게 뭐냐면, 거기 있는 토마토. 그걸 짜서 주스로 만들고 맥주와 반반—."

레드아이다. 내가 좋아하는 칵테일 중 하나. 쉽게 만들 수 있어서 집에서도 마시고는 했다.

주문한 사람은 이곳에 어울리지 않는 미남이었다. 그 겁 없는 모습을 보아 아마 어디 귀족이거나…… 상당히 실전 경험이 많은 사람이다.

그나저나 이 세계, 미남미녀가 너무 많지 않아? 미사토는 이상한 목소리에게 힘을 받는 대신 외모를 바꿨다고 하니까 예외로 치더라도.

"응? 나한테 무슨 볼일이라도 있어?"

"앗, 아뇨. 여기요, 저도 이 사람이랑 같은 술 만들어줄래요?"

너무 쳐다봤다. 이 사람, 너무 눈에 띄지 않나? 어째선지 묘하게 살기등등한 시선을 보내는 자도 있었다. 혹시 위험한 사람인가.

“여기 나왔습니다. 저쪽 손님 말로는 『레드아이』라는 칵테일이라는군요.”

“감사합니다. ……맛있다. 토마토가 다네요.”

“네. 저쪽 손님도 같은 말을 하셨죠. 아는 사람만 아는 최고급품입니다.”

굉장히 그립다. 이런 술은 정말로 오랜만이다.

그만 기분이 좋아져서 같은 술을 한 잔 더 주문했다.

“마음에 들었어? 그거 내 동생이 좋아하는 칵테일이야. 참고로 나도 좋아하고.”

“그런가요? 낯선 분이라 말씀드리는데, 이 바 카운터에 앉으면 위험해요. 주변에서 노려보는 사람이 많아요.”

“신경 안 써. 어차피 아무 짓도 못 해. 게다가 너도 앉아 있잖아?”

“저는 이미 몇 명 처리했으니까요. 이제 와서 다가오려는 사람은 없네요.”

“크크, 나도 그렇게 되고 싶은데.”

대화에 탄력이 붙는다. 어쩐지 말하기 편한 이 사람의 분위기에 마음이 조금 편안해진다.

그런데 그때, 바텐더가 내게만 들리도록 말을 걸었다.

“……약속한 분이 귀빈실에서 기다립니다. 카운터 뒷문으로 가시지요.”

"응, 알았어. 술값은 숙박비에 달아둬."

"아뇨, 이미 저쪽 손님께 받았습니다."

……트렌디 드라마 같아서 살짝 감동했다. 무심결에 뒤돌아보자—.

"괜찮아, 이 레시피를 판 돈으로 샀을 뿐이니까. 잘 가, 아가씨."

후후, 정말로 재미있는 사람이다. 다른 사람과 같이 술을 마신 건 오랜만이야.

§ § §

"역시 고급 가게는 달라. 그럼…… 필요한 정보는 이미 얻었지."

정보에 의하면 지금 이 도시는 평상시보다 민감하며 일상적으로 파벌 항쟁이 벌어지고 있다. 그리고 그 이유가— 차기 영주를 결정하는 대회가 열리기 때문이라고 한다.

암습, 기습, 독살, 배신. 생각할 수 있는 온갖 수단으로 싸움이 이어지는 상황이지만, 정작 중요한 대회는 누구나 참가할 수 있다고 들었다. 『참가할 수 있다면』 말이다.

"유력한 영주 후보가 전 영주의 아들과 딸…… 그 딸이 비오였다니……."

그녀는 부름을 받고 외부에서 급히 돌아왔고 아직 주민들의 지지는 얻지 못했다고 한다. 그래서 조금이라도 지지를 얻기 위해 날마다 콜로세움에서 날뛰는 모양이었다.

"바텐더, 이만 갈게. 콜로세움 관전이 있어서."

"그렇습니까? 좋은 레시피를 주셔서 감사합니다."

"뭘 그런 걸 가지고. 방금 그 손님한테도 대신 인사해줘. 단골이지?"

"예. 하지만 너무 깊이 연관되지 않으시는 편이 좋습니다. 앞으로 만날 일도 없을 테고요."

그 말을 마지막으로 그는 자기 일을 하러 돌아갔고, 그와 동시에 여러 사내가 카운터 뒷문으로 사라졌다. ……그렇군. 이번에는 그녀가 사라질 차례인가.

술집을 나와서 그대로 가게 뒤편으로 돌아가자 유난히 경비원이 많아 보였다.

품격 있는 가게 같더니만, 역시 단순한 술집이 아니라 어떤 밀회소였나 보다.

"같이 술잔을 기울인 것도 인연이지. 변덕으로 죽였으면 변덕으로 살릴 때도 있어야지."

이 가게에서 소란을 피우고 싶지는 않다. 여기 바는 마음에 들었다.

그러니까 이번에는…… 쥐도 새도 모르게 사라져줘야겠다. 오랜만에 그 마법을 구사한다.

"그리워. 류에가 쓰지 말라고 했었지."

불길에 강렬한 암흑 속성을 부여한다. 파괴력이 아니라 내 불길에서 열을 빼앗기 위해.

그것을 넓혀 눈에 보이지 않는 안개처럼 대상 주변으로 흘려보낸다.

열이 없고 색이 없어도 불길은 산소를 빼앗고— 목숨을 거둔다.

보초를 처리하고 건물로 침입하자 방금 술집과는 딴판으로 벼락부자가 좋아할 법한 저급한 인테리어의 복도가 나왔다. 그곳에 주르륵 늘어선 문에서는 갖가지 목소리가 들렸다.

"……이 세상에 오고 금욕 생활을 하는 나한테는 버티기 힘든 곳이군."

의심의 여지 없이 정사에 빠져 있는 목소리를 무시하고 탐색을 계속하는데, 어느 방에서 남자와 여자의 다소 험악한 대화 소리가 들렸다.

『그래? 지내기 편하다고 한곳에 너무 오래 머물렀나 봐. 아쉽게 됐네.』

『미안하군. 우리 수족이 될지도 모른다고 생각했는데, 그게 아니라면—.』

하지만 그 말이 끝나기 전에 맑은 쇳소리가 연이어 들리고 남자들의 비명이 들렸다.

조용히 문이 열리고 일본도 같은 무기를 찬, 피 한 방울

튀지 않은 로브 차림의 여성이 나타났다.

"외날검을 써? 보기 드문데. 정말로 사람을 많이 없앴나 봐."

"……당신도 한 패였어요? 아쉽네요."

그 순간, 그녀의 손이 다시 칼로 향했다. 하지만 동시에 내 손도 그녀의 칼로 뻗었고—.

"스톱. 걱정이 돼서 뒤로 침입했을 뿐이야. 봐, 뒷문 보초가 쓰러져 있지? 뭐, 그것도 괜한 걱정이었나 보지만. ……너 강하구나, 그것도 꽤나."

"……그럭저럭요. 그럼 저는 이만 가 볼게요. 기회가 있으면 또 봐요."

눈 깜짝할 사이에 그녀는 사라졌다. ……나도 빨리 튈까.

역시 이곳은 재미있다. 폭력과 배신으로 점철됐어도 저런 아이가 섞여 있다.

너무 올곧아서 속고, 또 손에 피를 묻혀서 마음 붙일 곳을 찾는다.

"어딘가 잘못됐어. 비오가 다음 영주가 되면 조금은 나아지려나."

그 애도 어떻게 보면 올곧은 성격이니까. 비뚤어진 것을 보면 용납하지 못하겠지.

"너무 딴 길로 샜어. 시간상…… 경기는 거의 끝났으려나?"

겨우 콜로세움에 도착했다. 오랜 역사가 느껴지지는 않았다. 오락용으로 새롭게 지은 듯한 그 건물은 다양한 사람으로 버글거렸다.

관전하러 온 일반인과 신분을 숨기려는지 가면을 쓴 귀인.

대전 상대를 정찰하는 듯 척 보기에도 전사 같은 남자와 뭔가를 파는 여성.

그 인파를 헤치고 오늘 예정표를 확인해 보니—『여자 노예들의 나체 시합』, 『노예 죄수들의 난전』, 『아룡과 소년병의 싸움』이라고 적혀 있었다.

취향 고약한 볼거리가 대부분이지만, 개중에는 멀쩡한 토너먼트도 예정되어 있었다.

그러나 아쉽게도 이미 결승까지 모두 끝난 모양이었다.

"비오가 나온다면 이거일 텐데…… 내일 다시 올까."

그래도 헛걸음만 하고 돌아가기도 싫었다. 지금 진행하는 죄수 난전이라도 보고 갈까.

게다가 관객에게서 비오에 관한 정보를 더 얻을 수 있을지도 모르고.

가능한 한 좋은 자리를 사서 관객석으로 가자 역시 다른 자리에 비해서 차림새가 좋은 사람이 많았다. 흠, 다들 진지하게 시합…… 혹은 구경거리를 보는군.

"원래 로마의 콜로세움도 오락으로 다양한 죽음을 제공했다니까 의외로 이게 정상인가."

아래에서 이루어지는 경기는 결투처럼 고상한 행위가 아니라 팔다리의 자유가 제한된 죄수들이 얼마 없는 무기를 빼앗으며 악착같이 서로를 죽이려고 드는 처참한 싸움이었다.

지금까지 많은 사람을 죽인 내가 이런 생각을 할 자격은 없을지도 모르지만—.

"……재미없네."

그 말이 자연스럽게 입 밖으로 나왔다.

"나도 오빠랑 같은 생각. 이런 구경거리보다 평범한 경기나 늘려주면 좋겠어."

"어…… 뭐야, 놀랐잖아. 설마 네가 먼저 찾을 줄은 몰랐어."

문득 누가 옆에서 말을 걸어 고개를 들었다. 거기 있던 사람은 귀가 네 개인 소녀, 우리가 찾던 비오. 그녀가 싱글싱글 웃으며 나를 보고 있었다.

"정말로 공화국에 와줬구나! 그것도 이런 시골까지."

"하하, 어쩌다 보니까. 사실 중요한 볼일이 있어서 너를 찾고 있었어."

"오? 뭔데 뭔데? 혹시 고백? 흠, 하지만 그런 분위기는 아니네."

"고백이라면 고백인가. 잠깐 우리가 머무는 숙소로 와줄 수 있어?"

그녀는 여전히 종잡을 수 없지만 올곧은 눈동자로 나를 바라봤다.

잠시 생각하는 듯하더니 그녀는 조용히 고개를 끄덕였다.

“경기는 아직 안 끝났지만, 빨리 갈까? 여기 있으면 내가 눈에 띄니까. 일단은 최근에 뜨는 영웅이거든. 게다가…… 오빠, 벌써 무슨 일 저질렀지?”

그 말을 듣고 주변을 살피니까 나를 주시하는 사내들이 드문드문 보였다. 하지만 비오와 같이 있는 모습을 보고 다들 그 자리에서 물러났다. 이게 비오의 명성인가?

§ § §

비오와 숙소로 돌아오던 중, 거의 다 도착했을 때 길에 사람이 몰려 있었다.

꽤나 시끌벅적한데 대체 무슨 일이지?

“여기는 콜로세움에서 가까우니까. 흥분을 주체하지 못한 녀석들이 싸우는 거 아닐까?”

“그거 말 되네. 우리는 우리 갈 길이나 가자. 숙소는 바로 저 앞이야.”

그 인파를 밀치고 숙소로 들어가려던 때, 소란의 중심에서 익숙한 목소리가 들렸다.

“헉! 이제 만족하셨죠? 저는 이만 숙소로 돌아—.”

“어허, 가긴 어딜 가! 벌써 다음 도전자가 준비 중이라고!”

“글쎄, 저는 그냥 귀찮은 사람을 쫓아냈을 뿐이라니까요. 게다가 마음대로 돈까지 걸고—.”

"이대로 끝내면 당신한테 전부 내줘야 해. 자, 다음 선수!"

"그런 돈 필요 없어요……. 이게 진짜 마지막이에요?"

레이스, 너 뭐 하니? 왜 스트리트 파이터를 하고 있어?

아름다운 드레스에 모자까지 써서 영락없이 여행 중인 귀족 부인의 풍모인데 주위에는 남자들이 수도 없이 널브러졌고 구경꾼들은 거기에 열광하고 있었다.

"와, 언니 재밌게 놀잖아! 다음 나! 내가 할래!"

"어허, 기뻐할 상황 아니야. 이번 싸움만 끝나면 전부 해산시킬 거야."

대화를 나누는 사이에 벌써 다른 남자가 땅에 엎어졌다. 그나저나 왜 이 도시에는 세기말 스타일이 많지? 레이스, 오늘부터 레이스 신권 계승자라고 말하고 다녀.

여기서 계속해도 곤란하니까 모두 해산하도록 소리쳤다. 당연히 반발이 있었지만, 유아독존 네 귀 소녀 덕분에 다툼은 벌어지지 않았다.

"레이스…… 그 많은 사람이랑 싸웠어?"

"죄, 죄송해요……. 가까운 가게에서 탐문을 하는데 이 복장으로도 별 효과가 없어서, 몸을 지키려다 보니까 어느새……."

"야아…… 언니는 여전히 강하네! 안녕, 오랜만이야!"

"비오 씨, 오랜만이에요. 무사히 찾으셨네요, 카이 씨."

"나한테 할 이야기가 있다며? 일단 숙소로 들어가자. 여기 있으면 눈에 띄어."

비오는 이미 여기서 이름을 날리는 모양이니까 아는 사이라고 알려지면 이런 시비도 줄어들겠지.

“류에, 돌아왔— 너 뭐 하니?”

“아, 어서 와! 이 방에 이상한 물건이 많잖아? 그래서 이것저것 조사하던 참이야.”

방으로 들어오자 류에가 천진난만하게 채찍을 들고 삼각목마에 앉으려고 하고 있었다.

“내 생각에 이건 승마 연습 기구야. 몸통 구조가 불안정한 이유는 허리를 들고 균형을 잡으라는 의도 아닐까? 봐, 이렇게 채찍도 들어 있었어.”

류에는 방구석에 있던 나무상자를 가리켰다. 아, 그 어른의 도구 상자잖아.

레이스가 재빨리 그 상자를 들고 류에에게서 채찍을 압수해 집어넣었다.

“이, 이건 틀림없이 유료예요. 함부로 만지지 않는 게 좋을 거예요.”

“그래? 그럼 건드리지 말까. 응? 어라, 비오잖아!”

……레이스 엄마, 고맙습니다. 순진한 아이에게는 아직 이르죠.

“아하하…… 오랜만이야, 언니. ……오빠, 나 진짜 놀랐어.”

“솔직히 나도 심장이 철렁했어.”

놀란 가슴을 달래려고 레이스가 끓인 홍차를 마시며 다시 재회의 인사를 나눴다.

"세 사람 다 잘 지내는 거 같아서 다행이야. 왕국에서 힘들지 않았어?"

"그냥저냥. 바로 본론으로 들어가고 싶지만, 한 명 더 올 때까지 기다려줘."

"응? 새로운 동행이 있어?"

다리아는 비오와 아는 사이라고 들었지만, 과연 어떤 관계일까.

그렇게 기다리는 동안 비오가 신이 난 투로 레이스에게 말을 걸었다.

"언니도 이 토너먼트에 나가 볼래? 세미피나르 대회와는 다르게 목숨을 보호하는 장치도 없고 말 그대로 목숨 건 싸움을 할 수 있어!"

"사, 사양할게요……. 그나저나 비오 씨는 이런 환경에서 싸우시면서 왜 세미피나르 대회에도 출전하셨죠?"

"다른 대륙의 강한 사람과 싸워 보고 싶었어. 나 여기서는 거의 무패라서 기고만장했거든. 그래서 왕국까지 갔던 건데 무참하게 깨졌지 뭐야."

"그래요? 그래서 수련을 떠나기로 결심한 거네요."

"그렇기는 한데 결국 나 재생사 언니한테 졌잖아? 전에 나를 이긴 상대도 똑같이 재생사였거든……. 전용 대책도 결국 언니한테 파훼됐고."

응? 왕국의 재생사라고? 그녀를 이길 만한 재생사라고 하면—.

그때, 방문이 열리고 다리아가 피곤한 기색으로 돌아왔다.

"간신히 돌아왔네요, 납치범이 어쩜 이리 많은지 원. 너무 쉽게 생각했어요. 그래도 고생한 보람은 있었어요. 봉인 거점을 대강— 어머? 비오를 찾았네요? 오랜만에 뵈어요."

그 순간, 내 귀에는 똑똑히 들렸다. 공기에 쩍 금이 가는 소리가…….

"다, 다리아…… 왜 네가 여기 있어? 나 이런 소리는 못 들었는데."

"오, 역시 아는 사이였어? 역시 비오는 다리아한테 졌나."

"그립네요. 저랑 슌이 세미피나르로 가기 얼마 전이었죠?"

"그래……. 그래서 나는— 아니, 다리아도 갔었어?!"

"네. 축제 분위기에 이끌려서. 구체적으로 말하면 노점 음식에 이끌렸죠."

아, 그렇군. 둘 다 그런 이유로 왔었나.

"으으…… 솔직히 엄청 무시당해서 나 이 녀석 싫어."

"무시하다뇨. 당신 좋으라고 제가 나섰잖아요."

"들어 봐, 오빠. 이 녀석이 그때 뭐라고 했는지 알아? 슌한테 도전하려는 나한테 『이 사람은 바빠서 안 돼요. 대신 제가 상대해줄게요. 그거면 충분하죠?』라고 했어!"

아…… 대외적으로 싸움은 슌의 몫이었지. 그런데 갑자기 들러리인 줄 알았던 다리아가 그런 소리를 하면…… 비오 성격에 바로 폭발했겠지.

"그래도 비오는 대단해요. 제게 검을 뽑게 했으니까."

"크…… 화나지만, 이 녀석 무지막지 강했어! 그런데 싸우고 나서 도발했다니까!"

"도발한 적 없어요. 그냥 『저랑 싸워서 다행이네요. 슌이었으면 죽였을 거예요.』라고 말했을 뿐이잖아요. 슌은 덤비는 상대를 용서하지 않으니까요."

대충 알겠다. 시치미 떼고 정확하게 도발했군. 이 녀석은 그런 면이 있다.

"그럼 본론으로 들어갈까요? 카이본, 저도 어느 정도 정보를 구했어요. 그쪽에서 모은 정보를 포함해서 현재 상황을 그녀한테 설명해주세요."

다리아는 비오의 말을 완전히 묵살하고 능구렁이처럼 넘어가 버렸다.

"일단 앉아 봐, 비비코. 지금부터 재미있는 이야기를 들려줄게."

"비비코는 또 누구야……. 그래서 뭐야, 나한테 할 이야기가."

나는 서즈가르드 왕국과 적대한 것, 해방자가 칠성 봉인을 풀기 시작했다는 것, 그리고— 상황에 따라서는 공화국, 왕국을 모두 상대해야 할지도 모른다는 사실을 비오에게 설명했다. 물론 이곳 봉인 거점을 찾는다는 이야기도.

"요점만 말하면 이 영지의 봉인 거점을 찾도록 도와줬으면 좋겠어."

"오…… 재미있는 이야기이긴 하네……. 오빠는 공화국, 세류 영주가 뭔가 꾸민다고 생각하지? 게다가 왕국의 선왕도."

"맞아. 지금은 우선 공화국 쪽을 정리하고 싶어. 현재 다음으로 노려질 곳이 이 영지의 봉인일 테니까 선수 쳐서 방어하고 싶어."

"그래도 오빠는 칠성을 해치울 생각이잖아? 해방되든 말든 상관없지 않아?"

"상식적으로 봉인된 칠성이 더 약할 거 아냐. 그리고 깨어나서 주위에 피해를 줘도 곤란해. 그러니까 네가 봉인 거점을 알아봐 줬으면 해."

"아, 그거 말인데요, 대충 위치를 알았어요. 영주 저택 지하에 의심스러운 반응이 있어요."

"오? 그럼 혹시 비오네 집이야? 협력해줄 수 있어?"

희소식이다. 역시 영주와 봉인이 밀접하게 연관됐다면 가까이 뒀겠지.

지금은 영주가 없다고 들었지만, 비오에게 부탁하면—.

"……협력하고 싶은 마음은 굴뚝 같지만, 거기 지금 점령당했어."

비오는 방금 다리아와 재회했을 때 이상으로 인상을 찌푸렸다.

"가족이라는 인식은 거의 없지만, 아버지가 폭주해서 처단됐잖아? 그래서 영주 자리가 비었는데 그 아들…… 내 오빠가 멋대로 저택을 점령해서 영주 대행을 자처하고 있어. 영주에게는 막대한 힘이 주어지는데 그걸 빼앗아서 설치는 거야. 그러지 않고서는 아무리 이 도시라도 이 꼴이 되지는 않아. 벌써 봤을지도 모르지만, 큰길에서 대놓고 노예를 팔고 여기저기서 여자를 납치해서 사창가에 넘기는 실정이야. 이건 인간으로서 최소한의 도리도 없는 무법지대야."

"……전후 문제 해결은 세류의 역할이었는데, 그런 일이……."

"그래서 내가 대륙으로 돌아오자마자 이곳으로 불려온 거야. 무작정 쳐들어가서 봉인 거점을 확보해도 되지만, 그랬다가는…… 이 영지가 더 엉망이 돼."

그때는 컨테이너 안에 있느라 몰랐지만, 비오를 데리러 온 건 이 영지의 현 상황을 우려하는 사람들이었나 보다.

"……그렇다면 비오가 영주가 되어서 저택을 다시 가져오면 해결돼?"

나는 그렇게 물었다. 그러나 그때, 레이스는 조용히 비오 앞에 서서—.

"비오 씨. 당신이 영주가 되면 영지를 어떤 곳으로 만들고 싶은지 생각해 보셨나요?"

……틀림없이 지금도 생각하고 있겠지. 이 지독하다 못해

처참한 현재를 타파하고 싶다고.

"건전하게 목숨 걸고 싸우는, 백번 양보해서 건전한 결투를 할 수 있는 도시가 목표야. 나는 그 수확제에서 열린 대회에서 깨달았어. 건전하게, 제대로 운영하는 대회에는 전 세계에서 많은 사람이 모인다는 걸. 이런 세상의 쓰레기장 같은 곳에서는 그러지 못해."

"그렇군요. 비오 씨도 지금 이 도시를, 영지를 바꾸고 싶으신 거군요."

"그야 그렇지. 적어도 공화국의 다른 녀석들에게 손가락질 당하지 않는 곳으로 만들고 싶어."

비오의 대답에 만족했는지, 레이스는 조용히 물러났다. 그럼 다시 그녀에게 협력을 의뢰하자. 이곳 영주가 되어 봉인 거점으로 우리를 안내해 달라고.

"우리 목적 때문만은 아니야. 분명히 너라면 좋은 영주가 된다고 믿어. 대회 쪽은 문제없어? 네 오빠한테는 이길 수 있고?"

평소대로 자신만만하게 식은 죽 먹기라는 대답이 돌아오기를 기대했지만, 의외로 비오는 살짝 거북한 표정을 지어 보였다.

"그게…… 일대일이라면 승산이 있는데, 규칙이 좀……."

"응? 의외의 반응이네. 그렇게 불리한 규칙이야?"

그러자 비오는 대회의 놀라운 규칙을 설명해줬다.

아니, 규칙이 없다는 표현이 옳을까? 그 대회는 배틀 로얄 방식이라는 것 외에 금지 사항이 없었다. 예를 들면 미리 부하를 선수로 출전시켜 작당해도 좋고, 관객석에서 동료가 지원 사격을 해도 좋고, 남은 선수가 적어졌을 때 뛰어들어서 어부지리를 노려도 된다는 믿어지지 않는 내용이었다.

"개판이군……. 설령 비겁한 방법으로 승리를 가로채도 주위에서 인정하지 않으면 즉석에서 죽을지도 모른다는 말이야? 그리고 비오에게는 협력자가 부족하고."

"맞아. 그래서 그 멍청이가 압도적으로 유리한 대회야. 일단 나를 좋아하는 사람도 있지만, 다들 이 상황에 적응하지 못하는 성격들이라서 이번 일에 안 맞아."

"그럼 우리가 당신에게 협력하면 되는군요?"

"아, 그래도 선수로 출전하면 안 돼. 너희처럼 강한 사람이 도중에 빠지면 부자연스러우니까. 관람석에서 엄호를 부탁할까 해. 정 안되면 다른 관객을 방해하는 정도면 돼."

"그런 일이라면 잘됐네요. 저도 류에도 다리아 씨도 지원이 특기니까."

참고로 나는 특기가 아닌 모양이다. 저는 기공격으로 방해나 하겠습니다. 저격도 못 하지만.

아무튼 봉인 거점으로 가는 길은 열렸다고 봐도 되겠지. 이제는 해방자가 우리를 앞질러 저택으로 숨어들지만 않으면 된다. 그리고 이걸 안심해도 되는지는 모르겠으나, 다리아도 들키지 않고 들어가기 힘들다고 했다.

"녹스헤임은 수호자의 힘을 분산하고 한곳에 모아 둔 탓에 당했겠죠. 만약 한 명에게 집중했다면…… 돌파는 어려웠을 거예요."

"적어도 오빠를 쓰러뜨릴 필요는 있어. 솔직히…… 쓰러뜨리기 어려울 거야."

"그럼 최악의 경우엔 내가—."

"그것만은 허락 못 해. 내가 이겨서 사람들에게 인정받아야만 해."

아무래도 진심인 모양이다. 그래, 비오에게는 양보할 수 없는 선이겠지.

그렇다면 우리에게 가능한 일은 그녀를 엄호하고…… 승리를 기원할 뿐이다.

"이제는 그 대회가 열리기를 기다리기만 하면 되겠네요."

"응. 오빠가 좋은 타이밍에 와서 살았어. 대회는 모레거든."

"어? 아니, 너무 코앞이잖아? 그럼 지금 당장 대책을 짜고 전술을 생각해야지!"

너무 급하지 않아? 만약 내가 『시러시러, 바다 위에 더 머물래!』라고 떼를 썼으면 늦었을지도 모른다는 이야기잖아!

……실제로 하루만 더 묵고 싶다는 마음이 살짝 있었단 말이지…….

"괜찮아, 괜찮아. 맨땅에 헤딩이 재밌지. 그럼 경기에서는 주변의 방해만 막아줘. 그러면 내가 조무래기를 빠르게 쓸어버리고 일대일 승부로 끌고 갈게!"

"비오다운걸. 알았어, 맡겨만 줘. 아무도 방해하지 못하게 할 테니까."

"야아, 언니들이 엄호해준다니 든든하네. 마음껏 움직일 수 있겠어."

"후후, 저도 최선을 다해서 엄호할게요. 마음 푹 놓으세요."

"다리아는 안 도와줘도 돼! 언니들만으로 충분하니까!"

"아이, 그렇게 사양하시지 말아요."

또 절묘하게 사람 속을 긁는구만, 이 녀석. 역시 다리아는 다리아야.

§ § §

그리고 이틀 후. 도시의 무뢰배와 불한당이 콜로세움으로 총집결하는 대회가 시작됐다. 우리는 이번에 비오의 힘을 빌려 전망이 좋은 귀빈석을 차지할 수 있었다.

이곳에서는 다른 방해꾼을 저격할 수 있고 콜로세움 전체를 관찰할 수 있다.

전장에서는 이미 셀 수 없이 많은 사람이 무기를 들고 모여 시작 신호가 울리기를 목이 빠지라 기다리고 있었다. 그 중에는 참다못하고 승강이를 벌이는 이들까지 있었다.

"심각하네요. 욕심에 눈이 멀어서 앞뒤 생각 없이 출전한 사람뿐이네요. 저래서는 이겨도 바로 다른 사람에게 당하겠어요. 드문드문 실력 있는 사람도 보이지만…… 역부족이겠어요."

"그러게. 비오가 한 번 공격하면 열 명은 날아가지 않을까?"

"으음…… 관람석을 보면 마술사 같은 집단이 뭉쳐 있어. 저 사람들이 엄호하면 귀찮아지겠어. 이럴 때 미리 준비해 둬야지."

"아무래도 저격수도 상당수 배치된 모양이네요. 이쪽은 제가 맡을게요."

세 사람 모두 엄호를 준비하는 가운데, 나는 이 귀빈실을 방어하는 데 치중하기로 했다.

다른 세력을 방해하다 보면 당연히 우리를 제거하려는 자도 있을 것이다.

"아, 비오가 입장했어! 역시 다들 경계하네."

"유명인이니까요. 저들이 손을 잡고 달려들 가능성도 있어요."

"아뇨, 비오 씨라면…… 저 수준의 인간이 떼로 덤벼도 못 이겨요. 절대로."

한 번 싸워 본 상대라서 보내는 신뢰. 레이스는 비오가 진다고는 눈곱만큼도 생각지 않는 눈치였다. 물론 그건 여기 있는 모두의 생각이기도 하지만.

나도 다시 비오를 살펴봤다. 그녀는 위풍당당하게, 주변 사람에게는 눈길도 주지 않고 조용히 서 있었다. 그 모습에 주변 경쟁자들도 주눅이 들었는지 서서히 거리를 벌렸다.

그러나— 다시 이 콜로세움 전체를 뒤흔드는 웅성거림이 일었다.

"아! 저 녀석! 레이스, 저기 저거……."

"저 사람…… 설마 살아 있었을 줄은……. 어쩜 이렇게 질길 수 있죠?"

나타난 사람은 옷 위로도 알 수 있을 만큼 근육이 우락부락한 수인 거한이었다. 류에와 레이스는 저 남자를 아는 듯한데…… 아는 사람인가? 적어도 내 기억에는 없는데.

"소문이 맞으면 저 남자가 전 영주의 아들, 비오의 이복 남매인 『가이』예요."

"비오의 오빠였구나……. 아, 봉인의 힘 덕분에……."

"흠. 류에, 레이스. 저 남자를 아나 본데 어디서 만났어?"

그녀들에게 묻자 왠지 둘 다 입을 다물었다. ……뭐야? 이러면 그냥 지나칠 수가 없다.

"……사실, 녹스헤임에서 살짝 말썽을 피워서……."

"요점만 말하면 레이스한테 시비를 걸어서 내가 해치웠어."

"……레이스가 혼자 쫓아내지 못했어? ……상당하군. 무슨 짓 안 당했어?"

"그게, 네. 저는 아무 일도 없었어요. 다만, 상당히 막무가내인 사람이라서……."

흠. 상황에 따라서는 지금 당장 죽이러 갔겠지만…… 두 사람이 무사하니까 지금은 참자.

그나저나 가이라는 남자도 꽤나 두려움을 사는 모양이다. 주변 사람이 일제히 거리를 뒀고, 편을 들려는지 가이 뒤에 붙는 자들도 있었다.

"참자가들의 역량 차이는 확연해요. 다소 방해가 있더라도 마지막에 남는 사람은 결국 저 둘이에요."

"그렇지. 하지만 거기에 가이의 부하가 방해를 한다면…… 비오가 불리한가."

"우리가 그렇게 두지 않겠지만. 저 마술사 집단은 이미 아무 짓도 못 해. 저기에 주문 방해 필드를 살짝 깔아 뒀거든. 이럴 때는 선수를 쳐야지."

"바다에 방파제를 만들었을 때도 생각했지만, 류에는 술식 제어 능력이 대단하네요. 이 거리에서 그런 마법까지 써요?"

"그러니까 쑥스럽네~. 그래도 다리아도 엄청 복잡한 결계를 펼쳤지?"

"……마안으로 확인했어요. 객석과 경기장 사이에 뭔가 결계를 치셨죠?"

"너무 심하면 비오가 화낼 테니까 객석에서 쓰는 원거리 공격의 위력을 낮추는 효과뿐이에요. 아무래도 완전히 격리하는 결계는 준비 없이는 어려우니까요."

아니, 충분하고도 남는다. 이러면 정말로 내가 나설 차례는 없겠다. 방어에나 전념할까.

그렇게 경기 시작 시각이 되고 어디선가 개시 선언이 울려 퍼졌다. 물론 도중에 뛰어들어 참전할 수도 있는 경기니까 별 의미는 없지만.

"시작했어……. 이 정도로 야만적인 난전은 나도 처음 봤어."

"저도요. 벽을 등진 사람은 거의 모두 객석에서 내민 창에 찔려 죽었어요."

"……사수를 두 사람 처리했어요. 조만간 우리도 공격받을 거예요. 경계해주세요."

시작됐다. 개시와 동시에 경기장, 객석 상관없이 포효와 환성이 터지고 빠르게 콜로세움 전체가 붉게 물들어 갔다. ……이거 악몽이 따로없구만.

그리고 아니나 다를까 비오에게 쇄도하는 남자들이 공격을 맞히기 전에 순식간에 벽에 처박히며 뻗어 버렸다. 당연하다. 레이스를 몰아붙일 정도의 실력자니까.

"후후, 저 마술사 집단 당황했어. 아무런 마술도 발동하지 않으니까."

"자기 몸에 이상이 있다고 생각하나 봐요. 요즘 시대에 금술 영역 형성은 거의 볼 수 없으니까요. 이걸로 우선 마술사들은 막았다고 봐도 되겠죠."

"저도 저격수는 얼추 처리했어요. 우리를 알아차린 기색도 없어요."

“역시 대단하네요. 남은 건— 카이본, 상황은 어떤가요?”

귀빈석 창틀에 손댄 남자의 손을 절단해 관람석으로 떨어뜨렸다.

아마도 우리 행동을 관찰하는 인간이 지시했겠지. 하지만—.

“몇 명 썰어서 흩뿌려 뒀어. 이러면 차마 못 다가오겠지. 다리아, 여기에 결계를 쳐줘. 화살이 날아들지도 몰라.”

“후, 진작 해 놨죠. 이제는 여기서 주위를 감시하고 있을까요.”

말하지 않아도 척척이군. 이미 여유가 넘치는지 다리아는 소파에 앉으며 아이템 박스에서 오징어구이를 꺼내서 씹기 시작했다. 야, 치사하게 너만 먹냐? 나도 나눠줘요.

“저는 조금 더 경계를 계속할게요. 추가 저격수가 나타날 수도 있으니까.”

“그래. 그나저나…… 압도적이야, 저 두 사람만.”

경기장을 보았다. 가이는 자기 파벌에 속한 자들일 텐데도 거추장스럽게 여겼는지 그들을 전부 뭉개 버렸다. 그가 주변 사람을 차례대로 쓸어버리면서 선수의 수는 쭉쭉 줄어들었다.

비오도 당연히 한순간에 자신을 노리는 인간을 처치했고, 가끔 기습적으로 날아드는 관람석의 창마저 피해 상대방을 끌어내서 격파했다.

가이도 비오도 서로 주먹을 무기 삼아 폭풍처럼 주변을

휩쓰는 중이었다.

하지만 여기서 보는 한…… 미세하게 가이의 기세가 더 격렬해 보였다.

"……분하지만, 저 가이라는 남자는 강하네요. 거칠기만 한 게 아니에요."

"뿐만 아니라 저 녀석은 내 마도를 맞고도 살아남았어……."

"뭐라고? 류에가 마도를 쓸 만큼 화났어? 저 자식이……."

"아…… 아니, 그냥 흥분해서 충동적으로?"

젠장, 신경 쓰인다. 화풀이로 기공격을 발치에 쏴 버려야지.

"아, 넘어졌다. 후후, 카이 군, 무슨 짓 했지?"

"비오 씨에게 혼나도 전 몰라요."

"글쎄, 나도 모르는 일인데."

한 번 넘어진 정도로 바뀔 전황도 아니다. 경기장에 선 선수의 수는 착실하게 줄어들었다. 이쯤 되면 아무래도 한 방에 나가떨어지는 사람도 없고 어느 정도 비오와 가이의 공격을 피하지만…… 결국은 시간문제겠지.

그렇게 생각한 때였다. 객석에서 또 누가 난입하려고 뛰쳐나갔다.

아까부터 몇 명 뛰어들었다가 쪽도 못 쓰고 나가떨어졌는데 아직도 별난 인간이—.

"저 너덜너덜한 로브와 외날검…… 그때 그 아이인가!"

경기장에 나타난 사람은 술집에서 같이 술을 마신 여성이었다. 여기서는 보기 드문 칼을 휘두르는 그녀가 순식간에 남은 선수들을— 고깃덩이로 바꾸어 버렸다.

"다크호스가 등장했나 보네요. 무기는 외날검…… 대체 누구일까요."

다리아가 재미있어졌다는 양 몸을 앞으로 내밀었다.

하지만 그와 동시에 류에와 레이스가 한목소리로 외쳤다.

""치이 씨!""

"응……? 저 애가 전에 말한 치이 씨야?"

"응, 확실해. 저 로브와 검은 틀림없이……. 그런데 모습을 감출 수 없나?"

"마안으로 보는 한 지금 저 로브에는 마력 반응이 없어요."

어, 뭐야? 저거 투명 망토야? 해○포터에 나오는? 엄청 갖고 싶잖아.

그런 바보 같은 생각을 하는 사이에 그녀는 차츰 남은 선수를 잘게 썰어 나갔다.

압도적이다. 이대로 가면…… 비오도 위험한가?

[오감 강화]를 검에 세팅하고 경기장의 상황을 살폈다.

『죄송하지만, 영주 자리를 넘겨받아야겠습니다. 용건이 끝나면 돌려줄 테니까 일단 물러나 주시면 안 될까요? 정당한 후계자라고 들었는데.』

『언니, 라고 부르면 되나? 뜬금없이 튀어나와서 그건 아니지 않아? 게다가…… 이렇게 즐거운 상대를 그냥 봐줄 리 없잖아! 자, 칼 들어!』

『또 잔챙이가 늘었군. 야, 비오, 네가 바라면 같이 싸워줄 수도 있다만?』

『뭐래. 봉인의 힘을 써서 겨우 나랑 비등한 주제에 웃기지도 않아.』

『……그런가요. 그럼 원망하지 마세요.』

어떤 목적을 갖고 행동하나? 그래봤자 싸움을 좋아하는 비오가 그냥 물러날 리 없지. 그리고 마찬가지로 가이도 물러날 생각은 없어 보였다. 이거 일이 귀찮아졌군.

"저런 실력자를 제가 모를 리 없어요. 다른 대륙에서……아니, 설마……."

설마? 아니, 설마 그거? 듣고 보니 저택에 볼일이 있다고 했지…….

"이 대회에 참전했다 건…… 여기가 고향인가?"

"무사히 고향으로 돌아온 걸까요……. 생각해 보면 저 사람도 노예 상인에게 잡혀 있었죠."

레이스와 류에의 대화로 모든 퍼즐 조각이 맞춰졌다. 고향으로 돌아간다…… 저택에 볼일이 있다…… 그건 봉인을 모두 해방해 역할을 끝내면 지구로 돌아간다는 의미가 아닌가.

"다리아, 저 로브 쓴 애를 마법으로 막을 수 있어?!"

"네? 네. 가능은 한데 괜찮아요? 그렇게 직접적으로 개입해도."

"아니야, 저 애라고! 저 애가 두 번째 해방자야, 확실해!"

[상세 감정]을 세팅하고 확인했다. 그렇지만 눈에 비친 것은 그녀가 두른 로브의 정보뿐이었다. ……모습을 감출 뿐 아니라 외부의 간섭을 막는 효과도 있나?

하지만 그때, 다리아의 마법 효과인지 찰나의 순간 그녀의 움직임이 멎었다. 그리고 재수 없게 그곳으로 관객석의 창이 들이닥치고— 그것을 아슬아슬하게 피했다.

찢어지는 로브. 드러나는 민낯. 그리고 다가오는 비오의 주먹.

눈에 들어온 모든 것이 슬로 모션처럼 흐른다. 세세한 부분까지도 또렷하게 내 눈에 비친다.

정신을 차렸을 때— 나는 전력을 다해 귀빈석을 뛰쳐나가—.

§ § §

"……무슨 속셈이야, 오빠? 설마 난입할 줄은 몰랐는데. 게다가 그 모습…… 설마 여기서 진심을 다하겠다는 뜻?"

"미안, 지금은 주먹을 거둬줘. 계속하겠다면— 모든 힘을 동원할 거야."

비오의 주먹 앞으로 끼어들어 그 일격을 받아냈다.

몸이 움직였다. 무의식적으로. 작전도, 계획도 모두 망쳐 버렸다.

하지만 그래도, 그래도 이 아이만은— 그 누구도 상처를 입힐 수 없다.

"어엉? 또 잔챙이가 늘었—."

"닥쳐."

달려온 가이를 패서 무력화했다. 지금은 너랑 놀아줄 겨를 없어.

"……! 하하…… 역시 강하네, 오빠. 아니…… 마왕님이라고 불러야 하나?"

"……미안. 정말로 이 아이에게만은 손대지 말—."

말이, 끊겼다. 몸이, 흔들린다. 공격당했어? 내가?

그렇게 인식한 순간, 가슴으로 타오르는 것 같은 통증이 퍼지고 이 세계에 오고 한 번도 느낀 적 없는 오한에 몸이 떨렸다. 눈을 아래로 내리자 내 가슴을 뚫고 나온 칼날이 보였다. 아프다, 아파, 아파. 뭐야, 왜 회복이 안 돼?

목을 거슬러 오른 무언가가 입으로 흘러넘치고 그것이 내 피라고 인식했다.

꺼져가는 의식 속에서 가까스로 어금니를 악무는데, 뒤에서 작은 목소리가 들렸다.

"마왕…… 네가 마왕…… 죽어, 여기서 죽어……!"

"잠깐, 오빠?!"

내 『동생』에게서 쏟아지는 저주에 쓴웃음이 올라왔다.

"카이 군?! 네가 감히……! 그냥은 못 넘어가!"

"카이 씨! 이…… 용서 못 해요! 죽어요!"

흐려지는 시야로 류에와 레이스가 뛰어들었다.

안 돼, 그러면 안 돼……! 격통 속에서 나는 칼에서 벗어나려고 앞으로 걸어 류에와 레이스가 날린 공격을 막았다.

"멈춰…… 둘 다. 아무리 너희라도…… 이 애한테 손대면 용서 안 해!"

피를 뿌리면서 있는 힘껏 소리쳤다. 그리고— 너에게라면 맡길 수 있다.

"다리아! 이 애를 무력화해서 안전한 곳으로! 둘 다…… 이 아이를 지켜줘."

"알았어요! 카이본, 반드시 돌아오세요! 이 아이는 제가 맡을게요!"

"어, 어떻게 된 거야?! 왜, 왜 그런 말을 해!"

내 한계가 보였다. 상처가 아물지 않는다. 이건…… 단순한 상처가 아니다.

죽을 성싶으냐. 마지막 힘을 쥐어짜서 이 콜로세움에서 벗어나기 위해 날아올랐다.

안전한 곳으로…… 아무도 발견하지 못할 곳으로…… 이대로 활공하면…….

"……젠장, 부탁이니까 이번에도 성공하자."

그리고 나는 꺼져가는 의식 속에서 내게 [재기]를 부여하고 깊은 산속을 목표로 활강했다.

“장난치나…… 내가 잘못 볼 리 없잖아……. 너…… 그렇게 날 죽이고 싶었냐…….”

추락한 충격으로 의식의 끈을 놓았다. 부탁한다, 다시 눈을 떠라, 나—.

3장 오로지 가족을 위하여 남자는 검을 휘두른다

"어떻게 된 거야……? 이런 곳까지 그 아이를 데리고 와서……. 만약 카이 군이 돌아오지 않으면 나는 그 아이를 절대로 용서 안 해! 반드시 복수할 거야!"

"카이 씨가 그 정도 중상을……. 회복될 조짐도 보이지 않은 건 처음이에요. 저도 아무리 아는 사이라도 카이 씨에게 무슨 일이 있으면…… 용서할 마음은 일절 없어요."

소란이 확산되는 콜로세움에서 도망친 우리는 다리아가 말한 대로 마차를 타고 도시 외곽에 있는 숲에 몸을 숨겼다. 이 『치이』라고 불린 아이를 데리고.

레이스의 말이 맞다. 카이 군의 상처는 아물지 않았다. 그때 나도 회복 마법을 썼었다. 그런데 상처는 아물지 않았고…… 피도 멈추지 않았다. 카이 군은 그런 상태로 우리에게 보인 적 없는 무시무시한 얼굴로 이 아이를 지키려고 했다.

"……지금은 조용히 카이본을 기다리죠. 이 아이가 깰지도 몰라요."

"다리아, 카이 군이 오면 전부 설명해줄 거지?"

“다리아 씨도 사정을 아시죠? 그런데도 카이 씨를 기다리겠다는 말이죠?”

“네. 이건 제 입으로 말할 내용이 아니에요.”

굳은 결의를 품은 말. 알았다. 그렇다면 지금은 그저…… 카이 군이 무사하기를 빌자.

“어서 돌아와 줘……. 우리는…… 네 가장 소중한 사람이 아니었던 거야……?”

§ § §

『왜 이제야 돌아와?! 왜 더 빨리 안 왔어!』

『……미안. 내가 잘못했어. 정말로 미안해, 치세.』

『미안하면 다가 아니잖아……! 항상 자기 마음대로만—.』

『이제 그만해라……. 정말로, 잘 돌아왔다, 요시키.』

『……장례 준비는? 화장장 예약은? 아직 아무것도 안 했어?』

『오자마자 뭐야?! 그렇게 빨리 엄마를 태웠으면 좋겠어?!』

아니다, 그게 아니다. 그러면 안 되잖아, 아버지. 할 일을 해. 아버지잖아.

우는 게 효심이야? 멈추는 게 배려야? 아니잖아.

나는 그런 한심한 모습은 안 보여준다. 멈춰 설 것 같아? 제대로 떠나보내고—.

“……이렇게 옛날 꿈을……. 그야…… 생각날 만도 해.”

숲 속에서 눈을 뜨자 가슴이 미세하게 쑤셨다.
스테이터스를 확인하니 HP가 몹시 느리게 회복되고 있었다.
[생명력 극한 강화]의 힘으로도 이 정도로 다치면 후유증이 남나.
"……그 칼이 해방자에게 부여된 힘, 인가?"
착각이 아니다. 그 해방자는…… 내 동생 『니시다 치세』다.
마지막으로 봤을 때보다 제법 컸다. 하지만 틀림없었다.
……우연이, 아니겠지. 아마도 해방자 소환에 개입할 수 있는 누군가의 의도다. 나오에게 지시를 내린 것도 모자라 이번에는…… 내 가족까지 이용하다니.
천천히 일어나서 검에 있는 [생명력 극한 강화]를 내 몸으로 부여한다.
서서히 몸은 회복되어 갔다. 슬슬 움직여야 한다. 합류해야 한다…….
어둠 속에서 나는 [소나]를 쓰며 도시로 걸음을 내디뎠다.

도시로 가던 도중, 산속에서 인간의 반응을 찾아 그곳으로 향했다.
그곳에는 마차 옆에서 모닥불을 둘러싼 다리아, 류에, 레이스가 있었다.
"찾았다! 미안, 회복에 시간이 걸렸어. 다들 무사해?"
"카이 군! 몸은?! 어디 아픈 곳 없어?!"

"다행이다…… 그런 상처를 입고 날아가셔서 걱정했어요……."

내 모습을 보자마자 두 사람이 달려왔다. 류에는 곧장 옷을 벗기고 가슴을 확인하려고 하지만, 간지러우니까 그만. 상처는 이미 아물었다.

"카이본, 어서 와. 그 아이는 재워서 짐수레에 뒀어요. 강력한 마법을 썼으니까 깨어날 걱정은 없어요. 두 사람에게도…… 설명해주세요."

"……그래? 고마워. 만약을 위해서 좀 떨어져 있을게. 여길 지키고 있어 줘."

아무래도 다리아가 치세를 무사히 확보한 듯했다. 상황이 상황이다. 갑자기 내 정체를 그 아이에게 알릴 수도 없다. 아니, 설령 어떤 상황이라도—.

나는 류에와 레이스를 동반해 마차에서 떨어진 곳으로 가서 둘과 대면했다.

"카이 군. 너는 그 순간 우리에게 분명히 적의를 보였어. 그걸 비난할 생각은 없지만…… 알려줘. 그 아이는 누구고, 카이 군과 무슨 관계인지."

"친한 사람……이죠? 그 자리에서 지키려고 뛰어들 만큼."

후회는 하지 않는다. 하지만 류에가 짓는 슬픈 표정에 마음이 아팠다.

"……내가 원래 살던 세계. 그 세계에 있던…… 내 동생이야."

"가, 가족……이야? 피가 이어진 동생이라고……?"
"그래. 나랑 같은 피가 흐르는 동생. 어릴 때부터 같이 자랐어."
"그런 일이……. 하지만 그 사람은 카이 씨를 죽이려고……."
원래 세계와 이 세계에서는 모습이 다르다는 것. 지금 그녀는 해방자라는 것. 그리고— 일부 해방자가 누군가의 지시로 나를 죽이려고 한다는 사실을 그녀들에게도 설명했다.
"왜 전에 설명할 때는 표적이 되었다고 알려주지 않으셨나요?"
"지금 당장 해결될 일도 아니라고 생각해서 괜한 걱정을 끼치지 않으려고……. 나도 설마 이렇게 빨리 다시 목숨을 노릴 줄은 몰랐어. 미안."
"그래? 가족이라면…… 어쩔 수 없지. 같은 상황이라면 나도……. 그래도 어쩔 셈이야? 그 아이는 카이 군을 죽일 생각이야. 정체를 밝힐 거야?"
"아니, 정체는 안 밝혀. 하지만…… 이 세계에 그 아이를 계속 둘 생각도 없어. 어떻게든 그 애를 돌려보낼 방법을 찾아야지. 다행히 지금 우리에게는 다리아가 있어."
소환자는 칠성을 해방한 뒤 해방자를 돌려보낼 수 있다고 들었다. 다리아라면 그 구조에 관해 알지도 모른다. 칠성 봉인의 관련자니까.
"카이 씨…… 그러면 당신이 괴롭지 않나요? 자기 가슴속에만 묻어 두겠다니……."

"다시 얼굴을 본 것만으로 충분해. 다만…… 그 살의는 다른 방향으로 돌리고 싶어."

"……그만 흥분해서 심한 말을 했어. 그래도 나쁜 아이가 아니란 건 나도 알아. 햄을 구해줬고…… 우리에게 미사사기에서 벗어나라고도 했고……."

그래, 안다. 하지만…… 이미 많은 생명을 그 손으로 앗아가기도 했다.

순수한 아이였다. 그런데 힘이 주어지고 초인적인 성장력을 손에 얻어서는……. 불쑥 나를 노리는 자에 대한 증오가 치밀었다. 평화로운 세계에 남은 가족을 이용하다니.

마차로 돌아오자 다리아가 신중하게 치세가 가진 칼을 관찰하고 있었다.

나에게 그런 상처를 입히고 회복마저 방해한, 뭔가 특별한 저주가 담긴 칼을.

"어서 오세요. 카이본, 이 칼을 잠깐 조사해 봤는데…… 저는 만지기만 해도 손 표면이 화상을 입은 것처럼 데였어요. 어쩌면 신예기 인간에게 대한 특화한 힘이 있는지도 몰라요. 이거, 조사할 수 있을까요?"

"눈으로 조사할 수 있는 건 생물뿐인데…… 아이템 박스에 넣기도 무섭군."

"그렇게 위험한 칼이야? 잠깐 나도 만져 볼…… 아무렇지도 않은데?"

"네? 하지만 저는 만지기만 해도…… 윽! 역시 안 돼요. 손이 아려요."

그렇다면 신예기 중에서도 플레이어의 혼에 반응하는 건가?

반쯤 이 세계에서 변질된 다리아가 이 정도인데 내가 만지면 어떻게 되지?

"크! 뭐야…… 이런 무기가 심장을 꿰뚫은 거야……?"

"카이 씨?! 빨리 치료를……! 류에, 부탁할게요."

닿은 순간 강렬한 열과 통증이 퍼져서 칼을 놓쳤다. 손바닥은 화상을 넘어 살이 짓물러 떨어져서 뼈까지 드러났다. 이런 칼을 줘서까지 나를 죽이고 싶은가…….

나는 우선 다리아에게 치세를 돌려보낼 방법이 없는지 물었다. 그리고 어떻게든 치세의 적개심을 내게서 돌리고 싶다, 정체는 밝히지 않아도 보호하고 싶다는 의사를 전했다. 내가 생각해도 속 편한 생각이다 싶다. 하지만…… 지키고 싶다.

"소환의 원리는 알아요. 돌려보내는 방법도 예상은 되고요. 칠성을 해방하면 소환할 때 사용한 마력 이상으로 칠성에게서 이질적인 마력이 흘러나올 거예요. 아마도 그 방대한 마력을 써서 이질적인 존재를 이 세계에서 몰아내겠죠."

"그렇다면…… 역시 한 번 해방해야 해……?"

"글쎄요. 죽여도 당연히 그 몸에 축적된 마력을 방출해요. 그걸 확보해 뒀다가 송환 마법을 쓰면 충분히 가능성이 있다고 봐요."

뭐야, 그럼 결국 내가 할 일은 똑같잖아. 칠성을 죽일 동기가 늘었을 뿐이다.

"다리아, 나는 잠깐 숨어 있을게. 치세를 깨워서 대안을 알려줘. 타이밍을 보고 나도 나올게. 대뜸 또 죽이려고 들면 아무리 나라도 상처받아."

"후, 상처받을 성격도 아니면서. 너무 자극하지는 마세요."

죽일 수 없는 상대로 보이고 싶으니까 이 순간만은 마왕을 연기해야지.

대화를 마친 다리아는 조용히 마차로 향했다.

"기분은 어떠세요? 이제 정신이 또렷해지지 않나요?"

"여긴……. 당신은 저를 습격한 사람이네요. 여기는 어딘가요?"

"지금은 질문을 들어줄 때가 아니에요. 그리고 친구를 공격하는데 당연히 붙잡아야죠."

"그 마왕의…… 복수예요? 아쉽지만, 저는 이제 곧 여기서 사라질 예정이에요."

"……원래 세계로 돌아갈 수 있다고 생각하시나요? 애석하게도 그러진 못해요."

동생과 다리아의 대화를 듣다가 이 타이밍에 모습을 드러냈다. 당연히 마왕으로서.

"안 됐군. 그 정도로 나를 쓰러뜨릴 수는 없다. 나를 죽일 생각은 버려라, 해방자."

그 순간, 눈앞에 있는 동생이 목청을 키우고 필사적으로 몸을 비틀었다.

"큭! 움직여, 움직여! 죽어, 죽으라고! 죽이고 말 거야, 내가 죽일 거야!"

역시 괴롭다. 남매 싸움에서도 이런 욕은 들은 적은 한 번도 없었다.

"미안하지만, 죽어줄 수는 없군. 하지만…… 원래 세계로 돌아가는 조건으로 나를 죽이라고 지시받았지?"

"알면 죽어달라고요! 나는 돌아가야 해!"

분명히 아버지를 생각해서겠지. 동반자를, 그리고 아들을 잃고 자신까지 사라져 버리면 이번에야말로 아버지는 버티지 못하리라고.

하지만 그때, 치세의 폭언을 듣다못해 나처럼 숨어 있던 류에가 뛰쳐나왔다. 얼굴이 새빨개져서 당장에라도 울음을 터뜨릴 표정으로.

"무슨 말을 그렇게 해! 카이 군이 어떤 심정인지도 모르고……! 사실은—."

"류에! 지금은 참아. 제발…… 지금은 정말로 아무 말도 하지 마……."

"우리에게 카이 씨는 사랑하는 가족이에요. 그런 사람을 죽이겠다고 고래고래 소리치면 아무리 우리라도 불쾌해요. 그러니까 우선 진정하고 이야기를 들어주세요."

"레이스 씨까지……. 역시 잘못 본 게 아니었네요, 두 사람이 나타난 건."

레이스가 말하는 『가족』이라는 말에 반응했는지, 치세의 몸이 살짝 떨렸다. 강한 목적이, 강한 힘이, 그녀의 마음을 마비시켰겠지.

"당신을 소환한 사람은 세류의 영주죠? 그렇다면 당신은 그녀의 소원을 이루지 않으면 원래 세계로는 못 돌아가요. 마왕을 죽이라고 명령한 자가 불러낸 게 아니잖아요?"

"그건…… 하지만 저는…… 부탁받았어요."

"우리가 너를 원래 세계로 돌려보낼 수단을 안다면 어쩔 거냐?"

망설이는 동생에게 지금 가장 원하는 답을 슬쩍 내비친다.

"돌아갈 수 있어요?!"

"네. 소환 술식은 과거에 여러 번 성공한 전적이 있으니까 조건만 갖추면 송환도 가능해요. 우연이라면 몰라도 분명히 존재하는 술식이니까요."

나는 사정을 꿰고 있는 이 소녀, 다리아가 칠성 봉인의 공로자인 성녀라고 알렸다.

당연히 이 대륙의 누구보다 칠성에 정통했으며 가장 우수한 마도사라는 사실도.

"어떠냐. 쓰러뜨릴 수도 없는 나를 노리거나 주민들에게 혼란을 초래하기보다 우리를 돕는 편이 훨씬 가망이 있다고 생각하지 않나?"

"……하지만 당신 마왕이라면서요? 나쁜 사람, 이죠?"

아차, 지구에서 키운 마왕의 선입견이 발목을 잡았다. 아니, 따지고 보면 나도 착한 사람은 아니지.

"선인은 아니지만, 악인도 아니다. 하지만 나는 칠성 해방이 사람들을 고통으로 몰아넣는다는 걸 안다."

이것만은 틀리지 않았다. 나를 죽이려고 하는 자는 이 세계를 망치려는 자다.

나는 이구조 씨의 말을 믿는다. 그리고 고통 속에 살았던 류에의 말을 믿는다.

나는 마왕 룩을 해제했다. 사실은 그저 술과 요리를 좋아하는 사람일 뿐임을 보여주기 위해서.

"원래 마왕으로 지내지도 않아. 네가 여기 봉인 거점을 노린 것처럼 나도 봉인을 조사하려고 했어. 이 땅에 재앙이 일어나지 않도록."

"당신은……! 정말로 마왕답지 않은 사람……이었네요."

"우리를 믿어주세요. 저는 국민이 괴로워하는 모습을 보고 싶지 않아요. 당신을 원래 세계로 돌려보내기 위해 협력을 아끼지 않을게요. 그러니까…… 함께 와주세요, 해방자 씨."

나보다 이 대륙의 성녀가 하는 말이 설득력도 있겠지. 그녀는 겨우 완고한 의지를 꺾고 고개를 세로로 흔들어줬다.

그런데—.

"으…… 읍……."

치세의 표정이 풀린 순간, 갑자기 고개를 숙이고 피를 토하더니 바닥에 쓰러지고 말았다.

"류에! 부탁해, 빨리 봐줘! 뭐야…… 무슨 저주야?! 어떻게 하면……."

가족이 눈앞에서 피를 토하는 모습에 마음이 혼란스러웠다.

"……괜찮아, 회복했어. 단순한 컨디션 불량이야……. 몸 안쪽이 엉망이야."

"긴장의 끈이 끊겼기 때문일까요……. 처음 전쟁터에 나간 사람이 집으로 돌아와서 쓰러지거나 피를 토하는 장면은 저도 본 적 있어요. 물론…… 저도 경험했고요."

오늘 이 순간까지 마비됐던 감각, 감정이 단숨에 육체를 좀먹었을까?

아니면…… 지금까지 엉망이 되면서도 참던 독기가 빠져서인가……?

정말로 나와 달리 너는 섬세하다. 오늘까지…… 잘 버텼어.

그렇지. 평화로운 세상에서 살던 인간이 단기간에 대량 학살을 저지르고 괜찮을 리 없다.

그게 설령 무고한 사람이 아니라 먼저 덤벼든 인간이라도—.

"……류에, 레이스. 너희는 여기서 간병해줄래? 나와 다리아는…… 솔직히 이대로 있을 수는 없어. 엘다인으로 돌아가서 비오와 합류할게."

"……그래. 지금 치이 씨는 움직이지 않는 편이 나아."

"그러네요. 대회 결과가, 영주 자리가 어떻게 됐는지 궁금해요. 여기는 세류에서 가장 가까운 봉인이니까 지금 세류의 상태를 조사하기 위해서라도 가야죠."

"알겠어요. 저랑 류에는 치이 씨를 여기서 보호할게요."

"이제 와서 말하기는 그런데…… 별명에 씨를 붙이는 건 이상하지 않아?"

"그, 그러게요……. 깨어나면 다시 이야기해 볼게요."

조심하자. 실수로라도 치세라고 불러서는 안 된다. 아직 이름을 듣지 못했으니까.

치세의 몸 상태도 신경 쓰인다. 하지만 지금은 류에와 레이스에게 맡기고, 나와 다리아는 이 어둠을 헤치고 다시 엘다인으로 돌아갔다. 비오, 화났겠지.

§ § §

심야. 엘다인으로 돌아온 우리는 다시 숙소를 잡고 날이 밝기를 기다렸다.

잠깐이라도 수면을 취하려던 때, 침대에 앉은 다리아가

조용히 말을 꺼냈다.

"마왕이 아니라 오빠로서 말했다면 설득도 더 편하지 않았을까요?"

"……그럴지도 모르지. 하지만 그거 알아? 치세의 저 모습…… 적어도 내가 마지막으로 봤을 때보다 꽤 나이를 먹었어. 그러니까 내가 사라지고 몇 년은 지났다는 거야."

"그게 왜요? 불과 몇 년 만에 자기 오빠를 잊었을까 봐요?"

"어머니가 돌아가시고 이번에는 오빠가 사라졌어. 실종자 수색을 해도 못 찾은 채로 몇 년이 지난 거야. 그러니까…… 저 애한테 나는 이미 죽은 사람이야."

"그렇다면 더더욱 알려줘야죠. 살아 있다는 걸 알면 기뻐할 텐데요."

같이 원래 세계로 돌아간다면 그래도 상관없다. 하지만…… 나는 안 간다.

뜬금없이 끌려온 이세계에서 어렵게 죽음을 받아들였을 가족과 재회한다. 그리고 재회도 잠깐뿐, 함께 돌아가지 않고 여기서 살겠다며 또 영영 이별을 고한다.

그래서야 사별과 별반 차이가 없지 않은가. 겨우 정리됐을 마음에 다시금 충격을 주는 짓밖에 더 되는가.

"……적어도 나는 그런 짓 못 해. 네 생각은 다를지 몰라도, 이건 내 선택이야."

"꽤…… 사이가 좋았죠. 확실히 잔혹한 처사일지도 모르겠네요…….”

“나도 이게 좋은 일이라고는 생각하지 않지만, 어쩔 수가 없어. 일단 내일에 대비해서 자자.”

그리하여 아직 마음에 남은 응어리를 잊으려고 의식을 잠기운에 맡겼다.

다음 날 아침, 일어나자마자 콜로세움으로 갔다. 당분간 경기가 개최되지 않는다고 하지만, 적어도 비오가 나와 만나려고 한다면 이곳에서 기다릴 것이다.

전에 머물렀던 숙소에서 도망친 이상은 여기밖에 짐작 가는 곳도 없고.

그리고 아니나 다를까 내가 건물로 들어간 순간 로브로 모습을 감춘 인물이 접근해 왔다.

“찾았다! 일단 귀빈석으로 와! 할 말이 산더미처럼 쌓였어.”

“알았어. 벌이라면 받을게. 다리아, 가자.”

“으엑, 다리아도 있었어? 됐어, 사람이 많아지기 전에 어서.”

그리고 귀빈석에 도착함과 동시에 배에 묵직한 한 방이 꽂혔다. 가차 없네…….

“우윽…… 아침밥 안 먹길 잘했지……. 정말로 미안해.”

“자요, 『커먼 힐』. 그래서 비오, 그 뒤로 어떻게 됐나요?”

“……마음에 안 들지만, 그 뒤에 정신을 되찾은 오빠랑 일대일로 붙어서, 죽였어.”

그러면서 비오는 깊숙이 눌러쓴 후드를 벗었다.

멍, 자상, 붕대가 얼굴을 뒤덮었다. 하지만 사지 멀쩡하게 여기 서 있었다.

“오빠한테 맞고 빈사 상태였는데 그 녀석이 포기할 줄을 몰라서 확실히 숨통을 끊었어. 그리고 영주 저택도 내가 점령했어. 뭐…… 아직 인정하지 않는 녀석들은 있지만.”

“그렇게 됐군. 그럼 당장 봉인 거점으로 안내해줄 수 있을까?”

“그건 괜찮지만…… 그때 난입한 검사, 아직 설명 안 했어.”

전부 털어놓을 수는 없지만, 그래도 말할 수 있는 범위에서는 설명했다. 그녀가 해방자라는 것을.

그리고 그녀는『세류 영주가 불러냈다』라는 다리아의 말을 부정하지 않았다. 아마도 정답이었겠지.

“세류 영주……. 이번에 이 영지가 난장판이 된 것도 따지고 보면 그 녀석들이 전후 문제 처리를 소홀히 해서야. 만약 그게 계획적인 사보타주였다고 해도 놀랍지도 않아. 그만큼 교활한 녀석이란 걸 아니까.”

“……네. 분명히 그녀는 머리 회전이 빠르죠. 싸운 적이 있는 저도 잘 알아요.”

세류가 범인이라면 그밖에도 납득되는 일이 있다. 바로 미사사기에서 있었던 사건이다. 행사를 연다고 했는데 그것도 세류의 특사를 접대하기 위한 목적이었다.

"……오랜 기간, 쭉 이때를 기다렸는지도 몰라."

"그저 계속 속이고 있었다고는 생각하기 싫어요. 분명히 이유가 있다고 믿어요."

어지간히 그 인물을 높이 사는 듯했다. 역시 다리아는 아직 믿어지지 않는 마음이 강한 눈치였다. 칠성을 해방하고 싶은 이유라……. 지금 나로서는 모르겠군.

비오를 따라 추후 정식으로 승계될 예정이라는 저택에 왔다.

하룻밤 사이에 고용주가 바뀌어 혼란스러워하는 사용인도 있지만, 이미 가이의 사망 소식이 퍼졌는지 딱히 우리를 방해하려는 의도는 느껴지지 않았다.

"찾았다, 아마 이 열쇠야. 저택 지하에서 오래된 유적으로 갈 수 있다고 어릴 때 들은 적이 있어. 아마 그 멍청이는 거기서 봉인의 힘을 계승했겠지."

"……지금 생각났는데, 힘의 계승이 그렇게 쉬워?"

"어려울 거예요. 적어도 술식에 정통한 사람이 협력하지 않으면……."

비오를 따라서 저택 지하로 내려가 최심부에 있는 문을 열쇠로 열었다.

거대한 문. 잠금도 단순히 물리적인 구조일 리 없었다. 아마 피킹을 할 수 없게 만들어 놨겠지. 그러고 보니…… 녹스 헤임에서는 잠금을 아예 잘라 버린 흔적이 있었다.

문을 열자 지하실과는 확연히 다른, 세월의 흔적이 느껴지는 계단이 나왔다.

"여기부터가 봉인 거점, 유적이겠네요. 술식 확인을 마치고 정식으로 비오에게 힘을 이양할게요. 이곳을 꼭 지켜주세요. 그만한 힘이 주어질 테니까."

"나도 알아. 외부에서 힘을 받는다는 게 안 내키지만, 조금만 참으면 되지? 어차피 칠성은 오빠가 해치울 거니까. 그때까지만 그 힘으로 지켜줄게."

"해방자는 한 명 더 있지만, 그 녀석의 매료 능력은 여자에게 안 통해. 추종하는 검사도 비오에게 대적할 수준이 아니야. 그렇지만 방심은 하지 마."

미사토 일행은 아마 아직도 도망 다니고 있겠지. 치세를 우리가 확보한 이상 봉인을 해제할 수 있는 건 녀석들뿐이지만, 적어도 그 녀석들이 비오를 이길 가능성은 없다.

"비오가 여자라서 다행이야. 그런 의미에서도 가이가 영주였으면 안 됐어."

"나중에 저택에서 일하는 여자들도 내보내든가 해야지. ……그 발정 난 오빠 때문에 웬 고생이야."

그렇게 떠드는 사이에 최하층에 도착하여 어둑어둑한 유적 안으로 걸어갔다.

그곳에는 간이적인 제단이 있고 다리아가 그곳을 조사하기 시작했다.

"……역시 여기라면 세류의 봉인을 조사할 수 있겠어요.

아직 저쪽 거점은 손을 대지 않은 모양이지만…… 아하, 마지막 해방 타이밍을 직접 조정할 계획이었나요. 어쩌면 정치적인 카드로 삼을 예정일 수도……."

"글쎄, 과연 어떨까. ……뭔가 다른 이상은 없어?"

다리아는 눈을 감고 집중하지만, 갑자기 뭔가 깨달은 것처럼 손을 뺐다.

그리고 마치 무서운 것을 본 것 같은 표정을 조용히 고치면서 입을 열었다.

"역시 류에가 한 말은 진실이었네요. 세류에 있는 봉인 옆에 하나 더 어떤 반응이 있어요. 마치…… 봉인의 마력을 막아 두는 댐 같은 존재가."

"……누군가를 산제물로 쓰고 있다는 뜻인가?"

"……네."

다리아는 어렵게 쥐어짜는 목소리로 긍정했다. 그래, 역시 누가 있나 보군.

"잘은 모르겠지만, 일단 봉인의 힘부터 계승해줄래? 아직 예단할 수 없는 상황이거든. 지금부터 본격적으로 주변의 인정을 받아야 해."

"알겠어요. 조사할 건 다 했으니까 시작하죠."

비오를 가까이 부른 다리아는 그녀를 제단 앞에 세우고 주문을 외웠다.

발아래에서 올라온 빛이 비오를 집어삼켰다. 그리고 다리아가 작게 중얼거렸다.

"……이걸로 끝났어요. 의외로 싱겁죠?"

"엥, 그게 다야? ……몸이 조금 가벼워진 것 같기도 하고?"

"원래 그런 법이에요. 전보다 덜 지치고 몸을 움직이기 쉬운 정도죠."

"흐음, 그래? 그래도 확실히 대단한 느낌이야……."

"그럼 일단 이곳 봉인은 걱정 안 해도 되는 거지?"

"네. 비오가 지지만 않으면. 이곳 방어는 맡길게요."

여전히 어딘지 사람을 놀리는 투로 말하는 다리아에게 비오도 반발하지만…… 둘 다 작아서 어린애들이 노는 것으로밖에 보이지 않는다.

그렇게 남은 일은 비오에게 맡기고 우리는 다시 류에와 레이스가 기다리는 숲으로 돌아갔다.

§ § §

"어서 와. 봉인은…… 괜찮았나 보네."

"다녀왔어. 응, 무사히 비오가 수호자가 됐어."

숲으로 돌아오자 야영 준비가 끝났고 식사한 흔적이 보였다.

식기는 셋. 다행이다, 치세도 밥을 먹었나 보다.

"방금 다시 이름을 물었어. 『치세』라고 했어."

"치이 씨는 역시 이상했죠."

레이스가 짐수레에서 나타나 치세는 잠들었다고 알려줬다.
"이 영지에서 할 일은 끝났으니까 이제 세류로 가야 하는데…… 그 전에 치세에게 들을 수 있는 정보는 전부 듣고 싶어."
"그런가요……. 하지만 막 잠든 참이니까 이따가—."
"아뇨, 괜찮아요. 제가 아는 정보라고 해봤자 많지 않지만요."
이번에는 치세가 짐수레에서 나왔다. 안색은 아직 조금 창백하지만, 걸음걸이는 이상이 없었다.
치세는 내 앞에 서서 조용히 고개를 숙였다.
"다시 사과할게요. 저는 제 목적을 위해서 죄 없는 당신을 죽이려고 했어요."
"……용서할게. 그러니까 대신 가르쳐줘. 네가 지금까지 겪었던 일 전부."
치세는 이야기했다. 이 세계에 소환되고 이곳까지 오게 된 여정을. 그리고— 그 도중에 그 녀석과도 만났다는 사실을.

"설마 처음 노린 게 저였다니……."
"네. 모든 거점을 파괴해도 대항책을 가졌을 성녀, 모든 거점과 깊은 연관을 가진 당신을 잡는 게 우선이었어요."
"하지만 그때 마침 우리를 추적하러 다니던 때라서 차마 조사하지 못했다?"
"네. 심지어 브라이트니스아치의 성에 침입했을 때는 경계 태세가 깔려 있었어요. 제가 가진 모습을 감추는 도구도 효과가 없었고……."

치세는 우리가 브라이트니스아치를 떠나는 타이밍에 성에 침입했다는 말이다.

그리고 타이밍이 안 좋아서…… 붙잡히고 말았다.

하지만 치세가 탈옥할 수 있게 조언한 사람이 있었다고 한다.

"……어린애로 보이는, 지위 높은 검사. 특징으로 봐서는…… 슌이겠네요."

"이름이 슌이에요? 그 사람이 왜 저를 도왔는지는 모르겠어요."

슌…… 설마 나한테 빚이라도 갚을 생각이었냐.

그 녀석도 일본에 있을 때 내 친구로서 치세와 몇 번 만난 적이 있었다.

"……그 나름의 생각이 있었겠죠. 그래서 그 뒤에는 성 지하에 흐르는 강으로 흘러갔고, 거기서 그 햄이라는 아이랑 만났다고요?"

"네. 원래 다리아 씨를 노리는 건 불리한 도박이었어요. 이미 만났다고 들었지만, 미사토가 봉인 거점을 노리고 저는 암살, 그게 우리 역할 분담이었어요."

"그리고 저를 노리기를 포기하고 당신도 봉인 거점을 목표로 삼았군요. 미사사기를 미사토에게 맡긴 당신은 녹스헤임으로 갔어요, 맞죠?"

역시 그랬나. 미사토는 시간상 절대로 도착하지 못했을 테니까 그것밖에 가능성이 없다.

그리고 치세는 녹스헤임 거점을 해제한 뒤 엘다인에 잠복했다고 한다.

슌…… 네 목적은 뭐야? 나한테 빚을 갚고 싶다면 그냥 협력했으면 됐잖아. 아니면…… 표면적으로 움직이지 못할 이유라도 있어……?

"사정은 알았어. 아직 몸 상태는 안 좋겠지만…… 슬슬 이동하고 싶어."

"알겠어요. 세류령으로 돌아간다면 저는 얼굴을 숨기는 편이 좋겠네요."

치세가 해준 슌의 이야기에 다리아는 뭔가 생각에 빠진 표정이었다.

마음이 복잡하겠지. 슌도 세류 영주도 너와 오래 알고 지낸 사이니까—.

마차를 모는 데 이 일대 지리를 잘 아는 치세가 안내를 하겠다며 나섰다.

옆에 앉으니까 내심 쑥스러웠다. 무슨 이야기를 해야 할지 모르겠다.

"얼마 전에 엘다인이 숲으로 행군용 길을 냈어요. 가도보다 지름길이니까 이 앞에서 숲으로 들어가세요. 길도 넓으니까 문제없을 거예요."

"……그렇게. 안내해줘서 고마워, 치세 양."

"양은 빼요. 당신에게 경칭으로 불릴 인간이 못 돼요."

"그래? 그럼 나도 카이라고 불러. 짧은 만남이 될지도 모르지만, 여행길 동무니까."

"알겠어요. 잘 지내요, 카이 군."

생각지도 못한 카이 군! 좀 복잡한 심정이지만, 그냥 넘어가자. 군이라, 군이란 말이지…….

어쨌든 나는 치세 말대로 숲 중간에 최근 생긴 갈림길로 마차를 몰았다.

길의 규모로 생각하면 엘다인도 예전부터 침공 준비를 진행했던 모양이다.

"슬슬 정오인가……. 야영 준비는 어디서 하지……."

"여기서 조금 더 가면 버려진 군대 야영지가 있어요. 거기를 추천할게요."

"그래? 세 사람 다 들었어? 오늘은 일찍 야영 준비를 하자."

세류령은 엘다인에서 그리 멀지 않다고 한다. 그런데 반란을 일으켜 싸움을 걸다니, 엘다인 전 영주는 대체 얼마나 호전적인 거야.

"정말로…… 평범한 사람과 똑같이 여행하네요. 마왕이면서."

"맞아, 마왕인데 텐트를 치고 요리도 해. 평범한 사람이랑 다를 바 없어."

"……미안해요. 몸은…… 이제 안 아파요? 카이 군."

크, 몇 살이 되든 여동생은 귀여운 생물이야! 괜찮고말고!

"이제 아무렇지도 않아. 너야말로 괜찮아졌어? 내장이 약해졌다고 류에가 말하던데, 식사는 할 수 있게 됐어?"

"네. 옛날부터 위가 안 좋았어요. 그래도 류에 씨 마법 덕에 좋아졌어요. 원래 있던 세계에서는 약을 써도 나으려면 시간이 걸렸는데 대단하네요."

스트레스성 위염일까. 이번에는 그게 악화한 거고.

하지만 이미 나았다고 말하니까 괜히 신경 쓴답시고 메뉴를 바꾸지 않는 편이 낫겠다.

"다들 먹고 싶은 요리 있어? 요청이 있으면 들을게."

"나? 그럼…… 뭔가 달달한 디저트를 만들어줘."

"저는 미사사기에서 받은 두부를 쓴 요리로 부탁해요."

"저도 미사사기 요리를 먹어 보고 싶어요. 도와드릴게요."

그러고 보니 결국 류에와 레이스는 미사사기 요리, 일식을 맛볼 기회가 없었지.

"치세, 너는 먹고 싶은 요리 있어?"

"아뇨, 저는 딱히……. 뭐라도 말해야 할까요?"

"말해주면 내가 편해. 고기든 채소든, 대략적으로 말해도 돼."

"……그러면 파스타도 괜찮나요? 요즘 빵만 먹어서요."

아— 그립다. 그러고 보니 파스타를 좋아했었지. 엘다인에 오래 잠복했으면 정성 들인 요리를 먹기 힘들었을 것이다. 뭘

탔을지 아무도 모른다. 실제로 암살 미수까지 갔었으니까.

그리하여 치세가 말한 야영지에서 우리도 야영 준비에 들어갔다.

§ § §

"오, 오오…… 이게 꿈에도 그리던 경단 아이스…… 말랑말랑해!"

"류에, 그건 식후에 먹는 거 아닌가요? 그보다 이걸 보세요. 경단보다 몰캉몰캉하고 부드러워요. ……꿈에도 그리던 두부튀김…… 멋져요."

"두 사람 다 평소보다 더 기뻐 보여요……. 그나저나 이거군요, 겉은 바삭하고 속은 촉촉한 두부. 정말 섬세한 요리예요……. 다루기 힘든 재료겠어요."

오늘의 리퀘스트는 내게도 익숙한 요리라서 짧은 시간에 만들었지만, 레이스 말대로 다리아와 류에의 반응이 오늘따라 재미있었다.

두 사람 다 먹을 생각도 않고 경단과 두부를 살랑살랑 흔들고 있었다.

"정말로 요리를 하시네요……. 실력도 좋고요. 일식이 이세계에도 있구나……."

"미사사기라는 곳 요리야. 유래는 너와 똑같은 이세계에서

온 사람이 전래했다고 하지. 네 요리는 일반적인 파스타지만."

"일반적…… 이게요? 엄청 맛있어 보여요. 사 먹으려면 비싸겠다……."

참고로 치세에게는 전에 산 카라스미를 아낌없이 써서 파스타를 만들어줬습니다.

일본에서 먹으려면 1인분에 적어도 2천 엔은 할 것이다.

그리고 저는 요리를 하면서 한 입씩 먹어 봤습니다. 만드는 사람의 특권이죠.

"오오…… 말랑말랑하고 쫀득해……. 은은히 달아서 아이스크림에도 잘 어울려……."

"으음, 튀김옷에 밴 소스가 두부랑 같이 입안으로 퍼져서…… 황홀한 맛이에요."

"아, 정말이네요. 바삭바삭한 튀김이 아니라 소스를 머금은 요리였네요."

"엄청 비싼 맛이 나……. 먹으면서 미안해져……. 맛있지만."

치세, 너만 감상이 너무 서민적이잖니. 듣는 내가 슬퍼진다.

……밥은 제대로 먹고 다닐까? 이 세계에 오기 전, 일본에서도.

맛있게 요리를 먹는 네 사람을 보고 있자니 신기한 기분이 든다.

만날 리 없는 네 사람. 함께 있을 리 없는 소중한 사람들. 그들이 지금 모여 있었다.

지금은 이 기적 같은 시간을 만끽하자. 이 순간을 결코 잊지 않도록.

그렇게 조금 이른 점심 겸 저녁을 먹고 야영 준비를 모두 마쳤다.

그때, 류에가 치세에게 배도 꺼뜨릴 겸 대련을 하자는 말을 꺼냈다.

"몸 상태를 알아보려면 한번 움직여 보는 게 좋지 않을까? 게다가 앞으로 무슨 일이 있을지 모르니까 훈련해서 나쁠 건 없어. 자, 내 역작인 목검을 빌려줄게."

"그러네요. 이 앞은 세류령……. 저는 역할을 포기했으니까 자객을 보내도 이상하지 않아요. 대련을 부탁드릴게요, 류에 씨."

야영지에서 조금 떨어진 공터에서 모의전을 펼치는 두 사람을 멀리서 지켜봤다. 치세…… 강하구나.

"카이 씨, 기뻐 보여요. 오랜만에 함께 지낼 수 있어서 다행이에요."

"응…… 아마 기쁜 거겠지. 굉장히 그리웠어."

"카이본은 동생을 좀 과보호했었죠. 그런 기억이 나요."

"과보호 아니야. 다들 그런 법이라고. 그래도…… 지금은 과보호하는지도 모르지."

다리아와 레이스가 옆으로 왔다. 그래, 너희 말이 맞다.

"그나저나 설마 성에 붙잡혔을 줄이야. 게다가 슌이 구해준 것도 의외야."

"역시 슌 씨도 사실은…… 다리아 씨랑 같이……."

"글쎄요. 슌의 생각과 마음은…… 이제는 저도 알 길이 없네요."

500년 가까이 함께 지낸 사람. 그런 사람이라도 서로를 완전히 이해하지는 못한다.

……조금 마음에 걸린다. 슌은…… 왜 슌인 채로 있을 수 있을까.

다리아로 행동하느라 지친 히사시는 영혼마저 형태를 바꾸었다.

하지만 슌은 말투만 다르지 특별히 변한 부분이 보이지 않았다. 입장에 어울리게 행동할 뿐, 본질이 변한 것처럼은 보이지 않았다.

"레이스~! 이번엔 레이스도 같이 하자~!"

"아, 부르네요. 저도 가 볼게요."

나는 레이스가 멀어지기를 기다렸다가 지금 떠오른 의문을 다리아에게 물었다.

"전에 말했죠? 저는 강한 목표와 사명이 없었다고. 하지만 그에게는 있어요. 자기 인생을 걸어서라도 이루고 싶은 강한 목표가. 그게 그를 지탱해주죠."

"……그게 뭐야? 뭐길래 그토록 나라에 충성해?"

"……카이본. 지금부터 하는 이야기는 류에와 레이스에게 언젠가 당신 입으로 들려주세요. 저를 포함해서 슌과 오잉크에게도 관련된 중요한 이야기예요."

그러자 갑자기 다리아가 그렇게 서론을 깔고 나를 바라봤다.

"우리는 늙지 않아요. 하지만…… 어떤 조건을 채우면 수명이 생겨요. 그리고 슌은…… 수명을 얻고 먼저 떠난 『제린』과 『신』을 위해서 살고 있어요."

지금 거론된 이름은 내게 류에와 레이스나 마찬가지인 존재. 슌의 세컨드, 서드 캐릭터였다. 그 둘이…… 먼저 떠났다고……?

"조건은 아주 간단해요. 누군가를 진심으로 사랑하고 아이를 낳아 부모가 된다. 이 세계를 살아가는 인간으로서 생명의 순환에 들어오면, 세상의 일부로서 수명을 얻어요."

"뭐……? 그렇다면 그 둘은 다른 사람과 맺어졌어……?"

"아뇨, 그 둘이 맺어졌어요. 성인 남녀니까 딱히 신기한 일도 아니죠."

내 기억이 옳다면 그 둘은 엘프 남성과 여성이었다. 그리고…… 나는 어떤 사실을 떠올렸다. 한때 레이스, 류에에게 느꼈던 기묘한 감각. 이끌림이라고밖에 표현하지 못한 그 느낌을.

그걸 만약 남녀가 느낀다면…… 그것을 계기로 서로 맺어져도 이상하지는 않다.

어린 휴먼의 모습을 한 슌이 아니라 그 둘이 맺어지는 것도 오히려 자연스러웠다.

"둘은 아이를 낳고 이 세계에 사는 인간으로서 천수를 다 했어요. 그러니까 슌은 자기 반신인 자손이 사는 세계, 나라를 지키고자 굳게 결의한 거예요."

"……어쩐지. 그럼 지금도 어딘가에 그 아이랑 자손이 살고 있겠군. 이해했어."

나는 류에와 레이스가 모두 여성이니까 지금 같은 상황이 되었다. 하지만 한쪽이 남자고 그 아이가 이 세계에 남아 있다면…… 나라를, 세계를, 그 아이를 지키기로 마음먹겠지.

그야 다리아와는 각오가 다르겠지. 그래서 그 녀석은 지금도 나라를 위해 움직이나……?

"이게 당신 질문에 대한 답이에요. 만약 류에와 레이스와 그…… 아이를 가지기로 결심하면 두 명에게도 설명해주세요. 이건 당신이 질 책임이에요."

"그, 그래. ……그래야지. 그때가 오면, 잊지 않고 말할게."

……마지막 선은 아직 넘지 않았다. 하지만…… 그렇게 될 날도 머지않다고 본다.

특히 레이스, 혹은 레이스, 그리고 레이스. 아니, 진짜로 선은 안 넘었다구요, 선은.

이런 이야기를 들은 탓일까, 오늘 밤은 평소보다 긴장되었다.

§ § §

숲을 빠져나와 가도에 합류한 지 얼마 지나지 않아서 전방에 큰 성과 그 뒤로 펼쳐진 푸른 바다가 보였다. 세류령은 이 대륙 남단에 자리한 영지며 엘다인을 비롯한 산악지대나 산림지대보다 낮은 지대에 위치했다.

"굉장해……. 녹스헤임과 달리 번성한 항만 도시야. 큰 배도 보여."

"네. 대륙의 또 다른 현관이기도 하죠. 그리고 엘다인 정도는 아니지만, 이 영지도 천혜의 요새예요. 여기까지 오려면 산과 계곡을 넘어야 하니까요."

"다리아, 다리아. 저 성 주위를 나는 건…… 혹시 비룡이야?"

"네. 세류에 사는 드래고니아는 용을 조상으로 둔 종족이에요. 그래서 용족과 아주 조금이나마 의사소통이 가능해서 드래곤 라이더라는 직업도 있어요."

"우와…… 대단한 종족인걸. 나 몰랐어, 그렇게 강한 종족이 있는 줄은."

"저도 처음 들어요……. 원래 서디스 사람은 다른 대륙에 잘 나가지 않는다고도 하고."

강하고 수명도 길고 축복받은 토지에 타의 추종을 불허하는 기동력까지 완비한 종족.

확실히 최강종, 이 대륙의 패자라는 평가도 납득이 된다.

하지만…… 그런 자들이 왜 지금에서야 해방자를 불렀는지 알 수 없었다.

그때였다. 방금 말한 드래곤 라이더일까? 비룡이 두 마리 우리 머리 위를 지나서 성으로 날아갔다. 빠르다…… 쾨니히를 타고 다닐 때가 생각난다.

"자, 가요. 이번에도 류에와 레이스는 치세 씨를 지킬 겸 숙소에서 대기해주세요. 저는…… 영주와 담판을 짓고 올게요. 카이본, 동행 부탁해요."

"최악의 경우 전투도 염두에 두는 거지?"

각오를 물었다. 어리숙한 답은 용서치 않겠다고. 상대방의 의견에 따라서 화해한다는 소리는 듣지 않겠다고. 이미 우리는…… 물러날 수 없는 곳까지 왔다고.

"……네. 여기까지 왔으면 이미, 칠성은 죽일 수밖에 없어요."

그렇다면 나도 대비하겠다. 다행히도…… 이곳은 나와 아주 궁합이 좋아 보이니까.

"와아…… 도시가 녹스헤임보다 더 하얘. 아름다운 석조 건물들이야."

"정말이네요……. 마치 조각의 세계로 들어와 버린 것만 같아요."

"저는 여길 떠날 때 주변을 돌아볼 여유도 없었나 보네요. 정말로 예뻐요."

"……그래. 만약 싸움이 벌어져도 도시에 피해가 가지 않게 주의해야겠어."

"그래야죠. 윗사람이 만든 문제에 백성이 휘둘려서는 안 돼요."

아름다운 도시 경관을 바라보며 숙소를 찾았다. 항구 도시니까 숙소가 부족하지는 않을 것이다.

그렇게 찾은 한 숙소에서 나와 다리아는 세 사람과 헤어져 마침내 해방자를 불러낸 원흉, 세류 영주와 만나고자 성으로 향했다.

"성 한번 크구만. 원래는 지금 공화국의 대부분을 다스렸다고 했지?"

"아뇨, 공화국을 넘어 왕국 일부까지 세류 영지였어요. 실질적으로 대륙의 지배자였죠."

하얀 성 앞에 도착하여 다리아가 멈춰 서서 크게 심호흡했다.

"무섭네요. 그녀는 언제나 좋은 통치자가 되려고 했어요. 조금 독선적이고 얼빠진 구석도 있지만, 한 사람의 인간으로서 존경했어요. 적대하던 시절부터."

"……그러냐? 그럼 가자. 그 영주님과 마주해 보자고."

문을 통과하자 곧 문지기 기사, 큰 날개가 자란 인간이 길을 막았다.

"미안하지만, 허가 없이는 들어갈 수 없다. 성이 일반인에게 개방되는 건 월말뿐이야."

"저는 서즈가르드에서 성녀라는 지위에 있는 다리아라고 해요. 영주『파르닐』님을 뵙고 싶은데 허가를 받을 수 없을까요?"

다리아는 역시나 이곳과 제법 교류가 있었는지, 문지기는 다리아를 다시 확인하고는 급히 한 사람을 성 안으로 보냈다. 그리고 머지않아—.

"다리아 님. 파르닐 님께서 뵙겠다고 하십니다. 알현실로 안내하겠습니다."

"감사합니다. 제 친구도 동행해도 될까요?"

"문제없습니다. 다리아 님께서 방문하시다니…… 오늘은 좋은 하루가 되겠군요."

꽤나 호의적인 반응이었다. 다리아는 인기인인가? 아무리 그래도 한때는 적이었는데.

"교환 학생처럼 나라의 중요 인물을 서로의 나라에 살게 하는 제도가 있어요. 저도 여기 살았던 시기가 있었죠. 인질이라는 말도 있었지만, 좋은 관계를 맺었다고 생각했어요."

살짝 슬픈 표정을 짓는 다리아와 함께 성 안을 걸었다. 아름답고 장엄한 성이었다.

안내인은 큰 문 앞에서 물러났다. 다리아는 조용히 문을 두드리고 천천히 열었다.

그곳은 공화국이라는 이름에 어울리지 않는, 왕을 배알

하는 알현실이었다.

그곳 왕좌에 앉은 사람은 미사토와도 닮은 은백색 머리카락과 큰 은색 뿔이 자란 절세 미녀였다. 그리고 왕좌 장식인 줄 알았던 희고 아름다운 날개를 퍼덕인 그 인물, 세류 영주가 거의 날아오다시피 달려왔다.

"다리아! 정말로 너였어! 여기에 와준 게 얼마 만이야!"

"파르닐 님, 오랜만에 뵈어요. 적어도 100년은 됐네요."

"벌써 그렇게 됐나……. 그런데 오늘은 무슨 일이야? 네가 왕국을 나와 각지를 여행한다는 소식은 들었어. 무슨 이유가 있어서 이곳에 온 거지?"

그 순간, 다리아의 몸이 흔들렸고 나도 『이 녀석은 위험하다』라고 인식을 고쳤다.

해맑게 웃으면서 넌지시 우리의 동향은 꿰고 있다고 말한 것이다.

"봉인 거점을 조사하고 있어요. 그 술식은, 제가 모르는 사이에 수정됐다는 사실이 판명됐어요. 그런데 여기까지 오는 길에 저는 해방자라고 불리는 자와 만났죠."

이미 알고 있을 터다. 우리가 확신을 갖고 여기를 찾았다고. 그래도 파르닐은 마치 자애에 찬 어머니처럼 웃으며 다리아에게 손을 내밀고 말했다.

"어머나…… 거점이 해방되어 가는구나? 그래도 괜찮아. 이곳 거점은 무사해. 내가 있는 한 아무도 침입하지 못해.

그러니까 안심해, 다리아. 맞아, 당분간 여기 머물면 어때? 오랜 여행으로 피곤할 테고 걱정도 많았지? 앞으로는 안심해도 돼. 여기서 쉬면서 마음을 달래는 게 어때?"

야, 이제 됐잖아? 상대방은 솔직하게 이야기할 생각 따위 추호도 없다.

"장난 그만 쳐. 네가 해방자를 소환한 거 알고 왔으니까."

"……넌 다리아의 새 시종인가? ……혹시 우리 동포? 신기한 기운이 느껴져. 다리아, 좋은 인재를 찾았네? 물론 같이 이곳에서—."

그 직후, 다리아에게서 강렬한 힘이 폭발했고 그 손에는 애용하는 검이 쥐어져 있었다.

"그만 하세요. 저는 성녀가 아니라 한때 함께 칠성과 싸우고 봉인한, 마도사 다리아로서 여기 있어요! 이 사람은 지금 제가 준비할 수 있는 최고 전력이에요. 이게 무슨 뜻인지, 당신이라면 알 테죠! 대답하세요, 왜 당신이 해방자를 소환했는지!"

무시무시한 박력에 무심코 몸이 움츠러들 뻔했다. 하지만 그 앞에서도 파르닐은 능청스러운 얼굴로 조용히 한숨 쉬며 못 말린다는 양 고개를 저었다.

"서로 못 본 척하고 조용히 지나가면 끝날 이야기인데 왜 굳이? 나는 이 대륙을 생각해서 움직였을 뿐이야. 이제 이 뒤틀린 방식은 바뀌어야만 해."

"그런 것쯤은 저도 알아요. 서로 폭탄을 끌어안고도 손을 맞잡고 이 평화를 유지해 왔어요. 부담되더라도 지금까지 협력해 오지 않았나요!"

다리아의 비통한 호소에 파르닐은 어리둥절한 표정을 지은 채—.

"너…… 무슨 소리야? 그런 이야기가 아니야. 애초에 우리가 평정해 가던 이 대륙에 너희 엘프가 뜬금없이 나타난 게 원인이잖아? 그리고 이번에는 칠성까지 난리야. 일시적으로 협력은 했어도 그 뒤에 다시 싸울 생각이었는데, 너희는 태연하게 눌러앉아서 기묘한 줄다리기 상황을 만들었지. 그리고 일방적으로 자기들의 활약을 내세우고 입장을 주장했어. 이미 백성들이 받아들인 상황이라도 나도 인정했지만…… 불공평하지 않아? 봉인의 중추도 엘프들이 장악하고, 유통과 타국과의 교역에서도 엘프들이 주도권을 쥐었어. 과연 이게 공평할까? 너무 뻔뻔하다는 생각 안 들어?"

"뭐라고요?! 우리가…… 술식의 중추를 방패로 무리한 요구를 한다는 말인가요?"

"비슷한 짓은 하고 있어. 그래도 나는 이제 와서 그걸 빌미로 너희를 쫓아내지는 않아. 그저 사이좋게 손을 잡으면 족해. 그러니까 내가 이 대륙의 모든 걸 지배할 거야."

그 순간, 다리아의 힘조차 묻힐 정도로 방대한 마력이 파르닐에게서 흘러넘쳤다.

"보여? 칠성 두 마리를 묶던 봉인의 마력. 아직 세 곳밖에 해방하지 않았는데 이 정도의 힘이 내게 흘러들어. 이 힘이 있으면 모든 사람을 평등하게 이끌 수 있어! 그게 다가 아니야. 옆 대륙, 세컨더리아 대륙도 평정돼! 그거 알아? 그곳에는 한정된 자원을 둘러싸고 지금도 전쟁이 벌어져. 그곳도 이 힘이 있으면 모두 평등하게 지배할 수 있어! 세계를 모두 내가 이끄는 거야! 멋지지 않아?!"

그건 이미 광기였다. 사리사욕도 아니고, 그저 다 같이 사이좋게 지내자는 듣기 좋은 말을 늘어놓을 뿐인 이 여자는 마치 신이라도 된 것처럼 자아도취에 빠졌다.

"그 힘으로, 따르지 않는 나라를 멸망시킬 건가요? 우리 나라와도 싸울 생각인가요!"

"……그래. 이빨을 뽑을 필요도 있겠지. 그래도 나는 이 과정에서 일어난 전쟁을 이 세계 최후의 전쟁으로 만들겠어. 그러니까 다리아, 방해하지 마. 너는 다른 엘프들과 다른 생각을 가진 귀중한 존재야. 그러니까…… 함께 가자."

그 순간, 내 눈으로도 따라잡을 수 없는 속도로 파르닐의 오른팔이 다리아의 가슴에 꽂혔다.

"아?! 당신…… 이게 무슨……."

"후후, 역시. 봉인 거점을 모두 해방해도 마지막 중추를 지키면 칠성도 해방할 수 없겠지. 내가 예상한 대로 마지막 거점을 자기 몸속에 뒀구나?"

다리아에게서 빠져나온 파르닐의 팔에는 푸르게 빛나는 구슬이 쥐어져 있었다.

공격은 아니었는지, 가슴에서는 피가 흐르지 않았다. 다만, 몹시 낯빛이 나빴다.

"술식에 동화해서 중추를 적출한다. 해방은 못 해도 가질 수는 있어. 대단하지? 나는 수백 년이나 이 술식을 연구했어. 너희가 독점하는 이 비술을 말이야. 후후, 이제는 이걸 해방하고…… 내 나라의 봉인을 해방하면 끝. 칠성도 복종시킬 힘으로 내가 모든 걸 지배하고 이끌기만 하면 돼. 그러니까 지금은 잠들어, 다리아."

……이제야 이 녀석이 착각을 한다는 사실을 깨달았다.

"안타까운 소식을 전해주지, 파르닐. 공교롭게도 엘다인 봉인은 무사해. 그리고 여기서 너를 놓아줄 생각은 없어. 봉인 중인 칠성과 같이 너는 여기서 퇴장해줘야겠다."

다리아를 뒤로 물리면서 전투태세에 들어갔다. 그러나 그때, 알현실에 누군가의 목소리가 울려 퍼졌다.

"엘다인 봉인이라면 두 시간 전에 깼어. 안타까워할 사람은 너야."

목소리의 주인공은 이곳에 있을 리 없는 인물. 나타난 자는, 키 작은 검사.

그리고 그 옆에는 함께 있을 리 없는 한 여성이 있었다.

"카이본, 눈 감아! 당장 보조를!"

그 순간, 다리아가 보조 마법을 걸어줬다. 거기 있던 건 미사토였다. 그 매료 능력을 막기 위해서 보조 마법을 걸었고, 나도 자신에게 [용신의 가호]를 부여했다.

"왜…… 왜 당신이 그쪽에 있나요! 슌!"

"젠장…… 하필이면 왜 너야……."

"역시 쓸데없이 우르르 몰려다니기보다 강한 사람이 한 명 있는 쪽이 나아! 아아, 나 쇼타 취향 생기겠어……. 전에는 잘도 나를 때렸지, 카이! 그래도 우리 슌은 너 같은 거보다 훨씬 훨씬 강해! 각오해!"

"자기 혼자 영주라고 주장하는 그 여자애, 분명히 강하고 전 영주보다 제법 나아. 하지만, 다리아…… 아직은 방해만 될 뿐이야. 그 애가 날고 기어 봤자 슌한테는 못 이겨."

하필이면 전혀 견제하지 않던 남자가 우리의 계획을 깨 버렸다.

아무렴 그렇겠지. 지금 비오에게 이길 수 있는 사람이 있다면…… 슌 정도겠지.

비오의 방어를 뚫을 수 있는 유일한 존재. 그런 슌을 자기 편으로 끌어들였다고?

우연이라기에는 너무 잘 맞아떨어진다. 이 녀석들은 어디서 합류했지?

게다가 슌은 펜넬에게 따르는 게 아니었나?

문득 이상하다는 생각이 들었다. 전보다 미사토의 매료

효과가 약해진 느낌이었다.

내게 내성이 생겼나? 아니면…… 그 매료의 힘에는 한도가 있나?

슌을 매료하는 데 힘의 대부분을 쓰고 있을 가능성도 있었다.

"미사토, 너는 슌을 써서 그 남자를 잡아둬. 후후, 설마 불러낸 소환자가 이런 힘을 가졌을 줄 누가 알았겠어. 다리아, 너도 잠깐 자고 있어."

"오케이, 황녀님. 슌, 카이를 무력화해! 가능하면 죽이지는 말았으면 하지만…… 어려우면 죽여도 돼! 이기면 상 줄게!"

미사토의 말이 끝남과 동시에 슌의 너무나도 예리한 일격이 날아들었다.

"너…… 너무 꼴사납지 않냐. 이번에는 이런 녀석한테 이용당해?"

"……닥치고 싸워. 너야말로 그 상태로 나와 싸울 수나 있나?"

"네 생각대로 검은 안 쓰기로 했어. 그래도 걱정 마, 내 힘이 봉인된 건 아니야. 검 따위 없어도 여유롭지. 하물며 진심을 다하지도 않은 상대는."

날카로운 일격이기는 했다. 하지만 전과 같은 살의도 없거니와 신비한 추가타도 발생하지 않았다.

단지 연계조차 되지 않는 단조로운 공격을 반복할 뿐이었다. 진심이 느껴지지 않는다.

게다가…… 이건 유도인가? 공격을 피하는 사이에 창가까지 내몰렸다. 그리고 다음 공격이 나를 밀치며 창문을 깼다.

"너…… 설마 매료에 안 걸렸냐, 슌."

창밖에서 지붕 위로 싸움터를 옮김과 동시에 쫓아온 슌에게 다시 말을 걸었다.

"……여기라면 우리를 보지 못하겠지. 그래, 그 힘은 성적인 충동에 작용하나 보더군. 인정하고 싶지 않지만, 몸이 어린애인 나에게는 효과가 약해."

"……물도 마음대로 못 빼고 힘들겠다? 솔직히 불쌍하구만."

"신경 꺼. 시간이 별로 없으니까 일단 들어. 지금은 나한테 진 척하고 여기서 대기해줘, 카이본. 나는 이곳 봉인을 해방해야 해."

"이유는? 그리고 왜 네가 여기 있어? 엘다인에 있었어?"

"그건…… 지금은 설명할 시간이 없어. 전부 끝나면 속죄도 설명도 할게."

어쩐지 마음이 급해 보였다. 단지 여기서 질 수 없다는 일념으로 슌은 자존심을 전부 내던지고 내게 져달라고 부탁했다.

그토록 나와의 싸움을 바라던 슌이라고는 생각할 수 없는 반응에…… 한 가지 추측이 떠올랐다.

"……너는, 펜넬에게도 파르닐에게도 충성을 맹세하지 않았어. 맞지?"

"……."

"그저 자기 목적을 달성하려고 그 둘에게 협력하는 거지. 그건 네가 이 세계에 사는 목적…… 신과 제린에게 관련된 일 아니야?"

이거다. 내가 만약 같은 입장이고 옛 친구를 배신한다면, 그게 어떤 상황인가 생각한 결과.

나는 분명히…… 레이스와 류에를 위해서라면 전 세계를 적으로 돌려도 된다고 생각한다.

"……그 둘의 자손이라도, 인질로 잡혔어?"

"제법 눈치가 빠르군. 너…… 다리아한테 뭔가 들었어?"

"그래. 그리고…… 너한테 큰 빚을 하나 졌어. 치세를 구해줬다지?"

"만났나? ……그럼 이 순간만이라도 내게 승리를 양보해 줘, 카이본."

그 순간, 지금까지 발생하지 않던 추가타가 다시 나를 덮쳤다. 하지만 이미 나는 이곳에서 싸울 준비를 마치고 왔다. 그리고 힘이 봉인되지 않은 이상—.

"네 공격조차…… 순식간에 회복돼. 미안하다, 슌."

"……그래? 나는, 결국 너한테 못 이기나."

"단순한 고집이야. 어디까지나 내가 양보했다고 알려주기 위해서. 이걸로 치세를 구해준 빚은 갚았어. 네 목적이 달성되는 걸 확인하면 바로 저 녀석들을 쓸어버릴 거야."

한 번만 양보하겠다. 네가 치세를 구해줬으니까, 나도 네가 구하고 싶은 사람을 위해서 이 세계에서 처음 패배를 받아들이겠다. 네가 소원을 이루기를 여기서 빌겠다.

"지금까지 다리아에게 협력해 왔어. 너한테도 한 번쯤 협력해주마."

"고맙다, 카이본. 네 목적이 이루어지면 바로 너한테 협력하지."

성 안으로 돌아가는 슌을 바라봤다. 류에가 말하던, 누군가가 희생하여 봉인 술식에 들어간다는 이야기. 그게 슌이 지키고자 하는 사람이라면 지금까지 저 녀석이 펜넬에 따르고, 해방자에게 동행하고, 파르닐 편에 붙은 것도 이해가 된다.

하지만…… 그래도 이상했다. 우연이라는 생각이 들지 않았다. 이 일련의 흐름이—.

§ § §

"대단해, 다리아! 이미 너한테 칠성의 마력 공급은 없을 텐데도 나와 싸움이 되다니!"

"네, 이런 저니까 지금까지 타국의 개입도 막을 수 있었죠. 그건 당신도 마찬가지잖아요! 지배 따위 필요 없어요, 당신은 신이라도 되겠다는 건가요!"

"내가 신이 되면 그게 이 세상에 가장 행복한 일 아니야? 칠성의 힘도, 이런 방법을 쓰지 않고도 복종시키면 돼. 나라면 그럴 수 있어!"

이 육체는 이 세계의 주민보다 마력 회복 속도 하나만큼은 빼어날 텐데 곧 내 마력이 고갈됐다. 파르닐의 마법이, 공격이 너무나도 격렬했다.

……알고 있었건만. 펜넬, 슌, 내가 덤비고도 쓰러뜨리지 못한 상대를 나 혼자 이길 수는 없다고. 다만, 그래도 시간을 벌면 분명히 그가 와주리라고, 농담조로 자기가 최강이라고 뻔뻔하게 말하는 그가 와주리라고 믿어 의심치 않기에 나는 이 광기에 사로잡힌 상대와 싸울 수 있었다.

그런데 어느샌가 사라졌던 둘 중 돌아온 사람은…… 슌이었다.

"돌아왔어. 놈은 당분간 못 움직여. 미안하군, 다리아."

"그럴 리가?!"

"안 되지, 다리아. 한눈을 팔면."

그의 말에 정신이 흐트러진 찰나, 다시 파르닐의 팔이 내게 꽂혔다.

"잠들어. 다음에 깨어날 때는…… 네 부담을 내가 짊어져 줄게."

"누가, 해달래요……? 부담은…… 지탱해주는, 동료가, 있으면……."

흐려지는 의식 속에서 파트너로 오랜 시간을 함께 지낸 슌이 다가왔다.

얼굴을 가까이 붙여서 귓가에 뭐라고 속삭였다. 그건 틀림없이 결별의 말이라고 각오했으나—.

"……카이본이랑 짰어. 지금은 가만히 자고 있어."

"아아…… 늦잖아요…… 이쪽에 오는 게……."

그리고 나는 그 말에 긴장이 풀려 의식의 끈을 놓아 버렸고—.

§ § §

왜 나는 배신했을까. 쭉 함께 있던 동료를 배신하고, 마침내 나타난 친구를 배신하고, 이런 나를 믿었던 사람의 기대를 배신하고, 그리고 지금 이 순간도 배신할 타이밍을 노리고 있다. 잠든 다리아를 왕좌에 앉히고 임시 주인에게 돌아섰다.

"수고했어, 슌. 미사토도 고마워. 그럼 지금부터 지하의 봉인으로 가자."

"알았어, 황녀님. 슌도 수고. 대단해, 카이를 죽이지 않고 쓰러뜨리다니."

"……별말을."

"그도 너와 같은 신예기 사람이지? 그럼 이 세계의 미래에도 필요해질 거야. 괜찮아…… 다리아도 카이라는 아이도 이해해줄 테니까."

얼마 안 남았다. 얼마 안 있으면 다시 너를 만난다. 심장 고동이 빨라졌다. 알현실에서 지하로 이어진 계단을 한 발자국씩 내려갈 때마다 심장이 강하게 뛰었다. 이런 기분은 얼마 만이던가.

곧 엄중하게 봉인된 큰 문 앞에 도착했다. 한때 이곳으로 사라진 『그 아이』를 떠나보내고 이 문 앞에 웅크릴 수밖에 없었던 자신을 떠올렸다.

만약…… 그때 내가 행동을 일으켰더라면 결과는 달라졌을까.

『그게…… 사실이야? 이대로 가면 봉인의 균형이 무너진다는 게.』

『사실이야. 세류 쪽 칠성이 「마극」이라고 불리는 이유가 있어. 그쪽에서 새어 나온 마력이 너무 많아. 그러니까 하나 더 새로운 봉인을 만들어서 흐름을 막아야 해.』

다리아가 휴면에 들어가게 되고 얼마 후, 펜넬이 꺼낸 말은 겨우 평정되어 가던 이 대륙을 다시 혼란 속으로 빠뜨릴 중대한 문제였다.

『그럼 다리아를 당장 깨워서…… 그럴 수도 없나……?』

『너도 눈치챘지? 다리아는 이미 한계에 달했어. 부담을 더 늘릴 수는 없어. 그러니까…… 나와 네가 비밀리에 끝내야 해. 세류 쪽과는 이미 이야기를 마쳤어.』

『그, 그래……? 나는 뭘 해야 하지? 마력을 막아야 한다면서?』

『다행히 칠성 봉인에 관해서는 다리아보다 내가 더 잘 알아. 수단은 이미 강구해 놨어. 강하고 튼튼한, 특별한 무언가가 있으면 마력을 쉽게 억누를 수 있어.』

『그게 뭐야? 강력한 마물인가? 아니면 특별한 재료? 뭐든 구해올게. 술식은 쭉 너희에게만 맡겼지만…… 드디어 나도 도울 일이 생겼군.』

『방대한 마력과 강인한 육체를 가진 신예기 인간. 즉, 너 같은 사람을 제물로 써야 해.』

『뭐…… 나를? 내가…… 제물이 되면 어떻게 되지? 알려줘.』

『설마. 널 쓰겠다는 말이 아니야. 네 힘은 앞으로도 필요해. 사실 신예기 인간에 필적하는 아이를 알아뒀어. 신예기 인간 둘 사이에서 태어난…… 그 아이야.』

나는 그때 들은 조건을 즉시 거절할 수 없었다. 어쩌면 『곧 칠성의 힘은 약해지고 그 아이도 해방된다』는 말에 흔들렸는지도 모른다.

하지만 내 반신에게 부탁받은 딸 같은 아이를 제물로 쓸 수 없다고 거절했다.

그래도— 그 이야기는 이미 내가 모르는 곳에서 본인에게도 전해져 있었다.

그 두 사람 사이에서 태어났기 때문인지, 다른 아이보다 몸의 성장도 느리고 기나긴 수명과 강력한 잠재능력을 품었던 아이. 몸은 어려도…… 마음은 이미 옛날에 성숙해 있었다.

자기 한 사람의 희생과 소중한 이들이 사는 대륙을 저울질할 만큼—.

그리고 한때 나와 그 아이를 나누었던 문이 조용히 열렸다.

어둑어둑한 방. 희미한 푸른빛이 약하게 방을 비추었다. 광원은 거대한 수정 두 개였다. 하지만 그중 하나는 미세하게 작았고, 그 내부에— 사람의 실루엣이 보였다.

"여기도 오랜만에 오네. 여기서 나와 치세 씨가 소환됐지? 이 수정이 봉인의 중추야? 그렇다면 해방한 뒤에 수정은…… 가져도 돼? 조각으로 쓰고 싶은데……."

"그래, 괜찮아. 네 저택이 완공되면 옮기라고 할게. 그럼 부탁할게, 미사토."

김칫국부터 마시는 두 사람을 무시하고 나는 작은 수정 앞으로 다가갔다.

빛이 약해서 확실히 보이지 않지만, 분명히 있었다. 나와 거의 다를 바 없는 크기의 사람이.

"아, 맞아! 슌, 너도 내 저택이 생기면 같이 살자! 강한 사람이 있으면 다른 병사를 둘 필요도 없잖아! 아, 그치만 카이도 살아 있다면—."

"생각해 두지. 자, 봉인을 해방해. 이다음은 바로 칠성도 해방하는 건가?"

"아니. 힘에 익숙해질 시간이 필요해. 게다가 서즈가르드와도 대화하고 싶고."

"그런가. 그 말은— 이곳이 해방되어도 칠성이 해방되려면 아직 유예가 있다는 뜻이군."

가능하다. 이 아이를 되찾으면 곧장— 카이본을 번거롭게 할 필요도 없다.

그리하여 미사토가 수정에 손을 내밀고 힘을 담듯 신음했다.

그리고…… 불현듯 방을 비추는 조명이 약해지고 모래가 흐르는 소리와 함께—.

"『줄리아』!"

눈앞에 있는 수정이 산산이 깨지고 안에 있던 소녀가…… 그날과 다를 바 없는 모습으로 나타났다.

"오래 걸렸어, 여기까지 오느라……. 펜넬이 봉인 개량을 요청한 덕분에 이곳을 조사할 수 있었어. 그 성과가 이것…… 해방된 마력이 내게 흘러들도록 했지."

"그래, 그거 잘됐군. 미안하지만, 이 아이를 쉬게 하고 싶어. 방을 하나 내줘."

"……그 아이, 네 가족이었지? 그 아이에게는 감사보다…… 사과를 해야겠어……."

“무슨 소리야? 부탁이니까 가능하면 치유사도 불러주면 좋겠는데—.”

팔에 안긴 줄리아가 몸을 살짝 움직였다. 백은색 머리. 우리나라에서는 기피되기도 하는 색.

그래, 언젠가 나도 카이본과 함께 그 인습을 끝내야겠다.

팔에서 얼음장처럼 차가운 몸이 서서히 온기를 되찾아 갔다. 그리고 그녀는 조용히 눈을—.

“……미안해. 너는…… 다음 세대를 위한 고귀한 희생이야. 정말로, 몹쓸 짓을 했어.”

“아까부터 무슨 소리냐고. 지금 여기에 줄리아가 있잖아. 어서 치유사를—.”

다음 순간, 마치 도망치듯 줄리아가 바닥을 굴러 공허한 눈으로 나를 봤다.

“아…… 으…… 으어…… 버…… 아…….”

“칠성의 마력을 직접 막았으니까……. 사람으로는…… 있을 수는 없어.”

“무, 무슨 말이야?! 야, 줄리아, 왜 그래!”

마치 팔다리를 움직이는 법을 모르는 것처럼, 일어나지도 못하는 것처럼 줄리아는 엉뚱하게 팔다리를 버둥댔고…… 뚝, 하고 둔한 소리가 났다.

“으아…… 그 애 뭐야? 어깨 빠지지 않았어? 좀 기분 나쁜데…….”

"슌, 그 아이를 생각한다면 적어도 네 손으로…… 끝내줘. 괴롭겠지만…… 이 아이도 각오했었어. 하다못해 사람으로서 존엄을 지켜줘."

"뭐야…… 그게 무슨 말이냐고……. 나는…… 나는 이 아이를 위해서……."

줄리아는 바닥에서 인간이 아닌 것처럼 발작적으로 움직였다. 나는…… 이 아이를 위해서—.

"아…… 아아아…… 이럴 리 없어……. 아아…… 으아아아아아아아아아아아아아아아아!!"

§ § §

인기척이 사라진 알현실로 돌아오자 처참한 광경이 눈에 들어왔다. 바닥도 천장도 아름답게 장식된 기둥도 부서져 있었다. 마술사끼리 싸웠으니까 당연한 결과겠지.

왕좌에서 정신을 잃을 다리아를 발견하고 달려갔다. 눈으로 봐도 몹시 쇠약해졌다고 알 수 있었다. 조사해 보니…… HP와 함께 MP도 고갈 직전이었다.

자연 치유가 되지 않는 것을 보아 배에서 빠져나간 무언가의 영향이지 싶었다.

[커스 기프트]를 발동해 [극광의 치유]를 부여해 HP와 MP를 회복해줬다.

"……정신이 들어? 그 녀석들, 슌은 어디 갔어?"

"카이본…… 무사했군요. 이 뒤에 있는, 왕좌 뒤 바닥이에요……."

"……펜넬도 그렇고, 흉계를 꾸미는 것들은 왕좌 뒤를 좋아하나?"

"후후…… 지금 따질 부분이 아니잖아요. 죄송해요, 저는 조금 더 쉴게요."

"그래. 그럼 다녀올게."

왕좌 뒤에 있는 융단을 들치자 바닥에 문이 숨겨져 있었다. 그곳을 열어 안으로 들어갔다.

서늘하고 습한 공기가 충만한 지하실을 내려가던 때였다. 갑자기 안쪽에서 누군가의 통곡이 울려 퍼졌다. 이 목소리는 설마…… 슌인가?

급히 달려가서 큰 문을 박차고 안으로 돌입하자 파르닐과 미사토, 그리고…… 은발 소녀를 끌어안고 옴짝달싹하지 않는 슌이 있었다.

"어머, 생각보다 빨리 왔네. 역시 신예기 사람이야."

"닥쳐. 야, 슌, 어떻게 된 거야! 무슨 일이야!"

슌이 끌어안은 소녀는 은색 머리에 하늘색 눈동자를 가진, 열 살쯤 되는 엘프였다.

어딘지 모르게 류에를 닮아 보이지만…… 제정신은 아닌 듯했다.

"카이본…… 내가 틀렸어……? 나는 단지…… 이 아이를 위해서……."

"……이야기는 나중에 얼마든지 들을게. 이 아이를 데리고 떨어져 있어."

초췌해진 슌이 당장에라도 쓰러질 것 같은 발걸음으로 소녀를 데리고 거리를 뒀다.

"위로할 말이 없어. 저 아이를 위해서라도 이 세계는 내가 올바르게 이끌어야 해……. 카이라고 했나? 너도 힘을 빌려줬으면 해."

남의 일인 양 단지 자기 목적을 떠들고 태연히 앞으로 나아가려는 이 녀석이…… 몹시 가증스러웠다. 어떤 사상을 가지든 내 알 바 아니지만— 너는 마음에 안 든다.

방구석에서 어깨를 떠는 친구를 보고…… 결국에 인내심이 바닥났다.

"힉! 황녀님, 조심해! 저 모습이 된 카이가 제일 강해!"

"두 쌍의 검은 날개에 황금색 뿔…… 멋져. 동포는 아닌 모양이지만…… 정말로 멋져."

"나는 내 역할을 하겠어. 통과점에 불과하다고 생각했지만…… 여기서 너를 완전히 없애주지."

땅을 차서 코앞까지 돌진해 주먹을 내지른다. 하지만 무섭도록 빠른 속도로 내 주먹을 잡은 파르닐은— 그대로 손을 으깨 버렸다.

무시무시하게 빠르고…… 강하다. 몸을 억지로 뒤로 빼자 내 팔이 뜯겨 나갔다.

"소용없어. 칠성 두 마리의 마력을 얻은 나한테 이길 수 있을 리 없잖아. 너도 귀중한 존재야. 함께 다음 세대를 만들어야 할 소중한 파트너. 그러니까 그만하자."

어빌리티를 바꾼다. 공격 중시가 아닌, 이 녀석 전용 구성을 짜낸다.

찢긴 팔을 던져줘서 당장 회복해 붙였다. 그래…… 너는 나와는 다르다.

나는 짝퉁 마족이고…… 너는 최강종인 『용인』. 바로 『용』이다.

"대단한 회복 능력이야. 너, 마족 중에서도 굉장히 출중해. 그 모습도 멋져, 정말로."

"그럼 눈 똑바로 뜨고 봐라. 너에게 절망을 알려줄 인간의 모습이다."

네가 그 종족으로서 이 세상에 태어난 순간부터― 이 운명은 정해져 있었다.

【웨폰 어빌리티】

[멸룡검]

[천공의 패자]

[찬탈자의 증거(용)]

[생명력 극한 강화]

이것만으로 충분하다. 네가 용에 속한 존재라면 이걸로 너는 이미…… 끝이다.

"너도 머리를 좀 식혀야겠어. 잠깐, 자고 있어."

그 순간, 다리아에게 했던 것과 똑같은 일격이 가슴을 노리고— 마치 유리 세공 같은 마력 손톱이 내 몸에 닿은 지점에서 완전히 멈췄고, 쩍 소리를 내며 깨졌다.

"팔을 뜯은 답례다. 너도 외모는 꽤 멋있어. 특히 그…… 새하얀 날개가 아름다워."

두 날개로 손을 뻗어 덥석 잡았다. 통각이 있는지 눈앞의 얼굴이 고통스레 일그러졌다.

강하게, 더 강하게. 좌우로 당긴다. 손끝이 뚝뚝 소리를 내며 날개로 파고든다.

"아파, 아파아파! 이거 놔! 놓으라— 아앗! 아파, 정말로 아프다니까!"

파르닐은 계속 내 팔 사이에서 저항했다. 하지만 이미 네 괴력도 공격도 전부 내게는 떼쓰는 어린애의 몸부림 정도로만 느껴진다. 이게…… 종족 특화 구성이다.

"말로 하자! 윽! 듣고 있어? 정말…… 아파…… 제발…… 아파……."

뭔가 뚝 뽑히는 느낌이 전해지고 앞에 있는 파르닐이 절규

했다.

이봐, 자랑스러운 날개지? 소중했을 거야. 그걸 빼앗기면 너는 어떻게 되지?

그 직후, 서서히 힘을 주던 팔을 확 벌렸고 살이 뜯기는 소리와 함께 날개가 찢어졌다.

"아아아아아아아아아아아아아아!! 으아아아아아아아아아아!!"

던져 버린 날개로 달려가서 끌어안고 오열하는 그녀를 내려다봤다.

"내…… 내 날개애! 왜…… 뭐가 문제야! 난 강한데! 지금 내가 제일 강한데! 왜, 왜 이렇게 돼! 너 뭐야! 뭐냐고오오오!"

"지금 이 순간 네 야망은 무너졌다. 아무리 노력해도 이기지 못할 상대가 여기 있어."

바로 지금 이 녀석이 세상을 지배하고 이끈다는 몽상은 끝을 맞이했다.

두 어깨로 피를 흘리며 색이 탁해지는 날개를 끌어안고 우는 모습에는 이미 위엄이고 뭐고 없었다. 그건 그냥 소중한 것을 잃은 한 명의 여자일 뿐이었다.

그때였다. 방구석에 있던 슌이 칭얼대는 여자아이의 손을 잡고 다가왔다.

자신처럼 절망하는 파르닐에게 한없이 냉담한 목소리로 말했다.

"……너에게 가장 소중한 건, 네 몸, 그 날개였나?"

"아니…… 아니야! 나는 전부 소중해……. 국민도 나라도…… 세상 모든 게 소중해!"

"나는…… 모든 게 소중하다는 모순된 말은 안 해. 내게는 이 아이가 전부였어."

"너는 모든 것이라는 모호한 개념을 우선하느라 네가 안고 있는 날개처럼 둘도 없이 소중한 것을, 누군가의 날개를 빼앗으려고 했어. 그걸 모르겠어?"

지금도 찢어진 날개를 꽉 끌어안으며 눈물 흘리는 파르닐이 힘없이 대꾸했다.

"몰라…… 모른다고……. 아파서, 부조리해서, 아무것도 모르겠어……. 틀렸을 리 없는데…… 내가 잘못됐어……? 왜 그런 거야…… 누가 알려줘……."

이 녀석을 어떻게 할지는 내가 아니라 슌과 다리아에게 맡겨야겠지.

그런데 그때, 문이 열리는 소리가 크게 들렸다. 뒤돌아보자 미사토가 도망치고 있었다.

저건 이미 글렀군. 이번에는 완전히 절망했나. 어딘가에 가둬야 할까.

"……카이본, 파르닐의 출혈이 심각해. 아직은 이 녀석이 죽으면 곤란해."

"그래? 다리아도 아직 쉬고 있을 텐데…… 어쩔 수 없지. 내가 수를 써 볼게."

이 모양이어도 공화국에서 제일 강한 발언력을 가진 영주다. 아무래도 죽일 수는 없겠지.

나는 이 녀석이 끌어안은 날개를 빼앗아서 미온이 남은 그것을 파르닐의 어깨에 댄 채 직접 [생명력 극한 강화]를 부여했다. 날개의 광택이 빠른 속도로 돌아오고 파르닐의 견갑골과 무사히 이어져 출혈도 멈췄다. ……괜히 최강종이 아니군.

"아, 아아……! 내 날개! 내 날개가 돌아왔어……!"

"네가 다른 사람의 날개를 빼앗을 때, 또 내가 네 날개를 빼앗으러 오마. 잊지 마."

"헉…… 알았어, 안 할게……. 미안해…… 잘못했어……."

마음속 깊이 두려움이 새겨진 결과일까. 조금 전 오만불손한 태도는 찾아볼 수 없었다. 파르닐은 마치 혼난 아이처럼 사과하면서 필사적으로 날개를 쓰다듬었다.

하지만 그러던 파르닐이 갑자기 이상한 표정을 지으며 혼자 우물거렸다.

"어라…… 뭐지…… 이상해……."

"왜? 날개 좌우로 바꿔 달았냐?"

"아, 아니야……! 나한테 흘러들던 마력이…… 어딘가로 사라졌나 봐."

"뭐? 너한테 이어져 있던 거 아니야? 야, 설명해."

"힉! 무섭게 말하지 마……. 나도 몰라…… 어딘가 다른 곳으로 흘러가서—."

그런데 이번에는 마치 지진이라도 일어난 것처럼 방 전체가 크게 흔들렸다.

반사적으로 파르닐을 노려보나, 이 녀석도 사태를 파악하지 못한 눈치였다.

그때, 다시 방문이 벌컥 열리고 지팡이를 짚은 다리아가 나타났다.

"빨리 대피하세요……! 여기, 바닷속이죠……?!"

"그, 그렇긴 한데…… 왜 그래, 다리아? 너 벌써 몸이 움직여?"

"이야기는 나중에 해요! 방금 미사토가 해상 정원으로 가는 걸 봤어요!"

"뭐?! 설마 그 아이…… 그럼 이 진동은?!"

이야기를 못 따라가겠다. 하지만 대피하라면 서둘러 여기를 벗어나야겠지.

혹시 몰라서 파르닐이 도망치지 못하게 팔을 잡고 반대쪽 손으로 다리아를 들쳐 멨다.

"슌, 일어설 수 있지! 그 아이도 데리고 나가자! 예감이 안 좋아!"

방을 나오려고 했을 때, 뒤에서 물소리가 들렸다. 그것을 확인하자마자 벽이 무너지며 대량의 물이 흘러들었다. 정말로 이 지하실은 바닷속에 있었나.

뒤에서 밀려오는 물에 쫓기며 급히 계단을 올라 알현실로 나온 순간 다리아가 지하실로 얼음 마법을 시전했다. 얼려서 이곳을 틀어막을 셈이다.

“일단 이거면 괜찮겠죠……. 지하에서 무슨 일이 있었는지 설명해주실래요?”

“알았어. 너도 이게 웬 소동인지 알려줘.”

내가 본 광경과 파르닐의 야망을 꺾은 사실을 전하고 슌도 그 여자애, 줄리아라는 아이를 되찾았으나…… 행복한 결말은 아니었다고 말했다.

“……! 하고 싶은 말은 많아요. 파르닐 님도 아직 하고 싶은 말이 많겠죠. 하지만 지금은 긴급 사태예요. ……미사토가 최종 봉인을 깼어요.”

“역시…… 그 아이, 멍청한 짓을…….”

“무슨 소리야? 그 봉인이란 게 설마…… 칠성을 해방했다는 말이야?”

“네. 지금은 마력을 모으는 중이겠지만, 빨리 막아야 해요.”

“그래? 그럼 죽이고 올게. 그래도 되지?”

젠장, 역시 방심하지 말고 단박에 미사토를 죽였어야 했다.

방금 슌과 싸웠을 때 깨진 창으로 나가려는데 파르닐이 나를 불러 세웠다.

“벌이라면 받을게. 하지만 부탁해, 영주민은 아무것도 몰라. 도시는 휘말리지 않게 해줄 수 있어……? 안 된다면 내가 피난 명령을 내리고 싶은데 허락해줄 수 있을까……?"

"그거야 당연하지. 대충 이유를 둘러대서 바다에서 떨어지도록 전해. 가자, 슌."

"알았어. 나는 너에게 따르지. 다리아, 너는 어쩔 거지? 아직 상태가 안 좋다면—."

"갈 수 있어요. 카이본에게 어떤 힘을 얻었어요. 슬슬 몸도 움직여요."

다리아가 이 바보 영주를 높이 산 이유를 조금은 알 것 같았다.

어쨌거나 드디어 우리 셋이 나란히 서서 싸울 날이 왔다. 이 멤버가 모이면 패배할 리가 없다.

다시 창을 통해 지붕으로 날아가서 성 뒤로 펼쳐진 해상 정원으로 향했다.

§ § §

바다 위에 만든 광대한 정원에는 바닷바람에도 지지 않고 각양각색의 꽃이 자라는 화단이 늘어섰다. 평상시라면 느긋하게 돌아보고 싶은 광경이었다.

그런 절경 속에 이질적인 존재가 정원 중앙에 조용히 서 있었다.

"저게…… 칠성인가. 옆에 엎어진 얼음 동상은…… 미사토? 잘 어울리는 말로군."

"너무 앞서가잖아요, 카이본……. 저게 뭔지 설명이 필요한가요?"

"자세한 데이터는 내가 조사할게. 특징만 알려줘."

"끝없이 회복되는 MP로 무영창 마도를 연발해. 대책으로는 지팡이를 들지 못하게 계속 공격하는 방법도 있지만, 다리아의 힘으로 저 녀석의 MP 회복 속도를 떨어뜨리는 방법도 있어."

옆에 나란히 선 두 명이 적의 특징을 알려줬다. 마도라……. 피해가 커지기 전에 끝낼까.

"잠깐이라도 돼, 저 녀석이 마도를 못 쓰게 막아줘. 성을 최종 방어선으로 설정하고 시가지에는 절대로 피해가 가지 않게 하자고. 속전속결이야."

"알았어. 영주민에게는 단순한 해일 전조라고 파르닐이 설명한다는군. 그렇다면 이 녀석이 해방됐다는 사실이 퍼져도 곤란하지."

"카이본, 부탁할게요. 저는 저걸 해치울 일격이 없어요."

"검은 안 쓸 거야? **그걸 캔슬**하면 쓸 수 있잖아?"

"비장의 수는 아껴야지. 그리고 다른 비장의 수도 있거든."

다리아에게는 이미 어빌리티를 부여해 뒀다. 그리고 이번에는 슌에게도 부여한다.

[생명력 극한 강화]. 만능 해결사이기도 한 이 스킬을 부

여하자 한순간 슌이 신음했으나, 금방 이 힘을 버텨 냈다. 그래, 너라면 할 수 있다.

"너희에게는 강력한 회복 능력을 부여했어. 좀 무리해서라도 시간을 벌어 봐."

"나는 마음대로 부려먹어. 마무리는 너한테 맡기마, 카이본."

"작전이라고 부르기에는 엉성하지만…… 좋아요. 모든 힘을 쏟아낼게요."

"신호를 보내면 죽자 살자 저 녀석한테서 떨어져. 다리아는 혹시 모르니까 성에 장벽을 치고."

안타깝지만 우리 돼지 군사님처럼은 못 한다. 하지만 이게 가장 빠르게 해치울 방법이다.

아직 마력을 모으는 중인 칠성의 스테이터스를 엿봤다.

【Name】 마극 리스티리아

【종족】 아신(亞神)

【직업】 칠성 도사

【레벨】 398

【칭호】 마극

칭송받는 재앙

타락한 성자

【스킬】 만유(萬有) 속성, 만유 마도, 마력 흡수

강하다. 얼핏 보면 인간 마도사처럼도 보이는 모습이지만, 능력은 어마어마하게 높았다. 레벨만 보면 내가 우위지만, 역시 칠성답게 능력치는 우리보다 훨씬 높아 보였다. ……하지만 어차피 마도사에 불과하다.

놈에게 덤벼드는 두 사람은 오랜 세월 함께 싸운 콤비답게 서로의 움직임을 완벽하게 이해한 연계를 보여줬다. 그리고 과거에 싸웠던 적이기도 해서 놈이 마도를 쓸 겨를을 주지 않으려고 시야 밖에서 공격하여 확실하게 행동을 끊어줬다.

"일격에 끝낸다……. 여기서는 반격당하면 피해가 커져. 뒤쪽이 바다라서 다행이야."

얼마 전에 바다를 갈랐다. 도시에 피해를 내지 않고 강력한 일격을 사용하는 건 충분히 가능하다. 하지만 이번 상대는 가만히 있는 바다만이 아니다. 확실하게, 반격도 하기 전에 죽여야 한다.

"적…… 그래, 적이야. 슌과 다리아를 제외하고 이곳에 있는 생명은 모두 적이야."

그렇게 믿는다. 그러면 그것은 사실이 된다. 적, 모두 적. 칠성은 물론이고 하늘을 나는 새도, 바다에 사는 생물도 전부 적이다. 타도해야 할 적이라고 인식한다.

그리고 나는 어빌리티를 추가로 세팅했다. [살육 가속]이라는 이름의 사기적인 어빌리티를.

바다를 향해 기공격을 쐈다. 물기둥과 함께 해초와 물고기가 튀어 올라 정원에 쏟아졌다.

적이다. 모두 적이다. 죽어다오. 무의미하게 쓰지는 않겠다. 나중에 전부 내가 가져가겠다고 맹세한다.

바다에 사는 **적**을 수백, 수천 마리 해치웠을 즈음, 내 속도 능력치는 이미 메뉴 화면에 들어가지 않을 숫자로 불어나 있었다.

"다리아, 슌! 셋 세고 거기서 떨어져!"

"네! 장벽을 제게 맡기세요!"

"알았어. 하지만 그 전에…… 다리는 받아 가마."

슌이 떠나면서 칠성의 다리를 절단하여 기동력을 빼앗았다. 역시 뭘 좀 아는군. 큰 공격은 피했을 때 큰 틈이 생긴다. 이건 최고의 어시시트다.

카운트다운이 시작된다. 지금 내 안에서 휘몰아치는 것은 방대한 속도를 낳는 각력. 그리고 속도는 곧 힘이다. 게임이 아닌 현실이기에 가능한 전법.

슌과 다리아가 동시에 칠성에게서 멀어진 것을 확인하고—달린다.

맹렬한 충격, 온몸이 산산조각 날 것 같은 고통이 엄습한다. 그리고…… 나는 이미 바다 위에 있었다.

"야! 너 말은 못 하냐?! 깨자마자 미안한데, 죽어줘."

맹렬한 속도는 수면을 달릴 수 있는 평야로 바꾸었다. 마치 물수제비처럼 파문을 일으키며 온몸이 뜨거워질 정도의 풍압과 함께 먼 바다까지 칠성과 함께 나아갔다.

"……네놈…… 무어……냐……."

최고 속도로 날린 주먹은 이미 놈의 몸을 뚫었다. 이 속도 속에서 상처가 눈에 띄게 벌어지며 몸이 찢어지려고 했다. 한 방이다. 이걸 무슨 수로 버티겠어.

칠성의 신체 말단부터 빛이 흘러나왔다. 아무래도 한계를 맞이한 모양이었다.

"몇백 년 봉인됐는지는 몰라도, 이제 겨우 죽을 수 있겠군. 고마워해."

정신을 차리자 나는 혼자 바다 위를 미끄러지듯 달리고 있었다. 이미 내 의지로 멈출 수 없는 기세였다. 한쪽 다리를 바다에 꽂으면 충격으로 몸 전체가 박살 날지도 모를 상황이었다.

"아이고…… 일단 슌에게 부여한 [생명력 극한 강화]는 돌려받고……."

각오를 다진 나는 몸을 덮칠 충격과 격통에 대비했다—.

[시스템 메시지]

LvUP 401→402

직업LvUP [탈명 기사] (5)→[탈명 기사] (7)

직업 스킬 획득 [스킬 배니시]

GET 아이템

『리스티리아의 성장(聖杖)』
『금단의 과실「마극」』
『법인(法印)의 하얀 로브』
웨폰 어빌리티 획득
[마력 극한 강화]
[마도의 극의]
[소비MP 1/10]

"아, 생각났다…… 리스티리아라는 지팡이 이름이었지……. 이거 다리아가 전에 부숴 먹었다고 했던 지팡이 최강 무기잖아. 나중에 자랑해— 으어어어어어어어!"

야단났네, 물고기 밥이 되기는 싫은데. 몸이 나으면 어떻게 돌아가지…….

§ § §

"……안 돌아오네. 순간 어이없는 속도로 그 녀석이 날아간 느낌이 들었는데."

"그랬나요? 저는 안 보였지만, 큰 물보라는 보였어요."

"말로만 듣던 음속의 벽인가 하는 그건가. 정원이 바닷물을 다 뒤집어썼어."

"화단을 한 번 싹 갈아야겠네요. 아, 오징어가 떨어져 있어요."

멍하게 선 두 사람이 조용히 대화를 나누고 있었다. 후우…… 지쳤다.

"거기 다시마 비슷한 거랑 생선은 내가 책임지고 가져갈게. 둘 다 오래 기다렸지?"

"앗! 카이본, 어디로 돌아온 거예요? 게다가 흠뻑 젖었잖아요."

"칠성은 어떻게 됐어? 해치웠어? ……아니, 해치웠겠지."

"그래, 해치웠어. 그리고 해저를 달려서 돌아와 방금 항구로 올라온 참이야."

항구에 있던 어부 아저씨에게 무서운 장면을 보여주고 말았다. 아니, 바닷속에서는 물이 적당한 저항을 낳아서 충격을 완화해주지 뭡니까. 그리고 세기의 발견이 있었다. [생명력 극한 강화]가 있으면 숨 쉬지 않아도 안 죽는다.

"그럼…… 나는 이 생선들을 거둬서 성으로 돌아갈게. 슌, 다시 한번 사정을 설명해줘."

"알았어. ……다 설명한다고 약속할게. 다리아도…… 괜찮지?"

"네. 당신은 제가 모르는 일을 많이 아는 것 같으니까요……."

두 사람이 성으로 가는 모습을 지켜보다가 기력으로 버티던 몸에서 힘을 뺐다.

바닥에 엎어지며 몸이 회복되기를 기다렸다. 역시 너무 무리했어. 그래도…… 지금 할 수 있는 일은 다 해놔야지. 기왕 얻은 힘이니까.

【스킬 배니시】

【포스드 컬렉션】으로 빼앗은 스킬을 지울 수 있다.

단, 상대에게 【커스 기프트】로 부여한 임의의 어빌리티를 양도해야 한다.

이거다. 이 힘을 써서 근심의 싹을 잘라야 한다. 이번에는 사용자가 바보라서 효과적으로 이용되지 못했지만, 자칫 잘못했으면…… 세계도 장악했을 거다.

"찾았다……. 부서지지 않고 남아 있다니, 너도 운이 좋은 편인가?"

정원에서 떨어졌겠지. 가까운 해수면에 둥둥 떠 있는 미사토를 끌어올렸다.

그리고 나는 그녀에게서 [남성 매료] 스킬을 빼앗아 지웠다.

내 어빌리티를 하나 희생해야 하므로 만만한 어빌리티 [행운 +5%]를 반전 부여해 뒀다. 살짝 불행해지겠지만, 이 정도면 싸게 먹힌 셈이지. 스킬을 못 지우면 죽일 생각이었으니까.

"……일단은 치세랑 같은 처지지. 너는 잠시 감옥에서 지내라."

성으로 돌아와 알현실로 가자 안에서 말싸움 소리가 들렸다.

"왜…… 저한테 상담하지 않았어요! 몇백 년을 함께 있었는데!"

"어떻게 말해! 너는 더 못 버틸 상황이었어! 이제야 겨우 전부 받아들인 넌 그런 말 할 자격 없어! 무거운 짐을 늘릴 바에는 내가 짊어지기로 했다고!"

그건 다리아와 슌의 목소리였다. 들었겠지. 슌이 왜 펜넬을 따르고…… 줄리아를 희생했는지를.

"먼저 시작했어? 나한테도 들려줘. 조금만 기다렸다가 한 번에 설명하지 그랬냐?"

"카이본…… 미안. 빨리 말하라고 계속 재촉해서."

그러고는 내게도 들려줬다. 슌이 왜 자기 딸 같은 아이를 희생했는지.

그리고 그녀가 빨리 돌아올 수 있게 펜넬의 지시에 따랐다고.

"지금…… 그 아이는 파르닐이 재웠어. 방을 하나 빌려줬거든."

"믿어도 돼? 또 무슨 꿍꿍이가 있는 거 아니야?"

"……몰라. 솔직히 나는 이미 머릿속이 백지장이야. 이건 내게 내려진 벌이지."

싸움이 끝났기 때문일까, 다시 슌의 얼굴에서 생기가 사라졌다. 중증이군…….

"마음은 이해하지만, 지금도 살아 있는 아이를 벌이라고 부르지 마. 네가 포기하면 어떡해."

"그렇지……. 지금 치유사도 찾고 있지만…… 어떻게 될지 모르겠군."

분위기가 어찌나 침통하여 다리아도 더는 슌을 쏘아붙이지 못했다.

"……그래서 슌, 너는 어떻게 미사토와 합류해서 엘다인에 갔어?"

"펜넬이 너희를 추적하게 시켰어. 바로 엘다인으로 가라고. 파르닐도 너희 동향은 알고 있었나 보던데, 펜넬도 마찬가지였겠지. 그래서 해방자와 합류하도록 펜넬이 명령했어."

"……그 녀석이 해방자의 존재를 알았다고? 어떻게 된 거지?"

"글쎄. 다만, 딱히 파르닐과 손을 잡지는 않았을 거야. 그건 직접 물어봐."

때마침 파르닐이 돌아왔다. 묘하게 쭈뼛거리며.

"파르닐, 잠깐 와 봐."

"흐익! 뭐, 뭐야? 나 무슨 실수 했어……? 아프게 하진 마……."

미안하다는 생각은 털끝만큼도 안 들지만, 내가 트라우마가 된 모양이었다.

"안 해. 그냥 묻고 싶은 게 있을 뿐이야. 와 봐."

벌을 주려는 게 아니라고 알자 그녀는 기뻐하며 이쪽으로 달려왔다.

다리아 말대로 조금 얼빠진 구석이 있군. 평화에 찌들었어.

"그래서 뭘 물으려고?"

"펜넬에 관해서. 너, 펜넬이랑 이어지지는 않았지?"

"응. 일단 동맹 관계지만, 이번 일은 전혀 알려주지 않았어. 전부 비밀리에 진행했지. 그게 왜?"

"그 녀석은 해방자의 존재도, 미사토가 엘다인으로 간 타이밍도 파악하고 있었어."

그 순간, 겁먹은 것 같은 파르닐의 표정이 처음 봤을 때처럼 강인한 인상으로 돌아왔다.

"……다리아. 지하실이 복구되는 대로 남은 술식을 조사해줄 수 있어? 나도 알 수 없는 부분이 있었는데, 전에 펜넬이 왔을 때 그 부분에 관해 엿들었어. 덕분에 술식을 개조해서 이용했던 건데…… 뭔가가 이상해."

"혼자만 아는 소리 하지 말고 네 예상을 말해. 날개 때리기 전에."

"히익! 그, 그러니까…… 술식을 통해서 이쪽 상황을 살핀 게 아닐까 하고……."

"……그랬군. 다리아, 그게 가능……했지. 너도 했었으니까."

"네. 엘다인에서 세류라면 어느 정도는요. 하지만 서즈가르드에서 이렇게 먼 곳까지 자세하게 조사할 수는 없을 텐데……. 정말로 한번 조사해 봐야겠네요."

야…… 너 혹시 이쪽 문제에도 연관됐냐, 펜넬.

"파르닐, 이것도 솔직히 말해줘. 네가…… 이번 사건을 꾸민 직접적인 이유, 계기는 뭐였어? 쌓이고 쌓인 불만뿐만은 아니지?"

"……대답하면 날개로 협박 안 해?"

"그래, 안 할게. 솔직히 말해줘."

그럼 다음에는 뿔로 협박하자. 속으로 그렇게 생각하는데 그녀는 안도한 기색으로 조용히 속내를, 이번 흉계를 꾸민 이유를 말해줬다.

"이곳에 남은 칠성과 봉인. 눈앞에 있는데 자세한 구조도 해석 방법도 모르는 게 쭉 불안의 불씨였어. 그런데…… 그 남자, 펜넬이 기회를 준 거야. 이곳 술식을 재조정할 필요가 있다, 협력해 달라고."

그건 방금 슌에게 들은 내용과도 통하는 부분이 있었다. 놈은 파르닐이 보는 앞에서 술식의 비밀을 보여주려는 양 공개적으로 조정을 시작했다고 한다.

"내가 보는 데도 전부 드러내 놓고, 우리가 못 하는 일을 태연하게 해내는 그를 보고 생각했어. 『마음만 먹으면 언제든 우리를 멸망시킬 수 있지 않을까』라고. 생각해 봐. 나라에 폭탄을 끌어안았는데 상대방만 기폭 방법을 알고 있는 셈이야."

"……확실히 위기감이 생길 만도 하네. 다리아와 슌도 결국 서즈가르드 인간이니까 반박하고 싶겠지만, 제삼자인 내가 보기에는…… 솔직히 이런 말 하기 싫은데 이쪽 주장도 이해돼."

"그, 그치?! 그래서 나는 그날부터 엿본 술식을 계속 연구한 거야."

"사정은 알았어요. 그리고 당신은 그때 뭔가를 추가했다고 생각하는 거죠? 정보가 전부 새는 것도 어쩌면 그 때문인지도 모르고."

"잠깐만 기다려. ……줄리아를 봉인했을 때 이야기를 들려줘."

"그건…… 단지 그 아이는 모든 걸 받아들이고 있었다고밖에 할 말이 없어. 봉인되면 무사할 수 없다, 설령 시간이 지나도 원래 생활로 돌아갈 수 없다는 이야기를 미리 들었으니까."

"……그럼 뭐야? 나는 그것조차 모르고 지금까지…… 그냥 이용당했던 거야?"

슌이 주먹을 꽉 쥐었다. 나도 주먹에 힘이 들어갔다. 슌의 고통이 쉽게 상상이 되었다.

펜넬. 너는…… 너는 끔찍하게도 사악한 인간이다. 하지만 듣고 보니 그렇다. 놈은 원래 스승으로 받들던 류에를 태연하게 속이고 지금까지 살아온 인간이 아니던가.

"펜넬…… 상상 이상으로 역겨운 자식이군. 다리아, 지하 술식을 조사할 때는 류에도 같이 가. 어쩌면…… 더 심각한 게 나올 수도 있어."

"네. 솔직히…… 저도 그런 예감이 들어요. 파르닐, 이번에는 정식으로 부탁할게요. 술식 해석이 끝날 때까지 이 성에 머물게 해주실래요?"

"무, 물론 괜찮아. 마음껏 있어. 그러니까 저기…… 또 회담 자리를 열어줬으면 해. 이대로 가면 또 냉전으로 험악한 사이가 되잖아? 그건 싫어."

"네가 뿌린 씨잖아. 앞으로의 관계는 너 하기 나름 아니야?"

뭔가 말이 안 맞다. 처음 느꼈던 인상과 너무 다르지 않은가. 아니…… 처음부터 이 녀석이 두려워하던 것은 자기 영주민이 불이익을 뒤집어쓰는 일이었나…….

"이야기는 이걸로 일단 끝이야. 이제는 각자 할 일을 하자. 파르닐, 잠깐 괜찮아?"

"뭐, 뭐야……? 배상이나 보복이라면…… 나 혼자서 처리되는 선에서 부탁해."

"그건 차차 생각하고…… 해상 정원이 바닷물에 침수됐어. 그 점 우선 사과할게. 화단도 갈아치워야 할 테고 연해에도 큰 피해를 끼쳤어."

너무 두려움을 샀지만, 사후 보고는 제대로 해야 한다고 생각했다.

하지만 그게 어지간히도 의외였는지, 파르닐은 입을 벌리고 넋 나간 표정을 보였다.

"그, 그래……? 파괴와 살육밖에 관심이 없는 줄 알았는데……."

"사람을 뭐로 보고. 뿔을 확 잘라 버릴라. 나는 예의를 차리는 사람에게는 예를 갖춘다고. 일부 예외는 있지만."

"힉! 아, 알았어. 꽃은 불쌍하지만, 영주민과는 비교가 안 돼."

"아, 그리고 미사토가 꽁꽁 얼어 있어서 버려두고 왔어. 살았는지 죽었는지 모르지만, 살릴 수 있으면 살려서 감옥에 넣어. 그 모양이어도 해방자야. 악용하려는 인간도 있을지 몰라. 이미 힘은 일부 빼앗았지만."

"응, 알았어. 그럼 다리아, 그 이야기는 언젠가 전부 해결되면 상담하자. 슌, 너도 성에 체류해. 그 아이 곁에 있고 싶지?"

"고마워. ……앞으로 내가 여길 벗어나는 일이 있으면, 그 아이를 부탁해도 될까?"

"물론 괜찮아. 내가 해줄 수 있는 일은 그 정도밖에 없는걸."

의외로 슌은 이번 소동에도 불구하고 이 녀석을 믿는 눈치였다.

편향된 사상으로 폭주한 인간이지만…… 그게 아니면 좋은 영주였나?

"아, 맞아, 슌. 이곳 치유사보다 류에한테 보여주면 어때?

아마도 회복술에 관해서는 류에에게 견줄 사람이 없다고 보는데."

"그래…… 그러자. 지금은 지푸라기라도 잡고 싶어. 카이 본, 부탁해도 될까?"

"맡겨줘. 나도 일단 돌아가서 상황을 설명하고 싶어. 이야기를 마치는 대로 다시 올게."

그녀들이 없는 사이 사태가 꽤나 진행되어 버렸는데, 지금쯤 뭘 하고 있을까?

§ § §

"네, 완성했어요. 이제 사이즈는 맞을 거예요. 어떤가요?"

"고맙습니다, 레이스 씨. 굉장히 손재주가 좋으시네요. 재봉이 특기인가요?"

"네. 딸들의 옷을 만들거나 고치거나 했어요."

"딸이 있으셨어요? 역시 카이 군과 사이에 생긴……."

"아, 그게 아니라…… 갈 곳 없는 아이들을 거뒀어요."

"아…… 훌륭한 분이네요, 레이스 씨."

카이 씨와 다리아 씨가 성으로 가고 몇 시간 후. 한 번 무기를 들이대서 거북하기는 하지만, 어떻게든 대화의 실마리를 잡으려고 고민한 결과 그녀에게 전에 준 옷을 수선해주기로 했다.

거북하다는 감정도 있지만, 그보다 큰 것이 『호기심』이었다.

왜냐면 그녀는…… 카이 씨가 원래 있던 세계의 동생이니까.

"그나저나…… 류에 씨는 괜찮을까요? 혼자 가셨는데."

"괜찮아요. 류에는 그렇게 보여도 굉장히 강해요. 다만 조금……."

"네. 어벙하죠. 그렇게 수상한 차림으로 나가면 더 눈에 띄는데 말이에요."

그랬다. 류에는 이 거북함, 그리고 조사하고 싶은 마음을 이기지 못하고 먼저 이 공간에서 빠져나가 버렸다. 『나, 순찰 돌고 올게!』라면서.

"아, 딱 맞아요, 레이스 씨. 정말로 손이 꼼꼼하시네요. 저는 뭘 만드는 재주가 없어서 부러워요."

"후후, 그냥 익숙해서 그래요. 치세 씨도 연습하면 할 수 있을걸요?"

"그러면 좋겠네요. 저는 가족 중에서 혼자만 손재주가 없어요. 부모님도 손재주가 좋았죠."

"어머, 그래요?"

"네. 특히 어머니와…… 오빠가 있었는데, 오빠도 정말 손끝이 야물었어요."

심장이 크게 뛰었다. 뜻하지 않게 듣고 싶었던 말을 물을 기회가 굴러들었다.

"오빠가, 있으셨어요? ……어떤 분이셨나요?"

“궁금하세요? 그 사람은…… 입이 험하고 요리를 잘하고…… 걱정이 많았어요.”

“어머, 입이 험했나요?”

“자주 『망할 꼬맹이』라는 말을 들었어요. 뭐, 어릴 때 이야기지만요.”

“어떡해! 못된 아이였네요. ……사이가 안 좋았나요?”

그만 묻고 말았다. 그 사람이 어떤 사람이었는지. 그리고…… 그녀의 심경을.

“나쁘지는, 않았죠. 그냥…… 부담됐을 거예요. 방금 『오빠가 있었다』고 말했죠? 우리 오빠, 사실 이제 없어요.”

“……네.”

“실종돼서 경찰…… 기사단 같은 사람들한테 수색을 요청했어요. 그래도 몇 년이 지나도 감감무소식이에요. 그러니까 아마…… 어디서 죽었겠죠.”

“……이 이야기는 그만하죠. 제가 눈치가 없었어요. 정말로 죄송해요.”

“후후, 됐어요. 분명히 오빠는 괴로웠을 거예요. 무거운 짐만 짊어지다가 넌더리가 났겠죠. 그러니까…… 해방됐다면, 그걸로 됐다고 치려고요.”

끝까지 이야기를 마친 치세 씨의 얼굴은 무척, 무척 괴로워 보였다.

내가 생각이 없었다. 남은 가족의 심경이야 뻔한 것을…….

"앗, 죄송해요, 분위기 어색해졌네. 이제는 정말로 별생각 없어요. 맞아, 뭔가 재미있는 이야기라도…… 그 오빠가 생전에는 여자 보는 눈이 없어서—."

§ § §

숙소로 돌아오자 뒷골목에서 누군가 나타나 가까운 곳에 쌓인 나무상자 뒤로 숨거나 갑자기 뛰어올라 간판을 잡는 등 정신없이 돌아다니고 있었다.

"류에, 뭐 해? 아까부터 수상하게. 사람들이 쳐다보잖아."

"아, 카이 군, 어서 와. 지금 치세를 노리는 수상한 녀석이 없는지 감시하고 있어."

"응. 류에가 가장 수상해. 그 부분은 일단 안심해도 되니까 숙소로 들어가자."

후드를 뒤집어쓴 어쌔신 류에 씨, 귀엽다. 주위에서 손가락질당했지만.

일단 세류 영주의 계획을 막았고 칠성도 해치웠다고 전하려고 방으로 들어가려던 때였다. 문 너머로 치세와 레이스의 대화가 들렸다.

『—실은 오빠가 처음 생긴 여자 친구를 집으로 데리고 왔거든요?』

그 순간 문을 쾅 열어 이야기를 끊었다. 잠깐만 기다려주십쇼, 아가씨들.

“안녕? 본본 오빠가 돌아왔어. 그런데 레이스, 나중에 이야기 좀 할까?”

“아, 어서 오세요, 카이 군. 지금 오빠 이야기를 하던 참이에요.”

“그래? 그래도 가족의 실수를 모르는 곳에서 떠벌리는 것도 불쌍하지 않아?”

“……그것도 그러네요. 레이스 씨, 죄송해요. 이 이야기는 여기까지만 할게요.”

“그, 그래요……. 말해주셔서 고마워요.”

레이스 씨, 눈 돌리지 마세요.

“뭐, 이게 중요한 게 아니지…… 아, 맞다. 이야기하기 전에 류에, 선물이 있으니까 줄게. 이 지팡이야.”

“응? 내 지팡이는 엄청 좋은 물건이라서 받아도 안 쓸지도 모르는데? 마음은 기쁘지만…… 어, 그치만 이건…… 카이 군, 이거 어디서 찾았어?”

오, 역시 류에다. 이 지팡이의 대단함을 한눈에 알아봤군.

“오오…… 마력 전도율도 내구력도 엄청나……. 이런 물건 처음 봤어……. 내 거보다 강해!”

지팡이를 빙글빙글 돌리며 폴짝폴짝 뛰는 모습을 보자니 마음이 흐뭇하구만.

쭉 심각한 분위기가 이어지던 터라 한숨 돌리고 싶은 마음에 그만.

"오오, 대단해! 정말로 어디서 구했어? 이거 물건이야!"

"그거 칠성이 쓰던 지팡이야. 쓰러뜨리니까 떨어뜨렸어."

"아하, 칠성 지팡이구나! 강할 만도 해! 색도 예쁘고, 기뻐…… 응?"

"네? 카이 씨, 지금 이상한 말 하지 않았나요?"

서두는 이만하면 됐겠지. 그럼 이야기할까. 성에서 무슨 일이 있었는지—.

§ § §

레이스의 주먹을 받은 베개가 퐁 소리를 냈다. 그녀라면 격분할 내용이었다.

파르닐과의 싸움. 봉인의 진실. 슌의 동기. 그리고…… 칠성과의 싸움.

모든 이야기를 마쳤을 때, 레이스는 참지 못하고 분노를 발산했다.

"슌 씨에게는 안 좋은 감정이 있어요. 그래도…… 그건 너무하잖아요! 딸이나 마찬가지인 가족을 방패로 이용당하다가 결국은 그런 결말이라니…… 이러면 안 되는 거잖아요!"

"누가 희생되고 있다고는 생각했지만, 그런 일이……. 심지어 직접 마력을 막는 댐으로 쓰다니…… 아무런 보호도 없이 그런 짓을……. 용서받지 못할 짓이야.”

비슷한 처지였던 류에. 아이를 위해서 살았던 레이스. 두 사람의 반응은 격했다.

나는 이번 사건의 진실을 파헤치기 위해서 다시 술식을 조사할 필요가 있다고 전했다.

“카이 군이 무슨 생각을 하는지는 알아. 세류 영주의 변심, 사고방식 변화까지…… 그 아이의 소행일지도 모른다고 보는 거지?”

“……맞아. 그 녀석은 사람의 마음에 작용하는 술식까지 짜냈다고 했지? 백발에 대한 거부감을 조장하는 술식. 그러니까 이번에도 그런 게 아닐까 해.”

내가 다리아뿐 아니라 류에에게도 술식을 봐줬으면 하는 이유가 이것이었다.

어쩌면 이 성에도 서즈가르드와 같은 특정 감정을 자극하는 술식이 설치되어 파르닐이 영향을 받았을지도 모른다고 생각했다.

그뿐이 아니었다. 어쩌면 봉인을 조정하는 모습을 일부러 보여줘서 파르닐의 위기감을 부추겼을 가능성도 있었다. 단순한 억측일 수도 있지만.

“알았어. 지하에서 물이 빠질 때까지 시간도 걸릴 테니까 이따가 나도 도우러 갈게. 그래도 그 전에…… 줄리아, 라고 했지? 그 아이부터 봐야겠어.

"그래, 부탁할게. 만약 어려워도 나나 슌은 너를 원망하진 않아. 부담 갖지 마."

"응. 그럼 바로 출발하자. 카이 군, 안내해줘."

"저도 동행할게요. 그 사람, 슌 씨와 이야기하면 뭔가 도움이 될지도 몰라요."

레이스의 제안은 솔직히 고마웠다. 우리로서는…… 같은 부모의 관점에서 이야기할 수 없었다.

레이스라면 분명히 그 녀석의 고민과 갈등을 조금이나마 덜어줄 수 있겠지.

"저도 따라가도 될까요? 이 로브, 영주님한테 빌린 거라서요."

"아, 모습을 감출 수 있댔지? 알았어. 같이 가자."

당장의 위기는 일단 피해 갔다. 하지만 그와 동시에 지금까지 있었던 일이 모두 펜넬이라는 하나의 선으로 이어졌을 가능성이 대두됐다.

역시 그때 느낀 내 감각은 옳았다고 확신했다.

너는 내 적이다. 틀림없이 불구대천의 원수다. 장담하건대 너와 나는 서로를 죽이려고 할 것이다.

대의명분은 이미 얻었다고 봐도 무방하다. 그러니까…… 내 마지막 비장의 카드는 효력을 발휘한다.

나만이 아니다. 너는 레이스와 류에, 그리고 슌과 다리아의 분노도 샀다.

결전의 시간이 다가왔음을 느끼며 우리는 마지막 확증을 얻기 위해 성으로 향했다.

4장 그 소망의 끝에서

"슌, 나야. 류에를 데리고 왔어. 들어가도 돼?"

"그래, 들어와."

성으로 와서 곧장 슌의 방으로 가자 슌이 침대에 누운 줄리아를 조용히 바라보고 있었다. ……눈이 빨갛다. 울고 있었나.

"슌, 오랜만이야. 그 아이가…… 줄리아구나?"

"……내가 너희에게 이런 부탁을 할 처지는 아니지만…… 상태를 봐줘."

류에가 조용히 줄리아 옆에 앉아서 빛나는 손바닥으로 그녀의 몸 전체를 훑었다.

"슌 씨, 안색이 안 좋아요. 가볍게 먹을 음식을 챙겨 왔으니까 드세요."

"……미안, 신경 써줘서 고마워. 그래…… 내가 쓰러지면 안 되지……."

그러면서 조용히 류에의 진찰을 지켜봤다. 류에는 줄리아의 몸을 얼추 다 살핀 다음, 손바닥의 빛을 없애고 진지한 얼굴을 들어 말했다.

“관절 일부를 혹사한 흔적이 있지만, 신체 자체는 건강해. 듣기로는 마음이 병든 것도 아니라고 했지? 그렇다면…… 머릿속일 거야.”

“그래? 머리에 이상이 있다고 보면 돼……? 고칠 수는 없을까……?”

“머리는 굉장히 복잡해서…… 상처를 고치는 것만 해도 굉장히 집중이 필요해. 머릿속에 만약 이상이 있어도…… 마력을 흘려보내면 어떻게 될지…… 장담하기 어려워.”

아마도 뇌를 말하는 거겠지. 지구의 의사들도 어려워하는 기관이며 그 기능을 완전히 파악하지 못하는 곳이었다. 그야…… 어렵겠지.

“이상을 일으킨 곳을 찾기도 어려워. 자칫 잘못하면 깨어나지 못할지도 몰라. ……슌, 미안해. 내 회복 마법으로는…… 아무 도움도 못 줘.”

“그래……. 뇌가 문제라면…… 어려운 건 나도 알아……. 이해해.”

“마력 없이 조사하면 위치만은 알 수 있을 거야. 그래도 치료하려면 현대 회복 마법으로는 어쩔 도리가 없어. 이 분야가 더 발달하지 않으면…….”

이를 갈았다. 나도 슌도 알고 있었다. 뇌를 덜 위험하게 조사하는 지구의 의료 기기를. 하지만 설령 조사를 해도 이 세계에는 그것을 고칠 수단이 없었다.

"슌…… 나도 제안이 있어. 너도 생각했겠지만, 이 세계에는 MRI도 CT도 없어. 하지만 몸을 오래 무사한 상태로 봉인하는 방법은 존재해."

"……나도, 그걸 생각하고 있었어. 지금은 힘들어도 언젠가 마술과 기술이 발달하면……."

아이러니하게도 지구에서는 인체를 냉동해서 무사히 해동하는 기술이 아직 확립되지 않았다. 하지만 그 대신 머릿속을 조사하는 방법도, 외과 수술도 존재했다.

반면, 이 세계에는 치료법은 없어도 오랜 봉인에서 안전하게 깨울 수 있는 수단이 있었다.

"다행히 나는 나이를 안 먹어. 설령 천년이 걸려도 기술이 진보하기를 기다리겠어."

"그래. 미안하다. 결국 이런 해결책밖에 없어서."

"아니, 상관없어. 나중에 다리아에게 상담해 볼게. 이 애를 편안하게 재울 방법을……."

혼자 있고 싶다는 슌의 의사를 존중해 우리는 알현실로 갔다.

"슌 씨는…… 저 아이를 정말로 소중하게 생각하는군요……."

"천년이라도 기다린다, 라……. 회복 마법이나 마도구가 더 발달하면……."

"저렇게 힘든 상황에서도 저 사람은 저를 도와줬어요. 저도 은혜를 갚고 싶은데…… 저로서는 할 수 있는 일이 없네요……."

세 사람도 지금 본 광경에 마음이 아픈 눈치였다.

나도 그랬다. 조금이라도 기대를 품게 해놓고는 결국 이 모양이다. 큰 죄를 지은 기분이다…….

알현실에 도착하니 이번에는 방금과는 180도 다른 맥 빠지는 광경이 펼쳐져 있었다.

"뭐, 뭘 하려는 건가요……? 바닷물이 지하실로 더 들어오지 못하게 바깥에 얼음벽은 세웠지만, 언제 다시 물이 들어올지 모른다구요."

"괜찮아, 나한테 좋은 생각이 있어! 내 허리 꽉 잡고!"

파르닐이 상반신을 지하도로 집어넣고 다리아가 남은 하반신을 잡고 있었다.

너희 뭐 하냐? 지금 다리아가 손을 놓으면 그대로 바닷물에 꼬르륵 아니야?

"간다~! 하나, 둘…… 이야아아아아아아압!"

그 순간, 불이 확 타오르는 소리가 들렸다. 뭐야? 뭘 하는 거야?

"바바! 덤덤 등발해!(봐봐! 점점 증발해!)"

"설마?! 안 돼요, 파르닐 님! 불 그만 뿜어요!"

"에? 이예 것 긋나는데?(왜? 이제 곧 끝나는데?)"

저건…… 큰일 났다, 충격에 대비해야 한다!

세 사람을 물린 직후, 맹렬한 폭음과 함께 지하도에서 불길이 치솟아 파르닐이 여기로 튕겨 날아왔다. ……와우, 그 폭발에서 상반신만 살짝 그을리고 말았다.

"마이 볼, 캐치. 너 뭐 하냐? 지하도를 무너뜨릴 생각이야? 방해하고 싶어?"

"아, 아니야……. 물이라면 증발시키려고 했는데…… 왜 폭발했을까."

파르닐은 고개를 갸웃하며 다시 지하도 입구로 갔다. 혹시 이 녀석, 진짜로 바보 아니야?

"카이 군, 저 사람이 세류 영주야? 나쁜 사람 같지는 않은데."

"그, 그러게요. 그냥 열정적인 사람 같은데, 이번 사건의 원흉……이란 말이죠?"

"네, 저 영주님이에요. 의외로 예전부터 저런 성격이었어요……."

지당한 의문이지만, 저게 해방자를 소환한 범인입니다.

"물이 거의 빠졌어! 카이, 칭찬해줘! 이제 조금은 다시 봤지?!"

"안 봤어. 다리아, 류에를 데리고 왔으니까 같이 지하실을 조사할까?"

"아, 어서 와요, 카이본. 여러분도 와주셔서 고마워요."

너와는 첫 만남이 너무 안 좋았어. 미안하지만, 지금은 너랑 친해질 생각 없어. 정말로 근본적인 범인인지는 이제부터 조사해 봐야 알겠지만.

우리는 물이 빠진 지하도를 통해 수정이 안치되었던 방으로 갔다.

"여기에 모든 술식이 모이고 수축된 모양이에요. 방 전체에 술식이 새겨져 있는데, 전에 류에가 해석한 대로 술식의 의미가 반전된 거 같아요."

"그건 서즈가르드 일대의 대륙에 새겨진 술식이지만…… 거의 똑같은 술식이 여기에도 있어. 게다가…… 어떤 큰 통로가 나 있어."

"그렇다면 역시 파르닐 님은…… 아뇨, 그보다 그 큰 통로에 뭐가—."

방에 도착하자마자 다리아와 류에가 진지한 얼굴로 술식을 해석했다.

그리고 레이스는 방의 균열을 수복해 바닷물이 더 들어오지 못하게 막았다.

"카이, 저 아이들은 누구야? 무서운 속도로 내 성의 비밀을 밝히고 고치고, 놀라울 지경이야. 굉장한 인재잖아. 내 영지에 고용할 수 없을까?"

"내 미래의 아내들이니까 넘보지 마. 이상한 수작 부리면 뿔 잘라 버린다?"

"힉! ……그런데 너, 아내를 둘이나 두려고? 그렇구나, 그러면……."

뭐가 『그렇구나』야? 아무튼 술식 해석은 순조로워 보였다.

그렇게 잠시 다리아와 류에가 조사하는 사이, 할 일이 없어서 파르닐을 놀리는데 술식 해석을 끝낸 두 사람이 묘한 표정으로 위로 올라가자고 제안했다.

분위기를 보아하니 그다지 좋지 않은 사실이 판명된 모양이었다.

"결론부터 말할게요. 펜넬이 술식을 고쳐 쓴 흔적을 찾았어요. 파르닐 님…… 당신도 적지 않게 그 영향을 받았을 거예요."

"사실 이 성에 사는 특정 인물을 노렸다고 봐도 무방해. 그리고…… 굉장히 큰 술식 회로라고 해야 하나? 그걸 숨겨놨어, 교묘하게."

"네. 파르닐 님이 말씀하신 자신에게 모이던 마력도, 실은 칠성이 아니라 그 회로를 통해 흘러든 거라고 생각해요."

알현실에서 두 사람이 그렇게 설명하나, 그게 무슨 의미인지는 잘 이해하지 못했다.

요약해 달라고 부탁하자 두 사람이 미안한 표정을 지었다.

"파르닐 씨는 아마 방대한 마력을 모으고, 그걸 해방해서 단번에 서즈가르드로 보내는 역할이었을 거야. 즉…… 이용당한 거지."

“이래 봬도 나는 드래고니아 최강자라고 자부해. 함정이 있고 정보가 새어 나갈지 모른다고는 생각했지만, 이용당했다는 건 납득이 안 돼.”

“마지막으로 그가 방문한 게 230년 전이라고 했죠. 그사이에 서서히 영향을 받았을 가능성은 충분하다고 봐요. 그리고…… 숨겨진 술식 회로에는 방대한 마력이 지나간 흔적도 있어요. 이번 일을 위해 미리 준비했을 가능성이 커요.”

“나는 이미 그 아이가 어떤 음모를 꾸몄다고 해도 믿을 거야. 두 칠성의 방대한 마력을 가로채서 무서운 일을 계획했어도 이상할 게 없어.”

솔직히 나도 그게 맞다고 생각한다. 지금까지 벌어졌던 일들은 너무 자연스럽게 이어져 있었다. 애초에 사건의 발단은 파르닐이 펜넬에게 위기감을 느꼈기 때문이니까.

그렇다면 거기서 시작된 일련의 사건에 놈의 의도가 숨어 있어도…… 이상하지 않다.

“……그렇게 오랜 기간이라면 나도 영향이 없었다고는 단언하기 힘들겠어. 그래도 실제로 행동한 사람은 나고 실제 피해가 나온 것도 나 때문이야. 진상이 밝혀져도 딱히 내 죄가 가벼워진다고는 생각하지 않아. 다리아, 지금 내가 할 수 있는 일이 있을까?”

“……그럼 우선 엘다인 평정에 힘써주세요. 우리는 펜넬에게 진의를 물으러 왕국으로 돌아갈게요. 그게 끝나면……

당신 희망대로 다시 회담을 마련하죠. 이번에는 우리만이 아니라 모든 영주를 모아서. 그러면 괜찮을까요?"

"……응, 알았어. 마차라도 내가 준비할게. 마음 같아서는 나도 따라가고 싶지만…… 이번 일로 폐를 끼쳤으니까 얌전히 평정에 집중할게."

조금만 더 평가를 달리하겠다. 그녀의 책임감과 청백함은 확실히 영주로서 좋은 자질이라고 생각한다. 게다가…… 내가 무서워서 잘 보이려는 의도가 아닌, 진심이 엿보였다.

그렇게 결과 보고가 끝난 타이밍에 맞춰 슌이 찾아왔다.

아무래도 다리아에게 줄리아를 다시 봉인하기 위해 상담하러 온 듯한데―.

"류에도 치료는 어렵다고 하던가요……. 그래서 재봉인을……."

"지금은 안 되더라도 미래에 희망을 걸겠어. 나도 검 이외의 분야에도 눈길을 줄 생각이야."

"장기 봉인에는 유지용 마력도 필요해. 칠성의 마력을 쓸 수 없는 이상, 다른 수단으로 공급해야 해. 적어도 그 유지는 내 영지에서 부담할게."

파르닐이 그렇게 제안했다. 정말로 슌에게 미안함을 느끼기 때문이겠지.

"슌도 파르닐 님도 잠시만 기다리세요. 카이본, 제 기억에도 있는 MRI 같은 고도의 의료 기기가 필요한 거죠?"

"그래. 그걸 전제로 치료법을 확립해야 해. 의료 발전에 기대해야지."

그러자 다리아는 고민하더니 살며시 웃으면서 말했다.

"카이본. 당신은 원래 무엇 때문에 저를 나라에서 데리고 나오려고 했었죠?"

"뭐 때문이냐니…… 그야 너를 그 마을로 데리고 가려고—아!"

그 말을 듣고 떠올렸다. 이 세계에도 과학과 마법이 고도로 융합되어 만들어진, 지구에도 없는 특별한 의료 기기가 존재한다는 사실을.

"촌장님의 캡슐! 맞아, 그게 있었지! 그거라면 가능성도 있어!"

"바로 그거예요. 우수한 간호사인 촌장님도 있으니까 포기하기는…… 아직 일러요."

우리는 말했다. 아직 포기하기는 이르다고. 마지막으로 크나큰 희망이 남았다고.

"그런 물건이 정말로…… 알았어. 그럼 마지막으로 거기에 걸어 볼게. 파르닐 님의 제안은 그 뒤에 생각하겠습니다. 그래도 될까요?"

"응, 물론이지. 그렇다면 큰 마차가 필요하겠네. 준비할게."

어차피 서즈가르드로 가는 최단 경로는 그 마을을 경유

해야 한다.

그렇다면 거기서 줄리아의 진찰이 가능한지 조사하면 된다.

이것저것 의견을 나누는 사이 향후 예정이 정해져서 우리는 당장 내일 이곳을 떠나기로 결정했다. 그리고 그건 결전의 때가 다가왔다는 의미이기도 했다.

"의외로 빠르군. 다리아, 이미 대의명분은 충분하지?"

"칠성 봉인 악용. 공화국 영주 세뇌. 성녀와 근위대장을 배신. 충분하고도 남을 정도예요. 아무리 잘해도 구속은 면하지 못할 입장이에요."

"맞아. 카이본, 네가 준비하던 그것도 써야 할 거야. 하지만 그 전에 성과 인근 주민은 대피시키고 싶어. 그거 하나만 부탁해도 될까?"

"당연하지. 아마 그 녀석은 저항…… 아니, 우리를 없애려고 할 거야. 그러니까 미리 싸움의 무대는 정리해야지. 걱정마, 내 적은 이미 그 녀석뿐이니까."

오잉크에게 처음 이 나라에 관해 들었을 무렵에는 이 나라 자체가 증오의 대상이었다. 당시 나는 류에의 복수밖에 생각하지 않았건만, 어느샌가 그 나라를 지키고 피해를 최소화하려고 고민하고 있었다.

나도 많이 변했군. 아니, 바꿔준 것이다. 오늘까지 만난 수많은 사람이.

"내일 출발하려면 우리도 준비해야 해. 이쯤에서 숙소로 돌아가도 될까?"

"응, 알았어. 다리아는 어쩔래? 잠시 더 있다가 갈래?"

"……그래요. 전 여기 남을게요. 지하실 술식도 조정해야 하고."

그렇게 해산하려는데 이야기에 끼지 못하던 치세가 파르닐에게 로브를 반환했다. 이상한 짓은 안 했겠지?

"수고했어. 소환자로서 네게도 아무것도 못 해줬지. 미안해."

"아니에요. 이 도구로 몇 번 도움을 받았는지 몰라요. 그리고 결과적으로 저는 당신을 배신했어요. 사과할 사람은 저죠. 죄송합니다, 파르닐 님."

"아니야…… 너는 잘 해줬어. 만약 네 마음이 변해서 이 세계에서 살아가겠다면…… 내가 네 생활을 보장할게. 그것만은 기억해 둬."

……어째 굉장히 좋은 영주 같아서 괴롭히던 내가 나쁜 놈이 된 기분이다.

"그럼 우리는 갈게, 파르닐. 마차 말인데, 사람이 생각보다 늘었으니까 객차는 큰 걸로 부탁해. 그리고 미사토도 알아서 처리해줘."

"알았어. 사태를 파악할 때까지 그 애는 철저히 감시할게."

그리하여 도착한 지 얼마 되지도 않았지만, 우리는 세류를 떠날 채비에 나섰다.

§ § §

“지금까지 머물렀던 곳 중에서도 최단기간 아니야? 나는 아직 이곳 관광도 못 했어.”

“원래 관광이 목적이 아니잖아. 그래도 숙소로 가기 전에 쇼핑이나 해 둘까?”

“또 그 마을에 가는 거죠? 그럼 선물이라도 사서 가지 않을래요?”

숙소로 직행하려던 계획을 취소하고 레이스의 제안에 따라 시장이나 상점이 늘어선 거리를 찾아 나섰다.

맞아, 까맣게 잊고 있었다. 약속하지 않았는가, 『세련된 선물』을 사기로.

뜻밖에 빠른 귀환이지만, 아직 아마미는 그 마을에 남아 있을까?

그러자 때마침 길 앞으로 장식품을 파는 가게가 보였다. 당연히 여자들은 그곳을 그냥 지나칠 리 없었고 의외로 치세도 기뻐하며 가게로 들어갔다.

으음…… 이미 사회인이겠지. 흥미를 느끼는 게 당연한가.

“오…… 대단해. 이 가게 액세서리는 예쁘기만 한 게 아니야. 이거 전부 마법 액세서리야! 헤…… 술식 각인을 디자인으로 녹여냈어.”

“어머……! 설마 『명공 파르자노』 작품이 이런 곳에 있다니……!"

"예쁘네요. 그리고…… 가격도 어마어마하고. 저랑은 인연이 없는 가게 같아요."

기뻐하는 두 사람과 세상살이에 찌든 치세. 나도 선물로 적당한 것이 없는지 물색을 시작했다. 세련된 물건이라…… 제법 어려운 주문을 했군.

"예쁘면서도 실용성이 있는 편이 나으려나? 그래도 지금은 기사였지……."

너무 눈에 띄는 액세서리는 피하기로 하고…… 뱅글은 어떨까?

"앤틱 도금이야? 너무 화려하지 않고 세공도 아름다워. 몸 표면의 온도를 일정하게 유지하는 효과도 있나 봐."

내가 찾은 것은 레이스 모양으로 세공한 고풍스러운 뱅글이었다.

기후가 불안정한 이 대륙이기에 유용한 마술 효과도 있고 제법 괜찮은 물건이 아닐까.

"카이 군도 액세서리를 사나요? 아니면 류에 씨나 레이스 씨한테?"

"아니, 친구한테 줄 선물을 고르려고. 이걸로 정한 참이야."

"뱅글…… 8만이나 하는 걸 선물로 준다니…… 카이 군, 부자인가 봐요."

"하하하…… 신세를 많이 졌거든. 치세는 안 사?"

"받은 돈은 전부 숙박비와 식비로 썼어요. 눈요기나 할게요."

하긴, 미사토는 사치를 부리려고 돈을 많이 요구했다지만, 치세는 그럴 성격이 아니지. 겸허하다고 해야 하나, 미니멀리즘이라고 해야 하나.

"치세, 치세. 전에 햄한테 목걸이를 줬지? 그걸 대신한 목걸이는 어때? 이건 별로 안 비싸."

"그러고 보니…… 예쁜 물건을 선물했었죠. 괜찮았나요?"

"네. 소중한 물건이지만, 앞으로 그 아이를 대신 지켜줬으면 해서요."

"흠, 그런 일이 있었어? ……그럼 대신 내 선물을 받아줄래?"

단순한 구실이었다. 언젠가 이 세계를 떠날 동생에게 이별 선물을 주기 위한.

"아뇨, 뭘 그런 걸 다. 제가 주고 싶어서 준 거니까 괜찮아요."

"나도 주고 싶어서 그래. 그 아이에게는 나도…… 도움을 받았거든. 그 아이를 지켜주기도 했고 너한테 한 번 답례를 하고 싶었어. 받아줬으면 좋겠어."

내 마음을 헤아렸는지, 두 사람도 받아달라며 말을 보탰다.

그러자 결국에는 마지못해 가능한 한 싼 펜던트를 요청했다.

좋았어, 진지하게 골라볼까. 마법 액세서리는 비싸다고 거절할 테니까 평범한 물건을 고르자. 다행히 치세의 취향은 나도 잘 안다. 은색과 오렌지색에 너무 화려하지 않은 것이다.

"……이거나 이게 괜찮네……. 치세, 어느 쪽이 좋은지 골라줄래?"

"직접 골라주셨으면 하지만…… 알겠어요, 그럼 제가 정할게요."

치세는 꽃이 그려진 은색 참(Charm)과 오렌지색 보석이 들어간 펜던트를 들었다. 흠, 이게 좋단 말이지. 바로 사자.

"옛날에 오빠도 생일 선물을 살 때, 저한테 카탈로그를 주고 고르게 한 적이 있어요."

"아하하, 그런 일이 있었어? 합리적일지는 모르겠네."

"후후, 신중하다고도 할 수 있겠네요."

……읏, 류에랑 레이스, 내가 발전이 없다고 말하려는 건가?

아무튼 아마미에게 줄 선물과 치세에게 줄 선물을 샀으니까 됐다고 치자.

그렇게 필요한 도구와 음식 재료를 산 우리는 숙소로 돌아와서 내일에 대비했다.

다음 날 아침. 숙소 앞에는 지금까지 우리가 구하거나 빌린 것과는 비교도 되지 않게 큰 마차가 서 있었다. 말하지 않아도 알겠지만, 파르닐이 준비한 마차였다.

"이건…… 처음 보는 마물이네요. 게다가 객차도 조금 특이해요."

"이건 켈피라고 해서 물속도 달리는 마물이야. 물 위를 달리는 마차도 있다고 들었는데, 어쩌면 이게 그건지도 모르지."

“어쩜……! 그런 마차가 있나요? 카이 씨는 아는 게 많으시네요!”

죄송합니다. 전부 아마미한테 들은 내용입니다.

그러고 보면 아크라이트 경의 마차를 끌던 마물도 이런 켈피였다.

그때 객차의 문이 열리고 안에서 왠지 파르닐이 나타났다.

“왜 네가 타고 있어? 너는 안 따라오는 거 아니었어?”

“국빈 배웅도 영주가 할 일인걸. 너무 싫어하진 마.”

“저랑 슌, 줄리아도 있어요. 좋은 마차를 얻었네요.”

어제 성에 묵은 다리아 일행도 이미 타고 있었다. 그럼 남은 건 우리뿐인가.

나는 곧바로 마부석에 올라탔다. 슌도 옆에 앉더니 여기서부터 얕은 해변을 따라서 최단 거리로 녹스헤임으로 가겠다고 했다. 이런 강행군은 익숙하다고도.

“켈피로 수상을 달리려면 조금 요령이 필요해. 이런 잡무는 나한테 맡겨.”

“그래? 미안. 그래도 재미있겠으니까 나도 여기 앉을게.”

객차 쪽에도 일행이 모두 올라탔고 지금은 잠든 줄리아를 류에가 돌봤다.

사람이 많아졌지만, 그래도 객차는 넓고 컸다. 과연 전 황녀의 소유물이다.

최종 확인을 마치자 파르닐이 내 쪽으로 와서 말을 걸었다.

"카이. 너는 여기 또 올 거야? 이번 일이 전부 끝나면 회담을 열고 싶은데, 너는 서즈가르드 사람이지? 참가해줄 수 있을까?"

"아니, 나는 여행 중에 다리아와 동행했을 뿐이야. 그래도 어차피 세컨더리아 대륙에 가려고 여기 들를 테니까 그 회담에는 나도 참가하지 않을까?"

"그래? 그럼…… 여행이 끝나면 공화국에서 일할 생각 없어? 서즈가르드에만 신예기 인간이 있는 건 불공평하지 않아?"

이 녀석, 아직도 그런 소리를……. 평화로운 미래에 그런 힘의 논리는 필요 없을 텐데.

"노려보지 마. 딱히 무력 때문에 하는 소리가 아니야. 너, 나보다 강하잖아. 그럼…… 내가 또 잘못을 저지르려고 할 때 어떻게든 바로잡아 줄 거 같으니까."

"……잘못을 하지 않게 노력해. 게다가 다리아와 슌이 상대국에 있잖아."

"알았어. ……두 명이나 세 명이나 그게 그거일 텐데…… 안 되나."

뭐라고 우물거리는 거야. 똑바로 알아듣게 말해. 아무튼 이걸로 준비는 모두 마쳤다.

슌이 고삐를 잡고 출발 신호를 보냈다. 수상 마차라, 조금 기대가 부푼다.

"다음 일은 우리에게 맡겨주세요, 파르닐 님. 반대로 공화국은 맡길게요."

"그래, 조심해서 가. 아마도 싸움이 벌어지겠지만…… 틀림없이 괜찮아. 장담할게."

"후후, 그러게요. 누가 뭐래도 당신을 쓰러뜨린 카이본이 있으니까 안심하세요."

"……그렇게 말하면 마음이 좀 복잡해. 그래도…… 맞는 말이야. 나도 안심하고 정무를 볼 수 있겠어."

마차가 달리기 시작했다. 분명히 이게 이 대륙 마지막 싸움이 되겠지.

멀리 돌아왔는지도 모른다. 하지만…… 겨우 이곳에 슌과 다리아가 모였다.

지금 상황, 오잉크가 보면 부러워하겠지. 크크, 언젠가 같이 만나러 갈까.

"많은 사람 울리는군, 카이본. 최강종…… 역시 더 강한 자에게 끌리나."

"무슨 소리야? 오, 슬슬 물이 나와. 배와는 또 다른 재미가 있구만."

객차 창이 열리고 흥분한 레이스의 목소리가 들렸다. 그리고 마부석 쪽 창이 열리더니 이번에는 류에와 다리아가 얼굴을 내밀었다. ……긴장감은 우리와는 거리가 멀지.

"카이 군, 이따가 나랑 자리 바꿔줘. 바다 위를 달리면 엄청 상쾌할 거 같아!"

"알았어. 어디서 휴식하면 교대하자. 마부는 슌이 맡겠지만."

"응! 그럼 나는 계속 줄리아를 안아주고 있을래. 나랑 머리색도 비슷하고 아까 살짝 보였는데 눈동자도 같은 색이야. 꼭 동생이 생긴 기분이야."

그래, 확실히 닮았다. 다만, 그렇게 말하면 진짜 동생이라고 할 수 있는 레이스가 삐칠 것 같다. ……아니, 그럴 리는 없나. 오히려 자기 딸처럼 돌봐주면 모를까.

"너희는 정말로 사이가 좋군. 역시 좀, 부러워."

"그렇지? 그래도 너도 한때는 이런 시간을 보내지 않았어?"

"……그랬지. 카이본, 바다를 보다가 질리면 얘기나 들려줘. 너희가 어떤 여행을 했는지. 겨우…… 나도 네 이야기를 들을 수 있는 상황이 됐으니까."

"그래…… 마음껏 들려줄게."

고삐를 다루며 슌이 부드럽게 웃었다. 긴장의 끈이 마침내 풀린 것처럼.

그래, 얘기하겠다. 너와 비교하면 짧을지도 모르지만, 내가 써 내려 온 이야기를.

"처음은 엔드레시아부터겠군. 나는 대륙 북부에 있는 숲에—."

"아니, 바다는 벌써 질렸어? 조금만 더 여운이란 걸 느껴봐……."

아니, 그치만 파란색밖에 안 보이고 낚시도 못 하는데……

어쩔 수 없잖아?

§ § §

슌과 함께 행군을 시작한 지 나흘째. 처음에는 조금 어색했지만, 그것도 차츰 익숙해졌고 아무 사고 없이 녹스헤임을 통과했다. 본래대로라면 산악지대를 지나서 엘다인을 경유해야만 하지만, 바다를 따라서 달려 최단 거리로 도착할 수 있었다.

그리고 우리는 미사사기가 아니라 직통으로 국경 마을 신데리아로 왔다. 이곳에 마차를 맡기기 위해서였다.

국경에서 브라이트니스아치는 상당히 거리가 멀어서 슌 말로는 최소 닷새는 걸린다고 했다. 그래서 예정대로 여기서부터는 걸어서 마을의 입구인 숲으로 갈 것이다.

"마차는 직원이 반환해 줄 거야. 여기서부터는 걸어가지?"

"그래. 이 근처 숲에서 특정 순서로 이동하면 그 마을로 갈 수 있어."

"……나는 술식과 마술에 소양이 없지만, 어처구니없는 마술이란 건 알겠군."

"그렇지. 그러니까 가급적 아는 사람을 늘리고 싶지 않지만, 이번에는 특별히 용인해야지."

신데리아에서 숲으로 가는 도중에도 줄리아가 칭얼대거나

혼자 다른 곳으로 새려고 했지만, 류에가 착 달라붙어 있는 덕분에 큰 시간 낭비 없이 여행을 계속할 수 있었다. 역시 자기와 닮았기 때문이겠지.

"류에, 미안해. 나중에 내가 교대할게."

"괜찮아, 괜찮아. 줄리아는 나를 잘 따르니까! 정말로 동생 같아."

"후후, 저도 동생이니까 류에는 동생 두 명과 손을 잡아 주세요."

줄리아와 레이스가 류에와 손을 잡았다. 흐뭇한 광경에 나와 슌의 얼굴에도 미소가 번졌다.

"……정말로 고마워. 나한테는 그렇게 다가와 주지 않아서 말이지."

"지금 줄리아는 조그만 아이와 다를 바 없다고 생각해요. 엄마가 그리운 게 아닐까요?"

"그래, 그럴지도 모르지."

그렇게 숲을 나아가다가 나무 아치가 보였다. 아마 여기서는—.

"저한테 맡겨주세요. 이 아치를 통과하지 않게 조심하면서 반 시계 방향으로—."

"다리아, 기억력 좋은데……? 일단 메모가 있으니까 너한테 줄게."

다리아가 가는 대로 우리도 똑같이 걸어가자 작은 연못이

나왔다.

"여기부터는 나도 기억해. 일단 내가 먼저 가서 촌장님에게 사정을 설명하고 통과할 수 있도록 부탁할게. 다들 여기서 잠시 기다려줄래?"

이번에는 새로운 동행자가 세 명 늘었다. 촌장님의 허가가 필요할 것이다.

순서를 지켜서 마을로 가는 길을 열었다. 시간은 약 한 달밖에 지나지 않았는데 오랜만에 오는 기분이 들었다. 그 후로 다들 잘 지내고 있을까?

은둔자의 마을은 여전히 부자연스러운 푸른 하늘 아래, 오늘도 적당하게 지내기 좋은 기후를 유지했다.

이쪽 입구는 원래 공화국 행상인을 위해 존재해서 입구 근처에 감시용 오두막이 있었다. 아마 지금은 쿠우가 살고 있을 것이다.

"저건 연기? 설마 화재……일 리는 없겠지. 음식이라도 하나?"

오두막 뒤로 돌아가니 드럼통을 연결한 것 같은 물건이 연기를 내고 있었다.

저건 설마…… 거대한 훈제기인가?

"수고가 많아, 쿠우. 뭐 만들어?"

"응, 오늘도 스모크 마늘 기름을 만들고 있어. 이게 요즘 날개 돋친 듯 팔려. 덕분에 마을에도 마도구가 많이 퍼졌고,

지금 새로운 훈제 오두막을 만들 계획도 세우는 중이야."

"오호, 굉장한데. 스스로 이런 물건을 만들다니, 대단해."

그녀는 한눈도 팔지 않고 작업에 매진했다. 새로운 특산품이 생겼다니 정말 다행이다.

"……어라? 카이본이다! 어쩐 일이야? 또 놀러 왔어? 마늘 필요해?"

"마늘은 됐네요~. 촌장님한테 볼일이 있어서 왔어. 지금 어디에 계셔?"

"촌장님이라면 진료소에 있어. 오늘은 아이들과 가축 정기 검진을 한다고 말했어."

흠, 역시 평소에는 의료 일도 하나. 나도 거기로 가 볼까.

"그런데 카이본, 이 훈제통 어때? 전에 카이본이 새로운 가공법을 설명할 때 말하던 걸 재현해 봤어. 이걸로 훈제 마늘을 만들어서 기름에 담그고 있어."

"오…… 그러고 보니 그런 말을 한 기억이……. 그나저나 대단하네. 그렇게 잘 팔려?"

"응. 신데리아에서 많이 사 가. 조금씩 퍼져서 수요도 늘었어."

잘됐구만, 잘됐어. 나중에 나도 한 병 받을까? 꽤 맛깔나 보이는 상품이다.

어쨌거나 그녀가 알려준 진료소로 걸음을 옮겼다. 바빠 보이면 나중에 다시 오려고 했으나, 지금은 점심 휴식 중인지 환자는 보이지 않았다.

"실례합니다. 촌장님 계세요~?"

"네네, 다음 환자분이죠? 들어오세요."

환자는 아니지만 들어갔다. 그곳에는 흰 가운을 입은 촌장님이 있었다. 일하는 중인지 오늘은 안경까지 썼다. 외모는 열다섯이나 될까 싶은 외모인데 어째서 이리도 요염한 분위기를 낼까.

"어머, 누군가 했더니. 아마도 밤일을 상담하러 오셨나 봐요? 강한 약을 지어드릴게요."

"아니, 안 사요, 안 사. …… 뵙고 싶었어요, 촌장님. 오늘은 부탁이 있어서—."

"어머, 그렇게 보고 싶었나요? 어쩔 수 없네요, 카이본 씨 부탁이라면 저도 싫지는 않아요. 오늘 밤에 저택으로 오세요. 한 방울도 남김없이—."

"……슬슬 진지한 이야기를 할까요? 오래간만입니다, 촌장님."

"후후, 죄송해요. 생각보다 빨리 오셨네요. 환영해요."

여전히 아슬아슬하게 야한 농담을 섞으면서도 기쁘게 대화하는 촌장님에게 나는 이번 내방 목적, 마을 통과 허가와— 그 의료용 캡슐 사용 허가를 요청했다.

"그랬군요. 새로운 동행자인가요? 일단 저도 그분들을 만나 볼게요. 문제가 없으면 통과, 체류를 허가할게요. 물론 치료 협력도."

"감사합니다. 그럼 안내하겠으니 공화국 쪽 출구까지 와주시기 바랍니다."

왜일까. 이 사람에게는 예의를 차리고 싶다. 어디 사는 영주랑 달리.

§ § §

"어머어머어머! 귀여운 여자애네요? 류에 씨 딸……은 아니겠네요. 이 아름다운 은발, 설마 제 딸일까요? 물론 농담이에요."

"……뭐야, 이 소녀는……. 카이본, 설명해줘."

촌장님, 그러고 보니 처음 레이스를 봤을 때도 왠지 흥분했었지. 설마 허가를 내는 조건이…… 자기 취향이냐 아니냐로 나뉘지는 않겠지…….

"어머, 귀여운 소년도 있네요. 백발 엘프는 지겨울 만큼 봤지만, 백발 휴먼은 처음 보네요. 후후, 제가 여자가 뭔지 차근차근 알려드릴게요."

"미안하지만, 나는 겉모습보다 나이가 많아."

"촌장님, 그 녀석 그거예요. 서즈가르드의 검성인가 뭔가 하는 슌."

"어머나! 소문으로는 들었지만, 이런 미소년이었어요?"

"슌, 이 사람이 촌장님이야. 마법 과학의 결정체 같은 존재고 의료에 종사해."

"이런…… 다시 소개하겠습니다. 슌입니다. 갑작스러운 요청에 협력해주셔서 감사합니다."

역시 촌장님의 예상치 못한 외모에 당황한 눈치였다. 고딕 롤리타 소녀니까 놀랄 만하지.

"그리고 세 번째로…… 어머? 당신, 의도적으로 머리를 탈색하셨죠? 안 돼요, 머리는 여자의 생명이니까요. 원래 색은…… 검정인가요? 굉장히 드문 머리네요."

"보, 보기만 해도 아세요……?"

"물론이죠. 눈동자도 드물게 검정이네요. 후후, 환영해요. 편히 머무르세요."

흠, 치세도 마음에 들었나 보다. 아니, 촌장님이니까 어쩌면 이 세계 사람이 아니라고 눈치챘을 가능성도 있나? 음, 충분히 가능하지.

좌우지간 마을로 들어갈 허가를 얻은 우리는 오늘은 촌장님 저택에 묵기로 했다.

참고로 줄리아의 치료는 그 캡슐을 저택 지하실에 숨겼으니까 밤에 모두가 잠들었을 때 시작하겠다고 한다. 그때까지는 마을을 돌아볼까.

"나랑 다리아는 뒤쪽 거목의 상황을 보고 올게. 결계 조정도 하고 싶고."

"저는 줄리아 씨와 저택에 있을게요. 방을 빌려주셔서 감사해요."

"뭘요. 전에 쓰던 곳 옆방으로 준비했으니까 그곳에서 쉬세요."

"저도 감사드립니다. 그때까지 할 수 있는 일이 있다면 뭐든 말씀하십시오, 촌장님."

슌, 너 그런 소리 하지 마. 네 아랫도리가 위험해진다고.

"……우훗. 그럼 슌 씨에게는 나중에 부탁을 드릴까요?"

그리고 촌장님은 오늘 밤 환대를 위한 요리를 만들겠다고 했지만, 나는 돕지 않아도 괜찮다는 말을 들었다. 내가 남긴 레시피를 독자적으로 개량해서 놀라게 해주겠다는 이유였다.

촌장님 요리 실력은 알아주니까 정말로 놀라게 될 것 같다. 그렇다면 나는 예정대로 마을을 돌아보자. 그리고…… 아마미에게 선물도 줘야 하니까.

"저도 류에 씨랑 같이 갈게요. 그 큰 나무를 가까이서 보고 싶어요."

"오케이! 끝나면 마을 안내도 해줄게, 치세."

역시 이 마을은 좋다. 코앞까지 닥친 결전도 잊게 해주는 따뜻한 분위기로 가득하다. 언젠가 정말로 여기 사는 것도 나쁘지 않겠다.

촌장님 말에 의하면 아마미는 자기 집에 있다고 했다. 우리와 연관된 사실을 펜넬이 알고 있어도 이상하지는 않다. 결판을 낼 때까지 여기 있는 게 현명하겠지.

지금은 자기 집 소를 늘려서 낙농업자로 일한다고 들었다.

그녀의 집 목장으로 가자 파릇파릇한 초원에서 흑백 얼룩무늬가 뒹굴며 평화로운 시간을 보내는 모습이 보였다.

그 소들 사이에 금발 글래머 젖소 아가씨가 섞여 뒹굴고 있었다.

"아마미~! 오랜만이야~! 나 왔어, 카이본~!"

"으으…… 잘 자고 있었는데……. 뭐~? 카이본이 어쨌다고~?"

"카이본이 왔다는 소식 전하러 왔습니다~! 잠꼬대하지 말고 일어나~!"

"으잉? 어, 카이본?! 뭐야, 벌써 돌아왔어?!"

아마미가 화들짝 놀라서 일어나서 내 쪽으로 달려왔다. 그것도 함박웃음을 짓고 양팔을 벌린 채. 뭐야, 허그?! 그렇게나 기뻐해 주다니!

"카이본! 어서 와~!"

그렇다면 나도 받아주겠노라며 양팔을 벌리고 기다리는데 아마미는 그 바로 앞에서 멈추더니 벌렸던 팔을 앞으로 쭉 뻗었다. 그러고는 활짝 웃으며—.

"선물 줘!"

"이럴 줄 알았어, 젠장!"

기대시켜 놓고 이렇게 배신을 해? 물론 알고 있었죠. 심지어 이거 노리고 한 거지?

그렇지만 원래 그러려고 왔으니까 아이템 박스에서 선물을 꺼내서 건넸다.

꼼꼼하게 선물용 포장까지 한 상자를 받은 아마미는 상상보다 말짱한 물건이라서 놀랐는지 조금 당황한 듯 보였다.

"어, 진짜? 정말로 예쁜 액세서리……. 나는 이상한 물건 줄 줄 알았는데……."

"어떠냐, 반성했냐? 일하면서도 찰 수 있게 가급적 수수한 걸로 골랐어. 일단 체온 조정을 돕는 기능도 있다고 하니까 도움이 됐으면 좋겠어."

"아, 응. 헤헤, 농담이 아니라 살짝 기쁘네……. 고마워, 카이본."

다행이다. 아무래도 내 미적 센스가 못 봐줄 수준은 아니었나 보다.

그리고 나는 여기 들른 이유를 아마미에게도 설명했다.

"왕도로 돌아가는구나……. 나도 돌아가는 편이 낫다고 생각하지만, 아크라이트 님에게 피해를 줄지도 몰라서…… 아직은 안 가려고."

"잘 생각했어. 그래도 이제 전부 결판이 날 거야. 아크라이트 경에게는 내가 설명해 둘게. 네가 벌을 받지는 않을 테니까 걱정하지 않아도 돼."

"……다 끝나면 카이본이 누군지 알려줄래? 뭐, 보통 인간이 아니라는 건 알지만, 직접 알려줬으면 좋겠어. 친구니까 그 정도는 괜찮지?"

"그래. 그건 약속할게. 그러니까 조금만 더 기다려줘."

아마미는 여전히 강하게 추궁하지는 않았다. 그게 지금은 무척 고마웠다.

우선 이번 체류는 짧고 오늘 밤 촌장님이 진수성찬을 차려준다고 말하자, 아마미는 당연히 먹으러 가겠다고 선언해서 함께 저택으로 가기로 했다.

소는 안 돌봐도 되냐고 물으니 최근에는 아이들이 도와준다고 한다.

지금은 『소순이』부터 『소순이 XⅢ(써틴)』까지 있다고 하는데, 이름은 그대로 밀고 가는 거냐?

§ § §

저택에 돌아오고 잠시 후, 이 마을 특유의 하늘 변화에 놀라서 슌이 돌아왔다.

치세와 류에, 다리아와 함께 마을을 돌아봤다는데 살짝 지친 모습을 보아…… 마을 아이들한테 놀아난, 아니, 놀아준 것이겠지.

"아마미 씨, 오랜만이에요. 또 이 마을에 신세를 지게 됐어요."

"다리아 님! 오랜만에 뵈어요. 촌장님을 도와주셨던 일, 다시 한번 감사드릴게요."

"아니에요. 아마미 씨도 무탈하게 지내셔서 다행이에요. 그 뒤로 이 마을에 계속 지내신다고요? 죄송해요, 나라 상층부의 문제에 휘말려서……."

아마미는 다리아를 보기 무섭게 무지막지 정중하게 인사하며 초롱초롱한 눈빛을 보냈다.

그 얘기에 자기들이 폐를 끼쳤다는 사실을 깨달은 슌도 앞으로 나왔다.

"높은 자리에 있는 사람으로서 너에게 폐를 끼치고 있나 보군. 나도 사과하고 싶어. 너는 카이본의 협력자로 보면 될까?"

"슈, 슌 님까지 이 마을에…… 아, 아뇨, 사과하실 필요 전혀 없어요. 아무것도 없는 곳이지만, 여행의 피로라도 풀고 가주세요……."

"아마미가 엄청 흥분한 썰 푼다. 야, 슌. 너무 딱딱하잖아. 더 편하게 말해."

"으윽…… 지, 지금은 그냥 손님이야. 그렇게 긴장하지 않아도 돼."

역시 검사인 아마미에게 왕국 최강의 검사는 동경의 대상일까.

"우와, 우와…… 카이본, 왜 슌 님까지 있는 거야……. 슌 님도 친구야?"

"응, 친구. 얼마 전까지 적대 관계였지만, 지금은 단짝친구."

"단짝은 너무 나간 것 같은데. 뭐…… 화해했다는 뜻이야."

으음, 왜 내 옛날 친구들은 하나같이 권력자가 된 거지.

그런 친구들을 모아서 촌장님이 저녁을 준비하는 식당으로 갔다. 문을 열자 향긋하고 알싸한, 그러면서도 굉장히 익숙한 향기가 식당을 가득 채우고 있었다. 바로 카레였다.

"아니…… 설마 그게 존재한다고? 이 마을에는 카레가 있어?!"

"네. 저는 이미 한 번 먹었어요. 카이본이 만든 카레를."

오, 슌. 너 살짝 캐릭터가 망가지려고 한다?

"너— 만들 줄 알았냐! 여기까지 오면서— 야영, 캠프! 그러면 카레를 만들었어야지—! 자명한 이치! 왜— 그걸 안 골라—!"

"흥분하니까 딴사람이구만. 뭐야, 너 그렇게 카레 좋아했냐?"

"내가 좋아하는 음식은 카레랑 피자다, 불만 있어? 미각만은 언제나 젊다고."

생각지도 못한 어린애 입맛. 그러고 보니 술도 단 것만 마셨지……. 지금도 그러나?

그나저나 과연 촌장님이다. 내가 남긴 레시피 노트를 읽고 개량했는지, 내 카레보다…… 조금 더 스모키한 향이 난다.

정말로 맛있겠다.

그 외에도 이번에는 고기뿐 아니라 생선과 채소로 균형을 잡은 듯했다.

이건 우리를 배려해서겠지. 오오, 라타투유도 있다.

"오래 기다렸어요. 예정보다 사람이 늘었지만, 양은 많으니까 마음껏 드세요."

우리 말고도 아마미와 쿠우도 끼어서 식당에는 전보다 더욱 활기가 넘쳤다.

줄리아는 아직 식사를 제대로 먹을 수 없어서 촌장님이 따로 이유식 같은 요리도 만들어준 모양이었다. 그리고 예상대로 그녀 옆에는 레이스와 류에가 딱 달라붙어 있었다.

"괜찮아……? 내가 할 일일 텐데……. 밥을 먹이는 것 정도는 내가……."

"아뇨, 괜찮아요. 슌 씨는 오는 길에 충분히 열심히 하셨잖아요."

"맞아. 나도 줄리아와 같이 있고 싶으니까 됐어."

"……고마워. 그럼…… 잠시 맡길게."

화목한 만찬이었다. 그리고 약간의 개량으로 크게 맛있어진 카레의 맛에 모두 감탄을 금치 못했다.

흠…… 이건 향신료와 조미료를 훈연했군? 그러고 보니 쿠우가 훈제통을 만들었으니까 촌장님도 그걸 이용했나 보다. 이거야 원…… 한 수 배웠다.

“맛있어……. 거의 잊을 뻔한 맛이야……. 아아, 맛있어, 정말로.”

슌이 조용히 중얼거리며 카레를 음미하듯 꼭꼭 씹어 먹었다. 하지만 슌보다 감격에 겨워하는 사람이 있었으니…… 치세였다. 치세는 먹으면서 눈물을 뚝뚝 흘렸다.

“치세 씨, 너무 매웠나요? 아니면 입에 안 맞아요?”

“아뇨, 정말 맛있어요. 그냥 그리워서 그만. 정말로…… 굉장히 맛있어요. 조금 가족 생각이 났을 뿐이니까, 저는 신경 쓰지 마시고 다들 드세요. 죄송해요.”

그 말을 듣고 문득 깨달았다. 그렇지, 이건 원래 내 레시피다……. 당연히 비슷하겠지.

생각이 짧았다. 지금까지 야영에서 내놓은 요리는 일부러 모두 치세에게 익숙하지 않은 맛과 메뉴였는데……. 아니, 내가 너무 예민할 뿐인가.

내심 심장이 벌렁거렸으나, 그 후로 특별히 아무 일도 없이 식사가 끝났다. 맛있었다. 오랜만에 다른 사람이 만든 요리에 감동받았다. 역시 촌장님은 대단해…….

“후후, 어땠나요, 카이본 씨. 제가 생각해도 괜찮은 개량이었다고 보는데.”

“대단합니다. 훈제는 최근에 시작하셨을 텐데 이미 능숙하게 다루시네요.”

“어머, 벌써 눈치채셨어요? 맞아요, 전에 당신이 이 마을에 남긴 지식 덕분에 지금은 생산부터 가공까지 마을의 산업이 단숨에 진보했어요. 저는 가능한 한 그런 조언을 자제했었지만, 조그만 지식이 이 정도로 퍼진 걸 보면 다들 배울 준비가 되어 있었던 거겠죠. 주민들도 모두 즐겁게 일에 매진해요."

"잘됐네요. 괜한 참견이었나 걱정했어요."

"후후, 언젠가 당신들은 이 대륙을 바꾸겠죠? 그럼 지금 무기를 늘려 놓는 건 좋은 선택이죠. 후후, 가공식품으로 천하를 삼키겠어요."

그래, 그 말이 맞다. 우리는 반드시 이 뒤틀린 체제를, 그리고 놈의 야망을 부수고야 말 것이다. 그리고 이곳 주민들이 아무런 걱정 없이 살아가는 세계의 주춧돌을 만들어 보이겠다.

식사가 끝난 뒤 아마미와 쿠우가 집으로 돌아가고, 남은 우리는 주민들이 잠들 때까지 각자의 시간을 보냈다. 오랜만에 목욕물에 잠기고 싶은 사람, 요리의 여운에 잠기고 싶은 사람. 후자인 나는 슌과 함께 안뜰의 벤치에 앉아 있었다.

"정말로 맛있었어. 여기 오면서 네가 만든 요리도 맛있었지만, 역시 카레는 각별해. 실제로 어른부터 아이까지 카레를 싫어하는 사람은 찾기 힘들잖아?"

"그건 그래. 그래도 조심해. 치세에게 우리 정체, 일본인이라는 사실을 들키고 싶지 않아. 전에도 말했지만, 나는 개한테 정체를 밝힐 생각이 없어."

"……네 선택에 참견할 생각은 없어. 다만, 선택지를 조금 늘리면 어때?"

슌이 어딘지 모르게 조심스럽게 그 말을 꺼냈다. 선택지를 늘린다고……?

"아마도 싸움이 끝난 뒤, 방대한 마력이 손에 들어올 거야. 해방자를 두 명 소환할 정도니까 분명히 두 명은 문제없이 돌려보낼 수 있겠지. 하지만 미사토는 돌아갈 생각이 없어 보였어."

"아, 그래 보이더라. 위험한 힘은 사라졌지만, 그런다고 돌아갈 것 같지는 않아."

"……카이본, 아니, 요시키……. 너, 그 애랑 일본으로 돌아갈 생각은 없어?"

갑작스러운 슌의 제안에 내 눈이 휘둥그레졌다. 말도 안 돼, 내가 그럴 수는 없잖아?

"나나 다리아는 정신이 완전히 이쪽에 물들었어. 하지만 요시키, 너는 아직 이 세계에 오고 1년 정도밖에 안 지났어. 아직 돌아간다는 선택을 할 여지는 있지 않아?"

"시간이 문제가 아니야. 나는 이미 류에와 레이스가 없는 인생을 상상할 수 없어. 너도 줄리아를 남기고 돌아가진 못할 거 아니야? 설령 1년째라고 해도."

"그렇지……. 다만, 선택지를 늘리고 싶었을 뿐이야. 나도 다리아도…… 더는 돌아갈 수 없는 곳까지 왔어. 그래서 노파심에 해 본 소리야. 미안, 이상한 말을 해서."

"괜찮아. 너랑 다리아의 처지를 생각하면…… 그런 제안을 하고 싶은 마음도 이해해."

『되지도 않는 말 마라』라는 생각도, 화도 나지 않았다. 그냥 미련하다는 생각만 들었다.

500년. 이 녀석은 다리아와 달리 휴면도 하지 않고 이 세계에서 살아왔다.

"귀중한 의견, 고마워. 조금만 더 있으면 다들 잠들어. 치료 준비를 시작하자."

§ § §

"그럼 지하실…… 와인 저장실로 갈까요."

심야. 모두 잠들었다고 해도 류에와 레이스는 사정을 알지만, 촌장님도 사람과 다른 부분을 보이고 싶지는 않을 거라고 생각해서 두 사람에게 양해를 구했다. 둘은 이미 자기가 할 수 있는 일은 없다며 이해해줬다.

어쨌든 우리는 촌장님의 안내를 따라 차갑고 어두운 지하, 와인 저장실로 향했다.

"그 후로 기계에 이상은 없었나요? 지맥에서도 동력을 얻던 구조상 설치 장소가 바뀌면 출력도 미묘하게 달라질 텐데요."

"괜찮아요. 이곳은 거목에서 가까우니까 전혀 문제없어요."

도착한 와인 저장실에는 무수한 병과 술통이 보관되어 있었다. 모두 전 촌장의 소장품이라고 하니까 상당히 오래 묵었을 테지만…… 술을 별로 좋아하지 않는 촌장님에게는 어느 것이고 요리용 술이나 다를 바 없다고 한다. 류에가 들으면 졸도하겠지.

"설정을 바꿀 테니까 잠깐 기다려주세요. 인체용으로 변경해야 해요."

촌장님은 익숙한 손길로 기계를 조정했다. 슌은 잠든 줄리아를 든 채 조정이 끝나기를 불안한 눈빛으로 지켜봤다.

"끝났어요. 줄리아를 이곳에 눕히세요. 우선 신체 체크를 시작할게요."

"촌장님. 우리도 조사했지만, 머리 말고는 이상이 없다고 해요."

"그런가요……. 그럼 그쪽부터 조사해 볼게요. 여러분, 떨어져 주세요."

줄리아를 눕히자 캡슐의 침대 부분이 그녀 형태로 가라앉고 투명한 막이 전체를 덮었다. 그야말로 SF 영화에서나 보던 광경에 슌도 놀라움을 감추지 못했다.

"뇌라……. 이건…… 카이본 씨, 이 아이는 어쩌다가 이렇게 됐죠? 이건…… 악성 마력이에요. 그게 뇌 일부에 고여 버렸어요."

"악성 마력, 이요……? 우리는 이걸 칠성에게서 샌 오염 마력이라고 불러요."

나 대신에 다리아가 줄리아의 처지, 그리고 이렇게 된 원인을 설명했다.

"칠성…… 저와는 관계없는 이야기라고 생각했지만, 아닐지도 모르겠네요. 이건 악성 마력이에요. 여러분 세 명은 제 말을 알아들으리라고 가정하고 설명할게요."

촌장님이 평소의 여유로운 표정을 지우고 진지하게 이야기했다.

"제가 태어난 시대, 처리할 방법이 없던 공해로 인간을 괴롭히던 것이 이 악성 마력이에요. 마치 의지를 가진 것처럼 꿈틀대고 다른 물체를 침식하는 마력. 그게 왜 칠성이란 것에서 새는지는 모르지만…… 그게 뇌에 축적되다니……."

"공해…… 그렇게 문제가 됐었나요……? 그럼 설마 치료는……."

"이건 애초에 정화할 수 있는 게 아니에요. 자연 발생한 위협이죠."

그 순간, 슌이 털썩 무릎을 꿇었다. 여기서조차 치료가 안 된단 말인가…….

"왜 포기하시죠? 정화는 안 되지만, 적출은 가능해요."

"네?! 정말입니까, 촌장님! 적출하면…… 줄리아는 원래대로 돌아옵니까?!"

"원래대로 돌아올지는 모르지만, 적어도 뇌 기능은 정상화돼요. 단, 제법 시간이 걸리는 치료예요. 제가 태어난 시대에도 난제였을 정도니까."

"그, 그렇군요……. 촌장님…… 제발, 치료해주시겠습니까? 수십 년이 걸려도 좋으니까…… 제가 할 수 있는 일은 뭐든 하겠습니다. 그러니까…… 이 아이를 살려주십시오."

슌은 무릎을 꿇은 상태에서 머리를 숙여 땅에 이마를 비볐다.

"무슨 소리를 하시나요? 그렇게까지는 안 걸려요. 한 달 정도죠."

"……?! 그렇게 빨리 끝나나요……?"

"일단 그 시대의 최신 의료 기기와 의료 지식이 갖추어져 있으니까 당연해요."

그녀는 물 흐르듯 자연스러운 손놀림으로 패널을 조작했다. 그러자 침대에서 극도로 얇은 빛의 실이 무수히 나타났고, 그것이 줄리아의 귀와 눈, 코를 통해 들어갔다.

"이걸로 조금씩 밖으로 배출하는 거예요. 아마 길어도 한 달이면 끝나겠죠."

"저, 정말로……, 그래…… 그래…… 정말로 치료가……."

웅크린 채 닭똥 같은 눈물을 흘리는 슌을 다리아가 조용히 부축해 일으켰다.

다행이다. 정말로 다행이다. 이제 겨우 슌의 고뇌와 노고가 보답받는다.

"카이본, 다리아. 너희에게는 뭐라고 감사해야 할지 모르겠어. 이제는 아무 걱정도 없이 싸울 수 있어. 앞으로 나는 너희를 위해서 어떤 장애도 물리치겠다고 맹세할게."

"그거 든든하네. 이제…… 걱정 없이 전력으로 싸움에—."

그렇게 말하려던 때였다. 지하실이 크게 흔들려 와인이 몇 병 깨졌다.

"지진인가?! 촌장님, 잠깐 올라갔다 오죠."

"……지진은 아닌 것 같아요. 서두르죠."

급히 지하실에서 뛰어 올라가자 마침 2층에서 다른 일행도 내려오는 참이었다.

"카이 군, 지금 진동은 뭐야?! 치료 때문은 아니지?!"

"그래! 지금 바깥 상황을 보러 가려고."

저택에서 뛰쳐나온 순간, 기묘한 점을 알아차렸다. 밖이…… 이상하게 밝았다.

별도 달도 없는 마을의 하늘은 밤이 되면 어둠에 둘러싸인다. 그런데 풍경의 윤곽이 또렷하게 보였다.

"카이 씨! 하늘을 보세요! 별이…… 달이 보여요."

"……난감하네요. 아무래도 마을을 덮는 결계가 발동하지 않나 봐요. 거목으로 가죠. 다리아 씨, 류에 씨, 결계 조정을 부탁해도 될까요?"

대답할 필요도 없다는 듯 두 사람은 당장 거목으로 달려갔다. 그 뒤로 조금 늦게 치세도 나타났다.

"카이 군. 관계없을지도 모르지만, 아까 저쪽 하늘이 순간 빛나는 게 보였어요."

치세가 하늘을 가리켰다. 그곳은 아득히 먼 곳, 먹구름이 드리운 장소였다.

"……브라이트니스아치인가. 설마 벌써 행동에 나섰나."

치세의 이야기를 일행에게 전하려고 우리도 거목으로 가니 류에와 다리아가 심각한 표정으로 거목에 손을 내밀고, 그것을 촌장님과 슌이 마른침을 삼키며 지켜보고 있었다.

"……거목만이 아니에요. 아마 주변 토지 전체의 마력이 빨려 들어가고 있어……. 어떤 큰 흐름에 주위 마력까지 휩쓸어서 함께 흘러가는 느낌이야."

"결계를 유지할 수 있던 건 이 거목이 생성하는 마력 덕분이에요. 어떻게든 휘말리지 않게 차단하면 간이 결계는 펼 수 있을지도 몰라요."

"그렇게 하자. 다른 사람이 이곳에 발을 들이는 것보다 훨씬 나아."

두 사람은 응급처치로 마을 주위에 침입자를 막는 결계만을 다시 쳤다.

하지만 이 마을의 본래 효과, 자연 마력을 흡수하지 못해

괴로워하는 백발 엘프들이 물과 식량을 통해 마력을 보충해 건강하게 생활하도록 하는 효과를 잃고 말았다.

"……비축한 식량도 있고 수확을 앞둔 작물도 있어서 아직 여유는 있지만, 이 상황이 계속된다면…… 굉장히 위험해요. 길어야 두 달이겠죠."

"……당장에라도 원인을 제거하고 오겠습니다. 류에, 다리아, 방금 치세가—."

브라이트니스아치가 있는 방향의 하늘이 빛났다는 이야기를 두 사람에게도 전달했다.

둘도 내심 예상은 했는지 고개를 끄덕이고는 촌장님에게로 돌아섰다.

"촌장님, 아마 이 원인을 만든 아이가 수도에 있어."

"……그러니까 우리는 그자를 막고 이 이변을 해결하고 올게요."

"우리는 원래 그 자식을 만나러 가려고 여기 왔습니다. 불안을 줄지도 몰라요. 하지만 반드시 원흉을…… 없애 버리겠습니다. 믿고 기다려주세요."

그녀에게 맹세한다. 이 마을을, 이 나라의 악의에서 아이들을 지켜 온 촌장님에게.

"……일주일. 지하 캡슐의 에너지가 버티는 시간이에요. 지맥에서 공급이 끊긴 이상 가동이 정지할 거예요. 어떤가요, 의욕이 더 샘솟으시죠?"

그 말에 우리 이상으로 슌이 분기했다.

"지금 당신들이 이곳에 모여 마을을 위해서 움직이겠다고 말해줬어요. 게다가 지금 제가 기폭제까지 넣었죠. ……저는 이제 아무런 불안도 없어요."

촌장님이 얼핏 내게 대담하게 웃어 보였다. 그건 우리를 완전히 믿고 맡기겠다는 뜻. ……최고의 격려입니다, 촌장님.

"……일주일이나 들일 필요 없어, 카이본. 당장 끝내자. 대화는 더 이상 필요 없어."

"좋지, 냉정한 너보다 지금 네가 훨씬 믿음직해."

"마을은 걱정하지 마세요. 만약을 위해서 저랑 아마미가 순찰도 돌게요."

"부탁드립니다. 그럼…… 지금부터 출발하자. 데미 드라실에 마차는 있지?"

"네, 제가 이곳에 올 때 마차를 맡겨 뒀어요."

지금부터 쉬지 않고 달리면 내일 오전에는 도착하겠지. 하지만 그 전에—.

"치세, 너는 여기 남는 게 좋지 않겠어? 이 앞에는 오로지 싸움밖에—."

"그럼 더더욱 제가 가야죠. 저는 싸움밖에 못 하니까."

노파심이라고 생각해도 좋다. 하지만 다리아가 그것을 제지했다.

"아뇨, 치세 씨도 가능하면 데리고 가요. 칠성을 해치운 뒤 마력을 묶어 둘 시간이 얼마나 있을지 몰라요. 혹시 모르니까 그녀도 함께 있는 편이 좋아요."

"그렇다네요. 괜찮아요, 카이 군. 저도 나름대로 세니까."

"……그래? 알았어, 그럼 같이 가자. 촌장님, 우리는 이대로 마을에서 나가겠습니다."

"알겠어요. 줄리아 씨는 제가 책임지고 돌볼게요. 안심하세요."

다 함께 달렸다. 처음 보는, 별빛이 비치는 마을을.

익숙하지 않은 풍경을, 그리고 이변을 깨달은 주민들을 지나치면서—.

§ § §

"그럼 정리할게요. 도시가 보이면 마부를 저와 슌으로 교대. 그래야 더 들어가기 쉬우니까요. 그리고 그대로 여러분은 왕성 구역으로 직행하세요."

"펜넬이 나나 너를 배신자라고 알렸을 가능성도 있지 않아?"

"자기 명성을 조금이라도 믿으세요. 우리 말이 훨씬 더 영향력이 있어요."

질주하는 마차의 뒤쪽 객차에서 다리아가 모두에게 작전을 전달하는 소리가 들렸다.

희미하게 밝아 오는 하늘 아래, 멀리 전방에 먹구름이 낀 하늘이 보였다.

"저는 바로 귀족 거리, 아크라이트 경에게 갈게요. 아마도 도시에서도 혼란이 벌어졌을 거예요. 우선 사태 수습과 성 인근 주민을 대피시켜야 해요."

"그리고 저는 다리아 씨를 엄호하면 되는 거죠?"

"네. 혼란을 틈타서 펜넬의 부하가 공격할지도 모르니까요."

다리아는 가능한 한 치세를 결전 무대에서 떨어뜨리는 작전을 세워준 모양이었다.

"카이본은 직접 성 상층부로 갈 수단이 있었지? 혼자서 괜찮겠어?"

"그래, 날아가면 돼. 너희는 정문으로 들어가서 성 안에 봉인된 칠성에게 갈 거지?"

"그래. 『검신 하이네른』은 성 지하에 봉인되어 있어. 하지만 상황을 보니 이미 봉인이 파괴됐을 가능성도 있어. 나와 류에, 레이스가 가겠지만…… 불안하면 안 와도 돼. 나 혼자서라도 시간을 벌 수는 있어."

"아니, 나도 갈게. 슌이 함께라면 이길 수 있어. 옛날에는 자주 함께 싸웠잖아."

게임 시절, 신예기의 기억이겠지. 분명히 류에와 슌이 전열에 서서 함께 싸우는 일이 많았다. 오히려…… Kaivon은 탱커를 많이 맡았을 정도였다.

"나는 알현실에 있을 그 썩을 땅꼬마를— 해치워도 되지?

죽이게 되더라도. 그 카드는 한 장뿐이야. 반드시 먹힐 타이밍이 아니면 쓰고 싶지 않아."

"저도 주민 피난이 끝나는 대로 갈게요. 그때까지 버텨주세요."

"버티고 나발이고 여유 넘치는데? 오히려 그놈이 쪽도 못 쓸걸?"

"카이 군, 방심하지 마. 그 아이는 그냥 엘프야. 나나 다리아와 달리 평범한. 그래도…… 그 아이는 옛날과 변함없는 모습이야. 분명히 나도 모르는 뭔가가 있어. 무슨 일이 일어날지 몰라. 방심은 금물이야."

듣고 보니……. 크롬웰 씨조차 할아버지가 되었는데 류에를 봉인한 그 녀석이 옛날과 똑같은 모습이라는 건 확실히 이상하다.

"알았어. 충분히 경계할게. 슬슬 날이 밝는군……."

마부를 슌과 다리아로 교대했다. 아직 성까지 거리는 있지만, 나도 대책을 짜야 한다.

나는 절대로 지지 않는다. 이건 방심도 자만도 아니다. 하지만 나 말고 다른 사람은 어떤가.

전투력이 우리에게 살짝 미치지 못하는 레이스와 치세에게 【새크리파이스】를 부여하는 방안도 생각했지만, 이건 타이밍에 따라서는 내 패배로 이어질지 모르므로 이번에는 패스다.

생각하자. 여기 있는 동료들에게 부여해야 할 어빌리티를.

【커스 기프트】 발동
대상자 다리아 [마도의 극의] 부여
대상자 슌 [찬탈자의 증거(투)] 부여
대상자 레이스 [극광의 치유] 부여
대상자 류에 [마력 극한 강화] 부여
대상자 치세 [재기] 부여

[마도의 극의]
사용하는 마술, 마법, 마도의 효과가 증가한다.
대미지 2배, 효과 시간 2배, 회복력 2배, 범위 2배, 소비 MP 반감
[마력 극한 강화]
MP 최대치 2배, 회복 속도 2배, 시간이 지날수록 마력이 강화된다.

고민 끝에 이 어빌리티를 부여하기로 하고 각자에게 효과를 설명했다.
칠성과 싸울 동료에게는 화력과 생존율을 높이는 어빌리티.
도시에서 피난 유도를 할 다리아에게는 회복 마법을 포함해 각종 마법을 쓰기 쉬운 어빌리티를. 그리고 거기에 따라

가는 치세에게는 만약의 사태에 대비해 단 한 번의 소생을.

"내 건…… 그리워. 마지막 날 네가 얻은 어빌리티였지."

"무시무시한 효과네요……. 이게 있으면 한 구역 전체를 회복 마법으로 감싸 버릴 수도 있어요."

"우와, 굉장해. 지금도 조금씩 힘이 넘쳐나……. 이 상태라면 안 져!"

"아하…… 경미한 피해나 마력 고갈을 무시하고 싸울 수 있겠네요."

그리고 치세에게는 『한 번만 큰 대미지를 막아준다』라고만 설명했다.

진짜 효과를 알고 목숨을 거는 선택을 하지 않도록.

"여러분, 곧 브라이트니스아치가 보여—."

대강 설명을 끝냈을 때였다. 마부석에 있는 다리아가 경악한 것처럼 말을 끊었다.

"저건…… 뭐야? 다리아, 저게 우리 성……이야?"

"……당신은, 이 나라를 어쩌려고 그러나요…… 펜넬."

나도 창으로 몸을 내밀어 두 사람을 당황시킨 정체를 확인했다.

"……마치 나를 위한 성 같군. 마왕성이나 악마성이라고 부르면 딱이겠어."

멀리서도 그 이질적인 모습이 잘 보였다. 거목이 성에 얽혀 자연과 융합한 아름답던 성이 완전히 변해 버렸다. 피를 빨아먹은 것처럼 검붉은 거목. 거기에 삼켜지며 점차 사라지는 성.

전에는 없었던 커다란 검붉은 잎도 검은 안개 같은 것을 만들어 내고 있었다.

"……나, 저런 성은 구경하고 싶지 않아. 저거 원래대로 돌아올까?"

"모르겠어요. 하지만…… 주민은 아마 완전히 혼란에 빠졌겠죠……."

그런 변모한 도시의 상징을 향해 달려가는데 도시 문지기가 막아섰다.

"멈춰라! 현재 브라이트니스아치에는 긴급 사태가 발생했다. 당신들을 위해서 하는 말이다, 지금은 다가오지 마라. 우리도 사태를 파악하지 못하고 있으니까."

문지기도 지금 상황에 관해서 아무 설명도 듣지 못한 듯 보였다. 그렇다면…… 이건 설마 펜넬의 독단, 누구에게도 설명하지 않고 이루어진 폭거란 말인가?

"저는 이 사태를 수습하러 돌아왔습니다. 제가 없는 동안 도시를 지켜주셔서 감사해요."

"아…… 설마…… 설마 다리아 님입니까! 나라를 떠났다고 들었습니다만……."

"다리아만이 아니야. 나도 있어. 미안하지만, 들어가야겠어. 괜찮겠지?"

"슌 님까지…… 알겠습니다. 현재 저희도 사태를 파악하지 못했지만, 어젯밤 갑자기 성이 변했다고 들었습니다. 국왕 폐하와 알현하고 싶어도 얼마 전부터 면회도 불가능한 실정입니다. 그래서 귀족들도 뜻을 하나로 모으지 못하여 저희도 평소대로 직무를 수행할 수밖에 없었습니다……. 부디 이 나라를 구해주십시오……!"

문지기의 부탁을 듣고 도시로 돌입했다. 그러자 슌이 미안한 투로 말했다.

"왕족은 다들 별궁에 잡혀 있어. 처음에는 지하 감옥에 가두라고 들었지만…… 결과적으로 어느 쪽이든 마찬가지였군. 아마 지금도 구금되어 있겠지."

"그런 얘기는 빨리해……. 그나저나 왜 왕족을…… 이때를 위해서인가?"

"몰라. 하지만 알현을 막았다는 건 사람과 접촉하기를 꺼린다는 뜻이겠지."

"어쩌면…… 나 때문인가. 나, 왕족한테 엔드레시아 숲의 마력을 조금 나눠줬어. 펜넬의 마술로 공포에 사로잡혔던 마음을 해방하려고. 그건 사람을 타고 전파될 예정이었는데…… 아마 펜넬은 그게 싫었던 거야."

"그렇다면 저랑 치세 씨는 피난 유도가 끝나는 대로 별궁으로 갈게요."

"알았어. 카이본, 역시 혼자서 놈과 싸워야겠지만…… 우리도 최대한 빨리 합류할 생각이야. 그때 놈의 빈틈을 만들겠어. 그러면 네 작전은 성공해. 그렇지?"

"물론이지. 장소는 내가 알릴게. 너희는 칠성을 해치우는 대로 와."

도시 내부는 성으로 다가갈수록 자연이 많아진다. 하지만 그 나무가 모두 검붉게 변색되고 마치 구렁이처럼 꾸물거리는 나무뿌리가 길을 파괴하고 있었다. 귀족 거리는 괜찮을까……. 그곳은 저택 부지에 나무를 심은 곳이 많았다.

"카이본, 저는 여기 내려서 귀족 거리로 갈게요. 치세 씨도 준비하세요."

"네, 따라갈게요. 여러분도 무사하게 다시 만나요."

두 사람이 내리고 그대로 마차는 왕성 구역으로 달렸다. 슬슬 나도 떠날 때다.

"……그럼 갔다 올게. 세 사람의 무운을 빌어."

"다녀와. 그리고 안심해, 우리는 안 져."

"믿고 있어요, 카이 씨."

"……그 아이를 부탁할게."

마왕 모습으로 날개를 펼쳤다. 그리고 상승기류를 만들어 하늘로 날아올랐다.

§ § §

전에 성에서 도망칠 때 썼던 창이 비대해진 나무에 파묻혀 있었다.

저 틈새로 들어갈 수 있겠군……. 저기가 아마 알현실 근처였지?

"최종 던전 최심부로 바로 비집고 들어갈까. 버그가 따로 없군."

그 틈새로 들어가려고 주먹으로 두드려서 입구를 넓히자 끈적한 붉은 수액이 퍼져 나왔다. 이건 대체 뭐야? 징그러운 것도 정도가 있지.

"……엘프 나라에 어울리지 않는 곳이구만."

왕족도 병사도 기사도. 성에서 일하는 사람도 도시에 사는 주민도. 누구 하나 그 남자의 생각을, 계획을 모른다. 그리고 놈은 자기 외의 인간을 보잘것없는 존재라고 단정 짓고 있겠지. 아캄조차 이용 가치가 있는 자는 계약으로 속박하면서까지 저택에 뒀지만, 놈은 다르다.

"전부…… 자기 혼자면 된다고 생각하겠지. 다리아와 슌까지 버리고."

오랜 세월 함께한 사람. 함께 건국을 위해 싸운 동료. 놈은 그마저도 버렸다.

그렇다면…… 이미 너와 나눌 말은 없다. 역시 나와 너는 불구대천의 적이었다.

[소나]를 쓸 필요도 없이 알현실에서는 기이한 기척이 감돌았다.

그리고 그 문을 열자…… 놈은 태연하게 왕좌에 앉아 희미한 웃음을 띠고 있었다.

"흥, 상상은 했지만, 재미가 없어. 류에 선생님이 아니라 네가 오—."

입을 연 순간 땅을 박차고 똑바로 주먹을 안면에 꽂아 버렸다. 그리고 바로 바닥을 쳐서 튀어 오른 돌 파편을 날아가는 놈에게 날렸다.

피어오른 먼지가 걷히자 벽에는 붉은 자국과 살점이 눌어붙어 있었다.

……이렇게 쉽게 죽을 리가 없다. 곧바로 [소나]로 주위를 탐색했다.

그러나 그 순간, 날려 버렸던 방향과는 전혀 다른 곳에서 충격이 퍼지고 살짝 늦게 검으로 베인 것 같은 통증이 왼쪽 어깨에서 전신으로 퍼지며…… 툭, 하고 팔이 떨어지는 소리가 들렸다.

"너는 예의가 없어. 내가 아직 말하는—."

"하앗!"

팔을 차서 놈에게 날리고 그 뒤를 쫓아 다시 오른쪽 주먹을 입에 꽂았다. 누가 마음대로 떠들래? 넌 아무것도 못해.

이대로 죽어, 아무것도 하지 말고 죽어.

"쳇…… 한 방 맞았잖아, 젠장. ……좋아, 회복했군."

떨어진 팔을 태우자 새로운 팔이 재생됐다. 내가 봐도 괴물 같은 회복력이었다.

"……원리는 몰라도, 똑같은 수작에 몇 번이나 당하지는 않아."

그 순간, 이번에는 들어왔던 문에 기공격을 날리자 눈에 보이지 않는 무언가와 상쇄되었다. 그 앞에는 짜증스럽게 나를 노려보는 펜넬이 있었다.

"소용없어. 너는 내 시나리오에 들어온 불순물—."

"닥치라니까."

입에 다시 주먹을 꽂아 크게 휘둘렀다. 이와 피가 튀고 기둥에 처박혔다.

죽여도 바로 부활하면 죽이지 않고 말하지 못하는 상태로 살려 두면 된다.

"왜 그래? 이제 못 떠들겠어? 그럼 내가 대신 말하지. 아쉽게 됐어, 안 됐지만 류에는 너랑 만나기 싫다더라. ……너, 사실 류에한테 관심받고 싶지?"

"허호이아! 호이헤허, 하으이호이헤어!"

피투성이가 된 펜넬이 팔을 휘둘렀다. 눈에 보이지 않는 공격이 다가오는 것이 느껴졌다. 이토록 연발하면 타이밍도 익숙해진다. PvP는 초보냐?

"세상에 무한한 건 없어. 앞으로 몇 번 죽이면 너는 끝나지?"

숨통을 끊고, 어느샌가 천장의 거대한 샹들리에 위에 선 펜넬에게 말을 걸었다.

"……너, 이젠 지겨워. 죽어, 열등생물."

그 순간, 급격한 무게가 몸을 짓눌렀다. 이건 좀 무거운데.

"다행이네, 처음으로 끝까지 말했잖아?"

"닥쳐. 너는 말이 너무 많아. 으깨져."

확실히 무겁지만— 어린애도 책가방 메고 점프 정도는 하잖아?

이 정도로 으깨지겠냐. 강하게 뛰어올라 샹들리에를 잡고 바닥에 내리쳤다.

"누굴 내려다봐? 으깨지는 건 너야."

"커흑…… 소용없어, 함께—."

밟아 터뜨렸다. 방금 건 서비스다. 이제 네 말을 끝까지 들어줄 생각은 없다.

그러나 그와 동시에 방금과는 비교도 안 되는 중압이 나를 덮쳤다. 무릎이 꺾일 것 같다. 가까스로 버티려고 힘을 넣어도 내 몸보다 먼저 바닥이 꺼지고 말았다.

한순간 몸이 붕 뜨는 느낌이 들며 무너진 바닥과 함께 아래층으로 추락했다.

"……건물이 무너지든 말든 신경도 안 쓰나? 필사적이구만, 펜넬."

"……닥쳐, 이제 정말로 닥쳐. 열등한 휴먼이 어딜—."

"닥칠 건 너라고."

어두운 방의 약한 불빛에 펜넬이 비쳤다. 그걸 다시 뭉개지만, 또 다른 곳에서 목소리가 들렸다. 환영이나 환각이 아니다. 분명히 뼈와 살이 있는 육체로 존재했다.

……고전은 하지 않지만, 계속 죽이기도 번거롭다. 게다가 이렇게 자꾸 부활해서야 비장의 수단도 못 쓴다. 어떻게든 원리를 밝히고 싶은데…….

"그나저나 이 방은 뭐야……? 설마…… 내가 생각하는 그거……?"

어두운 방의 광원은 희미한 빛을 반사하는 유리 수조였다.

그것이 셀 수도 없이 늘어섰고 그 안에서…… 생물의 태아 같은 것이 자라고 있었다.

"……예비 육체냐? 그럼…… 전부 파괴해야지."

설마 자기 혼을 계속해서 옮기고 있나? 네 수명의 비밀이 이거냐?

그때, 다시 목소리가 울리고 일부 수조가 파열했다. 혼을 가지지 않은 펜넬의 육체가 차례대로 공격을 날리고는 무너져 내렸다. 육체를 일회용품으로 사용한 공격이 연속해서 날아들었다.

"귀찮으니까 작작 해."

이미 성은 알 바 아니다. 나는 마구잡이로 공격해 주변을 초토화시켰다.

무수한 살점과 함께 잔해가 튀어 오르고, 눈에 들어오는 범위에 이미 놈의 육체는 남지 않았다.

그런데 다시 머리 위에서 목소리가 들렸다. 무너진 알현실 쪽이었다.

"어처구니가 없어. 나 참, 제법 시간을 들인 설비였는데."

"보나 마나 아직 다른 곳에 많겠지. 하나도 남김없이 부숴 주마. 너, 다음 육체로 옮겨갈 때까지는 비참하게 영혼으로 도망치기만 하냐? 그렇다면 도망칠 여지가 없는 공격이라면 어때?"

"……해 봐."

다시 뛰어서 올라가니 펜넬은 남겨진 왕좌에 앉아 있었다.

"……그렇게 허세를 부리고 싶냐? 이거 이제 보니 콤플렉스 덩어리구만."

그 순간, 얼굴이 확 붉어진 펜넬이 눈에 보이지 않는 공격이 아닌 눈에 보이는 거대한 화염구를 날렸다. 정곡을 찔렀나. 하지만 아쉽게도…… 그런 마법은 안 통한다.

어둠 마법으로 침식해 열을 빼앗자 그저 숨쉬기 힘든 어둠이 몸을 통과해 갈 뿐이었다.

"……야, 그거 알아? 류에는 잠버릇이 고약해. 같이 살기 시작했을 때는 자주 잠옷을 벗고 일어나서 곤혹스러웠어. 나야 좋지만 걱정이 돼서 말이야."

"닥쳐!"

너, 좋아했지? 동경하는 선생님한테 사랑이라도 했어?

"여행을 시작하고 각방을 썼는데…… 어느샌가 내 이불로 들어와 있기도 했지."

"시끄러워, 떠들지 마!"

어때? 듣기 힘들지? 네가 동경하던 그녀는…… 나와 함께 있다.

몸을 아무리 부숴도 꺾이지 않는다면 마음에 상처를 주겠다. 마음을 죽여주겠다.

"류에는 너를 봐주지 않아. 그 사실을 받아들이고…… 얌전히 죽어."

"닥치라고 했어! 왜 다 이긴 척이야?!"

"이겼어. 넌 날 못 죽여."

펜넬의 언성이 높아졌다. 그리고 조용히 걸어가서 또 그 몸을 부쉈다.

하지만 내 말이 역린을 건드렸는지 놈은 다시 내 앞에 나타나지 않았고—.

『시간은 충분히 벌었어. 속은 좀 시원해?』

그 말이 주변에 울려 퍼졌다.

§ § §

성 정문 앞에는 많은 기사와 병사, 성에서 일했을 사람들이 모여 있었다.

입구 부근도 전부 검붉게 물들어 마치 살아 있는 것처럼 맥동하는 모습은…… 흡사 저주받은 무언가였다. 나는 이걸 본 적이 있다……. 카이 군의 검이다. 그의 검은 딱 한 번, 이런 식으로 변한 적이 있었다. 어느샌가 원래 모습으로 돌아왔지만.

“마인즈밸리의 검은 조각상…… 그거랑 똑같아. 뭔가 강한 저주의 힘……인가?”

“류에, 여기서는 걸어서 가자. 레이스와 같이 나를 따라와.”

“……! 응, 알았어. 안내해줘, 슌.”

정신을 차리자 모였던 사람들이 모두 사라져 있었다. 아마 슌이 다리아에게 가라고 지시했겠지. 이곳 엘프들은…… 아직 조금 자주성이 약하니까.

술식에 사로잡혀 몇 세대에 걸쳐 그런 환경에서 살아왔다. 그래서 이런 상황에서 마음대로 움직이지 못하는 것이다. 그건…… 역시 잘못됐다. 어떻게든 해야만 한다.

“저는 이런 강적과 싸우는 게 처음이에요. 슌 씨, 아는 범위에서라도 그 칠성에 관해 알려주실래요?”

“알았어. 이름은『검신 하이네른』. 크기는 성인 남성 정도고 몸 전체가 금속 갑옷으로 된 일종의 골렘이야. 검 기술은 나보다 빠르고 강하면서 내구력도 최고 수준이지. 당시나 혼자서는 발을 묶지도 못할 정도였지만, 반대로 말하면 두 명 이상 있으면 한 자리에 묶어 둘 수는 있었어. 어찌 보면 후방에서 레이스가 해주기 나름이겠지. 믿고 있을게."

이름대로 검사 타입의 적. 나는 빈틈을 찾아서 적절하게 전열과 후열로 스타일을 바꿔가며 싸우는 게 좋을지도 모른다. ……옆에 슌이 있고 뒤에 레이스가 있다. 지금이라면 누구에게도 지지 않을 것 같다.

슌을 따라서 성 지하로 내려가자 큰 신전 같은 건물이 보였다. 그리고— 그곳에는 부서진 투명한 덩어리가 난잡하게 굴러다녔다. ……봉인이 풀린 것이다.

"……기사 시늉이냐. 둘 다 전투 준비. 제단 중앙에 선 놈이야."

"알았어. 슌, 동시에 덤비자. 레이스는 지원하기 쉬운 장소를 찾아."

은색 풀 플레이트 아머를 입은 검사가 서 있었다.

나는 검을 출현시켜 허리에 차고 카이 군에게 받은 지팡이를 등에 멨다.

칠성에 다가가서 세세한 부분까지 관찰할 수 있게 됐을 때, 그것이 우리를 알아차렸다.

"슌. 저 녀석 검을 들었는데…… 허리에 한 자루 더 있어.

저건……."

"눈치챘어? 저건 원래 내 칼이야. 봉인할 때 쐐기로 쓸 물건이 필요해서."

내가 지금 쓰는 검도 카이 군이 용신을 해치우고 얻은 물건이다.

이것도 원래는 봉인의 쐐기로 쓰인 물건이라고 들은 기억이 있다.

"솔직히 지금 내 칼은 사람과 싸울 때는 좋지만, 내구력이 높은 마물, 그리고 카이본처럼 회복력 강한 상대에게는 결정타를 주기 힘들어. 저 칼을 되찾고 싶은데……."

"그 신기한 효과가 있는 무기는 약해? 카이 군에게는 잘 통하는 것 같았는데. 보이지 않는 검격이 발생하다니, 굉장하잖아?"

"아니, 그건 카이본이 약화되어서 그래. 약한 상대를 쓸어버릴 때는 이만한 물건이 없지만, 칠성이 상대라면 어림도 없지. 류에, 너만 믿을게."

"……알았어. 그럼 슌은 내 공격을 어시스트해줘."

괜찮다. 무기가 약해도 슌의 기술이라면 충분히 통할 터.

나는 레이스와 슌에게 보조 마법을 중첩하고 만전의 태세를 갖춰 돌진했다.

검을 들고 달리자 칠성도 우리를 적으로 인식했는지, 검을 들고 달려왔다.

믿어지지 않는 속도로 다가오는 모습에 순간 발이 멈출 뻔했다. 그래도 나보다 먼저 칠성에게 일격을 가하는 슌을 보고 나도 질 수 없다는 생각에 상대의 기술이 끝나는 타이밍을 노려 발을 공격했다. 사람의 형태라면…… 자세만 무너지면 틈은 생기게 마련이다.

그래도 그 순간 상대의 발치에 돌검이 자라나 내 검을 막았다.

그리고 그것은 땅을 타고 주위 바닥을 가르며 우리에게 엄습했다.

"크! 슌, 이리 와!"

나는 퍼뜩 검과 지팡이를 교환해 땅에 얼음 가시들을 만들어 돌검을 상쇄했다.

그리고 상쇄를 확인한 순간, 이번에는 우리 뒤에서 빛의 화살이 무수히 비래해 칠성의 갑옷을 격하게 때렸다. 레이스의 지원 사격에 순간적으로 상대의 움직임이 둔해졌다.

"슌, 다리를 계속 노려! 돌검보다 슌의 추격 공격이 빨라!"

"그러지. 레이스! 너는 놈이 검을 든 손을 노려줘!"

"알겠어요! ……여유가 있으면 허리의 검도 노릴게요. 주시해주세요!"

"……! 그런 작전인가, 알았어!"

강하다. 정말로 강하다. 기술 하나하나가 필살의 공격. 보조 마법이 끊기면 단 한 방에 우리가 내몰릴 정도다. 그래도……

마력이 무한이라고 해도 좋을 정도로 샘솟는다. 보조와 회복이 끊이지 않는 한…… 아직 여유를 가지고 싸울 수 있다.

"……가능하겠어. 내 공격도 카이본 덕분에 꽤 속도가 올랐어. 효과는 적어도 충격은 전해지지. 다음에 연격을 넣으면 얼음으로 놈의 전신을 덮어줘."

"응. 그래, 한순간이라도 저 녀석이 완전히 멈춘다면……. 레이스, 들었어?!"

"네! 안 놓쳐요, 정확하게 노릴게요! 슌 씨, 기회를 보고 칼을 되찾으세요."

용신과 싸울 때와는 다르다. 여기에는 내 전우가 있다. 그리고 나도 강해졌다.

무엇보다 카이 군이 우리를 믿고 힘을 빌려줬다. 질 리가 있겠는가.

그때, 슌이 달려가서 눈으로 좇기 힘든 연격을 퍼부었고 거의 동시에 추가 공격이 발생했다. 맹렬한 검격의 폭풍에 칠성이 뒤로 밀려났다. 그것을 지체 없이 얼음으로 얼려 버렸다.

멈추는 데 성공했으나, 순식간에 얼음 전체에 금이 갔다. 그리고 깨지기 직전—.

진홍색 빛이 얼음째 칠성을 꿰뚫었고 그 충격으로 허리에 찬 칼이 튕겨 나왔다.

"돌려받겠다. ……오랜만이군, 이 감촉. 류에, 이제부터 마무리에 들어간다!"

"좋아! 레이스도 지원에서 저격으로 바꿔! 강한 한 방이 필요해!"

"……네. ……굉장해, 주변 마력 농도가 점점 짙어져……."

이 싸움만이 아니었다. 이 이질적인 상황, 성에 모인 마력도 레이스의 재생술에 흡수되는 듯했다. ……후후, 믿음직해. 마지막 일격은 레이스 차지가 될까?

"역시 손에 익어. 류에, 내가 다음 일격을 넣으면 같은 곳에 한 방 더 부탁해."

그리고 칼을 되찾고 더욱더 날카롭게 벼려진 슌의 검격이 마침내 칠성의 일격을 뛰어넘었다.

검을 든 손이 크게 튕겨 나가고, 이어서 몸통 깊숙이 슌의 공격이 작렬했다. 나도 거기에 검과 마법을 동시에 꽂아 넣었다. 완전히 몸통이 도려진 칠성은 몸의 균형을 잃었다.

그 순간, 빛의 화살이 아니라 새빨갛게 빛나는 레이스 본인이 맹렬한 속도로 달려왔다.

"모든 걸…… 이 한 방에!"

마치 그녀 자체가 화살이 된 것 같은 일격. 방대한 마력을 두른 그 일격은 자세가 흐트러져 반격할 수 없는 칠성에게 완벽하게 명중했고— 칠성은 찌부러지며 허공으로 사라졌다.

"……놀랐어. 궁수인 줄만 알았는데…… 지금 공격은 멋졌어."

"후훗, 레이스는 대단하지? 지금 환경이라면 최고의 일격을 쓸 수 있어."

"그, 그런가요……. 하지만 역시 제 한계를 넘는 힘이어서…… 죄송해요, 조금만 쉴게요. 힘이 빠져서 서 있을 수가 없어요……."

칠성의 몸이 빛으로 사라지고 이겼다는 안도의 한숨을 내뱉었다. 그래도 이걸로 끝이 아니었다.

"회복되는 대로 성 위로 가자. 이 기운…… 카이 군이 싸우고 있어."

"……그런가 보군. 아니, 잠깐…… 뭔가 느낌이…… 흔들린다!"

슌의 말과 동시에 내 몸에서 급격하게 힘이 빠지는 것을 느꼈다.

쉬고 있던 레이스도 상태가 안 좋은지 고개를 숙였고 슌도 무릎을 꿇었다.

"마력이 끌려가요……! 이건…… 위에서 무슨 일이 일어난—."

그때, 흔들림이 커지고 이 지하 공간의 천장에서 바위와 잔해가 쏟아졌다.

그리고— 천장 전체가 내려앉은 것처럼 큰 구멍이 뚫리며 잔해와 함께 카이 군이 떨어졌다.

"카이 군! 카이 군 들려?! 나야, 류에야!"

"카이 씨?! 설마 성 위에서 여기까지……."

잔해가 쏟아지는 가운데, 카이 군이 일어섰다. 다행이다,

무사했어.

"아야야……. 아, 류에랑 레이스, 슌까지. 칠성은…… 해치웠나?"

"그래, 해치웠어. 카이본, 이건 무슨 상황이지? 알현실에 있었던 거 아닌가?"

"……최종 형태 돌입이야. 큰 거 한 방 먹어서 여기까지 떨어졌어."

"여기까지? 그 녀석, 그런 힘을 감추고 있었나."

그럴 리가 있냐며 카이 군에게 자세한 이야기를 들으려고 했다. 그런데 카이 군은 자기가 떨어진 구멍을 올려다보며 중얼거렸다.

"이미 저건 펜넬이 아니야."

§ § §

"『힐링 플로어』! 괜찮으세요? 바로 도시 정문으로 가주세요."

"감사합니다, 성녀님! 이건, 이건 대체 무슨 일인가요?!"

"저도 알 수 없어요. 하지만 지금 제 동료가 성으로 갔어요."

"다리아 씨, 저쪽 잔해는 전부 파괴했어요. 피난 경로 확보 완료예요!"

"고마워요, 치세 씨. 여러분, 이분이 가리키는 방향으로 달리세요!"

도시를 침식하던 식물 뿌리가 갑자기 꿈틀대며 길과 건물을 파괴했다.

휘말린 주민을 구하고 길을 개척해 어떻게든 피난시키고는 있으나…… 이대로 가면 도시 내에 수용할 곳이 없을지도 모른다.

"피해가 큰 곳은 전부 돌았나요……. 이제는 귀족들이 선도해 줄 거예요. 치세 씨, 슬슬 우리도 성으로 가죠. 왕족을 구조해야 해요."

"네! …… 이 피해가 전부 한 사람이 저지른 짓인 거죠?"

"……네, 아마도."

건물이 파괴되고 아름다웠던 거리는 망가졌다. 기분 나쁜 식물로 뒤덮인 도시는 지옥을 방불케 했다.

그리고 만악의 근원이 된 마성을 올려다봤을 때— 그것이 나타났다.

"저건…… 다리아 씨, 저게…… 칠성이에요……?"

"……아뇨. 저런 모습은 아니었어요. 저건…… 저건……."

성 상공에 나타난 용 같기도 사람 같기도 한 생물. 드래고니아보다 훨씬 용에 가까운 형상.

성을 짓뭉갤 듯 거대한 용 괴물. 그것은…….

"……그런 모습이 되는 게…… 당신 바람이었나요……?"

§ § §

먼 상공. 지하까지 떨어진 내가 올려다본 것은 『그것』으로 변한 남자였다.

"위까지 올라가자. 세 사람 다 따라올 수 있겠어?"

"……응. 카이 군, 저건…… 펜넬이야?"

"였던 것, 이지. 한 방 먹었어. 너희가 칠성을 해치우길 기다렸을 거야."

큰 진동이 나를 덮친 직후, 성 위쪽을 파괴하고 그것이 나타났다.

칠성 두 마리의 마력을 완전히 흡수한 존재. 어떤 연구의 집대성.

그것은 놈과도 깊은 인연이 있는 존재와 얄미울 정도로 흡사했다.

"불쾌해. 하필이면…… 용신과 똑 닮은 모습으로 변하다니."

용이 몸을 일으켜 두 다리로 일어선 모습. 그 양손에는 지팡이와 검을 쥐어, 우연히도 현재 류에의 스타일과도 닮았다.

"이 큰 구멍을 통해 직행한다. 나와 슌이 먼저 가서 교란할 테니까 너희는 뒤로 따라와."

"그러지. 가자, 카이본!"

하늘을 향해서 슌이 달려갔다. 나도 열풍을 타고 날아올랐다.

알현실로 돌아왔지만, 적은 더 높이 있었다. 기공격을 날려도 이미 유의미한 피해는 줄 수 없었고 적의 주의를 끄는 정도밖에 효과가 없었다.

"조무래기라면 충분하지만…… 동격에게 쓰기에는 화력이 부족한가."

"카이본, 그건 아직 쓸 수 있지?!"

"그래. 장소는 마침 지금 우리가 지나 온 구멍이야."

"……그렇군. 류에와 레이스가 합류하면 거기로 유도하지."

그리고 나는 최근 한 달여 아이템 박스에 넣지 않았던 검을 들었다.

"……명심해, 한 번뿐이야. 아마 이게 내가 낼 수 있는 최대 화력이야. 여유가 있으면 너도 『추월(追月)』로 동시에 공격해줘. 보험이야."

"……그리운 콤보군. 알았어, 맞춰줄게."

그때, 구멍에서 두 사람이 올라와 우리에게 합류했다.

"저게…… 저게 용신인가요? 몸 떨림이…… 안 멈춰요."

"……진짜보다는 훨씬 작지만, 이 압박감은 진짜 이상이야."

그랬다. 나도 지금 그날…… 내가 얼어 있는 용신에게 느낀 것과 매우 비슷한 감정이 내 안에서 휘몰아치고 있었다. 이건 공포가 절반…… 증오가 절반이다.

"이렇게 불길할 수가……. 먹구름을 등에 업은 저 모습은…… 재앙의 화신 같아요."

"……크크. 아니, 그건 정정해야겠어, 레이스."

"그래, 너희에게도 작전을 전할게. 저 구름은— 내가 만든 거야."

"어?! 카이 군 비도 내릴 수 있어?! 무슨 마법이야?!"

나는 두 사람에게도 이 구름의 정체가 무엇인지 전했다.

……나는 처음 저 녀석과 만난 이곳에서 확실하게 예감했다.

펜넬은 반드시 나와 사생결단을 낸다. 그리고 그곳은 이 엘프 나라의 중심, 모든 것의 정점이라고 할 수 있는 곳이다. 아무런 확증도 없건만 그렇게 느꼈다.

그래서 나는— 처음 이곳에서 검을 뽑았을 때, 어떤 공격을 사용했다.

펜넬에게서 날아든 보이지 않는 공격을 튕겨 내기 위해서 천장에 커다란 구멍을 뚫은 공격. 그것의 정체는 『천단「강마(降魔)」』. 한때 나오 군 일행과 모험하던 때 썼던 기술이었다.

그 효과는 정체된 에너지를 구름으로 대기시키고, 다음 공격과 동시에 구름에서 머문 시간에 비례해 강력한 일격을 떨어뜨리는 것. 즉, 설치형 공격이다.

나는 그것을 한 달 이상이나 이곳 하늘에 머물게 했다. 물론 기술이 사라지지 않도록 항상 무기를 실체화해 장비 판정을 잃지 않도록 하면서.

당연히 원래 플레이어였던 슌과 다리아는 그게 무엇인지 알고 있었다.

"알아도 어쩔 도리도 없었지만. 그나저나…… 기분 나쁠 정도의 감이야."

"……비슷한 것끼리 통하는 게 있는 법이야."

아무튼 지금 하늘에 뜬 먹구름에는 저 녀석을 확실하게 처단할 최고의 일격이 비축되어 있다. 그리고 저 녀석은 무슨 생각인지 용신을 닮은 모습으로 변했다.

……용에게 사기적으로 유리한 어빌리티가 나한테 있는데도.

"우리가 나온 구멍, 그곳 위로 가짜 용신을 유도해서 도망치지 못하는 상황을 만들고 싶어."

"알겠어요. 그럼 저는…… 주의를 끌게요."

"레이스는 화살 궤도를 바꾸는 기술도 있지? 내가 만든 방패 뒤에서 해줘."

"나도 교란을 위해 날개를 공격할게. 카이본은 아직 검을 쓸 수 없지?"

"그래. 슌, 어떻게든 저 녀석을 떨어뜨려줘. 건물 안이라면 마음대로 못 움직일 거야."

그리고 여기 있는 네 사람의 총력을 발휘해 가짜 용신을 추락시키기 위한 싸움이 시작됐다.

슌이 무너진 천장 반대편으로 뛰고 그곳에서 용신을 향해 검기를 날렸다.

그리고 류에는 반투명한 연노란 벽을 만들어서 레이스 앞에 설치했다. 그 뒤에서 레이스는 적에게 유도되는 화살을 연사했다. 저건…… 전에 비오와 싸웠을 때 쓴 기술이다.

나도 정신을 분산할 요량으로 기공격을 쐈다. 그러나 다른 공격에 비해 내 공격은 놈의 적개심을 강하게 자극하는지, 두 손에 쥔 검과 지팡이로 공격해 왔다.

"무명 실드! 아직 이름은 없지만, 내가 이걸로 막을게. 반격 걱정은 하지 말고 카이 군도 레이스도 팍팍 공격해!"

"대단한데……. 지금 그걸 용케 막았어."

"이거 다중 전개할 수 있어. 지금은 마력 회복이 빠르니까 거리낌 없이 쓸 수 있어."

그러더니 류에는 우리 가까운 곳에도 실드를 몇 장 더 설치했다. 반투명할 텐데 얼마나 겹쳤는지 앞이 안 보일 정도였다. ……이건 공격에도 쓸 수 있겠다.

"레이스, 화살을 계속 쏴. 수가 늘어나면 아무리 효과가 약해도 무시하지 못할 거야. 슌! 시작 타이밍은 알지?!"

"알아. 바닥으로 격추하지. 떨어진 놈을 못 움직이게 막을 수단은?"

"류에, 저 녀석이 떨어지면 이 배리어로 둘러싸 버려. 가능하지?"

"아하…… 그래, 얼음보다 이쪽이 더 강할지도 몰라. 맡겨줘!"

아무리 무해한 날벌레라도 무수하게 주위를 날아다니면 누구든 손으로 쫓아 버리고 싶어진다. 레이스의 공격이 딱 그렇다. 놈의 신경을 끌어 반격시키는 것이 목적이다.

그리고 그 틈을 슌은 절대로 놓치지 않는다. 격추하겠다고 말했으면 반드시 한다.

그 뒤 류에가 실드로 가두어 도망치지 못하는 상황을 만드는 작전이다.

나는 천천히 검을 머리 위로 들어서 마지막 일격을 준비했다.

그때, 가짜 용신이 레이스가 쏜 빛의 화살을 지팡이로 쳐내며 큰 틈이 생겼다.

"슌, 지금이야!"

그 순간, 슌은 놈의 꼬리로 올라타서 그대로 등까지 달려갔다. 그리고 정수리에서 더 높이 뛰어오르고— 그 칼이 번뜩였다.

"으랴앗! 한 방 더! 더 떨어져라! 바보 멍청아! 진짜 더럽게 약하네! 이것도 못 피해? 자냐? 어이가 없네. 너 일부러 맞는 거지?!"

"너무 흥분해서 옛날 성격 나오네."

PvP 아레나 최강의 검사. 통칭『마스터 수다쟁이 검사』. 싸우면서 끊임없이 채팅으로 상대를 도발하는 악질 유저.

장난치는 듯 보이지만, 그 한 방 한 방이『극광「멸」』. 나와 싸우면서 보여준 필살기나 다름없는 최강기. 한 번 공격이 맞을 때마다 놈의 고도는 확연히 떨어져 점차 건물로 내몰렸다. ……저거 사기 기술 아니야?

자세히 보니까 슌이 쓰는 칼이 게임 시절 무기로 바뀌어 있었다. 저건 아마…… 같은 기술을 쓰면 소비 MP가 점점 내려가는 효과가 있던가?

게다가 지금 슌에게는 내가 부여한 어빌리티도 있었다. 그야말로 귀신처럼 강했다.

"와아…… 슌, 검 휘두르면서 엄청 기뻐 보여……. 좋아, 그럼 나도 갈게!"

슌의 마지막 일격에 가짜 용신이 알현실로 추락했다. 그것을 연노란 벽이 받아내고 순식간에 수십, 수백 장으로 늘어나 놈을 둘러쌌다. 이제는 거의 노란 육면체처럼 보였다. 하지만— 거기에 금이 가면서 류에의 표정이 일그러졌다.

"……큭, 이게! 카이 군, 미안, 못 막겠어!"

육면체 일부가 깨지고 안에서 거대한 검이 튀어 나왔다. 도망치기 전에 급하게 검을 내리쳐야 할지 한순간 망설인 그때, 바닥이 꺼진 방의 입구로 사슬 한 줄이 날아들었다.

그것은 순식간에 류에가 만든 육면체를 감아서 안에 있는 가짜 용신의 힘을 약화하는 듯 보였다. 모르는 마술. 하지만 이런 일을 할 수 있는 사람은 한 명밖에 없다.

"늦어서 미안해요! 왕족은 무사히 성 밖으로 나가는 중일 거예요!"

"다리아! 이 사슬 더 버틸 수 있어?! 그렇다면 여기서 끝낼게!"

"네. 그는…… 칠성이 되었어요. 그럼 칠성용 봉인술도 효과를 발휘하겠죠."

머리 위로 든 검. 거기에 다리아와 류에의 보조 마법이 걸렸다.

그것은 정말로 단순한 것. 하지만 그 단순한 효과는 이 상황에서 가장 효과적이었다.

『다음 일격의 위력을 두 배로 한다』. 그것을 두 번 건 검으로 나는―.

"……잘 가. 너는…… 마지막까지 너무 잘난 학생이었어―."

"천단『강마』."

무수한 번개를 둘러 공간을 비틀고, 소리를 찢고, 세상을 꿰뚫는 일격이 놈을 집어삼켰다.

§ § §

초대형 일격을 받고 성에 난 구멍은 더욱 넓어졌다. 그리고 몇 초 후, 까마득한 지하에서 맹렬한 물기둥이 치솟았다. 아마 지하를 흐르는 강까지 뚫어 버린 모양이었다.

검을 내리친 자세에서 조용히 일어났다. 주위를 둘러싼 것은 정적과 그 정적을 깨는 물소리. 그리고…… 뇌리에서 승리를 알리는 소리. 그 소리란 바로―.

[시스템 메시지]

LvUP 402→403

직업Lv [탈명 기사] (7)→[탈명 기사] (9)

직업 스킬 획득 [어빌리티 융합]

"……몇 번 당하니까, 이제는 익숙하군. 다들 괜찮아?"

"윽…… 진정될 때까지 조금만 기다려줘. 성장 반동이야, 이거……."

"……해치웠어. 다리아, 지금 바로 주위에 퍼진 마력을 모아줘. 해방자를 돌려보내려면 필요하잖아? 이게 사라지면 목적 중 하나는 실패야."

역시 익숙한 작업인지 슌이 다리아에게 지시하더니 검을 거두고 자세를 바로잡았다.

다리아도 바로 지팡이를 들고 뭔가 주문을 외웠고, 눈앞에 불길한 색의 거대한 보석이 형성되어 갔다. 이게 칠성의 힘, 마력 결정체인가 보다.

"레이스, 가능하면 조금 도와주세요. 주위 마력을 이곳에 모아야 해요."

"앗, 네……. 우으, 머리가 깨질 거 같아요……."

아마도 이중에서 가장 크게 성장했을 레이스가 반동으로 괴로운 표정을 짓고 있었다. 아아, 정말로 해치웠구나. 그

가짜 용신을.

“다리아, 치세는 어디 있어? 같이 있었잖아.”

“걱정 마세요. 치세 씨는 왕족을 유도해서 도시 입구로 갔어요.”

“그래? ……내 공격으로 지하가 완전히 무너졌을 테니까 확인하고 올게.”

“아, 나도 갈까? 아마 물바다가 됐을 테니까 내가 얼려야 할지도 몰라.”

“아니, 류에는 여기서 모두를 회복해줘. 레이스와 다리아도 아직 작업 중이니까.”

“아차, 그렇지. 둘 다 마력이 고갈될 것 같으면 말해.”

류에, 레이스, 다리아에게 이곳을 맡기고 슌에게는—.

“슌, 성 밖으로 가 봐. 일단 누가 다가오지 못하도록.”

“알았어. 다리아, 작업이 끝나면 같이 대피한 주민들에게 가자.”

이곳은 일행에게 맡기고 나는 혼자 크게 넓어진 구멍으로 뛰어들어 지하로 내려갔다.

……확신에 가까운 예감이 들었다. 우리가 해치운 건…… 용신을 흉내 낸 존재에 불과하니까.

지하는 이미 원형을 유지하고 있지 않았다. 바닥 전체가 거대한 크레이터가 되었고 중심부에는 깊이를 헤아리기 힘들 정도로 거대한 구멍이 뚫려 있었다.

강물이 구멍으로 떨어지지만, 이곳을 채우려면 몇 개월은 걸릴 듯했다.

"미래에 기네스급 수심이 되겠어. 그럼…… 갈까."

승리의 여운을 망칠 수는 없었다. 최후의 원망을 들려줄 수는 없었다.

불구대천의 원수는 나뿐이다. 다른 이들은…… 많든 적든 연관을 가졌던 인간이니까.

그 구멍으로 뛰어들었다. 물이 차오르는 구멍 바닥에 착지한 나는 그것을 발견했다.

망가지고 찌부러진, 원형을 유지하기는커녕 원형이 완성되지도 않은 그 존재를.

"……전부, 흔적도 없이 파괴했어야 했나. 영혼 소멸만은 피했군."

"…………정말러…… 너, 머야……. 너므, 끈질겨."

조금 큰 돌 위에서 가까스로 수몰을 면한 그것은 완성되지 못한 태아 같았다.

……펜넬이 남아 있었다. 그 공격을 버텨낸 것이다.

"이, 제…… 영핵(靈核)이 모버텨…… 하하…… 이런 건 싫은데……."

"그러냐? 그럼 이제 정말로 마지막이군?"

"……안 주그려고 노……력했는……데…… 여기서 끝……인가."

인정하마. 네 그 끈질김 하나는 확실히 용신도 능가한다.

"용신과 동등한 힘을 얻어서 뭘 하고 싶었던 거야? ……대충 예상은 되지만."

"너……한테만은 이해……바코 싶지 않아."

너는 나와 같다. 그러니까 안다. 그러니까 불구대천의 원수인 거다.

이자는…… 나처럼 진심으로 류에를— 사랑했다.

그 집착은 틀림없이 사랑에서 오는 것임을 알았다. 비뚤어진 사랑이었다.

"너, 사실 쭉 류에를 구하려고 했지?"

"……너, 어떠케 봉인을 푸러지……? 내가 푸려고, 했다고."

"글쎄. 굳이 알려줄 필요 있나?"

"……다른 느긴가에게 떠넘겼게치……. 나라면 이 히므로…… 용신을 주겼을 텐데."

"그래, 그럴 수도 있었겠지."

이 녀석은 나라도, 국민도, 믿음도, 동료도, 인연도, 모두 걸어서 이루려고 했다.

한때 스스로 포기하고 배신하여 세상 끝자락의 숲에 봉인한 선생님— 용신을 해치우고 자신이 사랑한 단 한 명의 여성, 류에를 데리러 간다는 소원을.

그녀 외의 모든 것을 아무래도 좋다고, 보잘것없다고 단정하고 행동했겠지.

그것은 이 세계에 막 떨어져 류에가 전부였던 자신을 보는 듯했다.

국민의 감정 조종도, 공화국 봉인 수정도, 모두 언젠가 칠성의 힘을 자기 손에 넣기 위함이었으리라. 그것은 장대한 계획이라기보다 망집의 산물이었다.

"므시하지 마…… 비러머글 자식…… 선생니미 가진 검을 보면 아라……."

"……그래. 미안하다."

"왜…… 외 너야……. 왜 네가 해치은 거야……."

용신을 해치운다. 그것이 봉인에 희생된 류에를 구하는 가장 효율적인 방법.

내가 한때 그러려고 한 것처럼, 이 녀석도…… 해치우기 위한 힘을 얻으려고 했다.

"주겨……. 너한테마는 동정받기 시러."

"……알았어."

검이 아니라 손을 댄다. 이건 경의다. 같은 사람을 사랑하고, 어쩌면 나보다 강한 마음을 품고, 피로 점철된 길을 홀로 걸어온 이 남자에 대한. 하지만— 애석하게도 천국으로는 못 보내준다. 남 말 할 처지는 아니지만, 너는 너무나도…… 손에 많은 피를 묻혔다.

그러니까— 똑바로 떨어져라. 더는 방황하지 말고, 지옥 밑바닥으로.

"……지옥 밑바닥으로 똑바로 떨어져라, 『헬 버스트』."

"……전말로…… 자증나는 자식이야…… 너는……."

하늘로 오르지 않고, 하늘에서 쏟아지는 칠흑색 불이 모든 것을 불살라 소멸시켰다.

불길 속에서 사라져 가는 펜넬이 남긴 마지막 말은…… 어쩐지 기쁘게 들렸다.

『사람을 계속 미워하는 것은 괴롭고 힘들다』라고 누가 말했었다. 하지만— 미움과 사랑은 표리일체. 그러니까 사람을 계속 사랑하는 것도 괴롭고 힘들지도 모른다.

그리고 눈치 없게 뇌리에 울린 소리가…… 그의 진짜 최후를 고했다.

[시스템 메시지]

웨폰 어빌리티 획득

[구제]

그건 과연 펜넬이 주고 싶었던 것일까, 아니면 자기 자신이 원하던 것일까. ……부디 죽음이 너의 구제가 되었기를—.

에필로그

가짜 칠성, 펜넬이 성 상공에 나타난 사실은 우리에게 유리한 방향으로 사태를 이끌어줬다. 모든 피해와 재난의 원인을 떠넘길 수 있었으니까.

다리아와 슌은 왕족을 비롯한 국민들에게 이렇게 설명했다.

『부활한 칠성이 폭주했고 선왕 펜넬이 이를 막으려다가 전사했다. 그 뒤 우리와 동료들이 칠성을 완전히 소멸시켰다. 위기는 사라졌다.』라고.

물론 그건 어디까지나 국민에게 발표한 내용이고 왕족에게는…… 정확한 진실을 알리겠다고 다리아는 말했다. 나라의 대표니까 역사의 진실을 알 의무가 있겠지.

그리고 다리아와 레이스, 류에의 힘으로 고정화된 칠성의 마력은 급히 완성한 소환 술식에 투입되었다.

치세를 돌려보내기 위한 조치였다. 이 방대한 칠성의 마력을 써서 그녀를 지구로 보내줄 것이다.

술식 조정과 자리 마련, 간이 제단 설치와 준비에 며칠이 걸린다고 하지만, 그래도 마침내 지구로 돌아간다고 들은 치세는 진심으로 안도한 표정을 짓고 있었다—.

펜넬을 쓰러뜨리고 사흘째 밤. 숙소에서 소소한 송별식이 열렸다.

다리아와 슌도 참여하여 곧 이 세계를 떠날 치세에게 저마다 말을 건네고, 이 세계에서밖에 먹지 못할 요리를 먹고, 평온한 시간을 함께 보냈다.

“저도 물품을 보관하는 능력이 있는데, 이 안에 든 건 사라지겠죠?”

“네. 원래 세계에는 존재하지 않는 힘이니까요. 필요한 건 실체화해 두세요.”

“아, 그럼 카이 군에게 받은 목걸이는 괜찮겠다. 그밖에는 뭐가 있을까?”

“그러네요……. 레이스 씨에게 받은 옷도 기념으로 몇 벌 챙겨 갈게요. 그리고…….”

그러면서 치세는 이쪽 세계에 올 때 받은 칼을 구현화했다.

“이걸 가지고 갈 수는 없어요. 게다가 이 칼에는 뭔가 특별한 힘이 있죠? 그럼 여러분에게 도움이 될 거예요. 이건 여기 두고 갈게요.”

“그, 그래? 근데 나는 그거 못 만져……. 다리아도, 아마도 슌도.”

“아, 나는 괜찮으니까 내가 받아도 돼? 봐 봐.”

아마도 게임 플레이어였던 사람을 해하기 위한 칼. 류에는 그것을 아무렇지 않게 잡았다.

참고로 내가 만지면 순식간에 손바닥이 녹아서 뼈가 빼꼼 인사를 한다.

"그리고 이거, 요리 노트. 원래 세계에서도 요긴하게 쓰이겠어요."

그러더니 치세는 노트 한 권을 꺼내 보였다. 표지에는 데포르메한 촌장님 그림이 들어갔고 말풍선에 『다 같이 맛있는 요리를 먹어요.』라고 적혀 있었다. 이건…… 촌장님이 만든 책 같았다. 전에 내가 드린 레시피 노트를 마을 아이들을 위해 재편해서 배포했겠지. 그림이 무척 귀여워서 나도 갖고 싶어졌다.

"치세 씨, 그것들은 소환할 때 몸에 지니고 계세요."

"네. 남은 건 자질구레한 요리 재료인데…… 카이 군, 필요해요?"

"그래, 일단 받을게. ……다행이야, 치세. 드디어 소원을 이루는구나."

쓸쓸함이 가슴을 찔렀다. 이런 감정은, 나 하나만 느끼면 족하다.

그렇게 조용히 밤이 깊어 다리아와 슌, 치세가 성으로 돌아갈 시간이 됐다.

배웅하려고 밖으로 나가자 다리아가 남몰래 내게 손짓했다. 무슨 비밀 이야기라도 하려는 것일까?

"치세 씨에게는 이미 전했지만, 소환 의식은 내일 새벽에 해요. 사실은 비밀로 해달라고 부탁받았지만…… 카이본, 당신만은 지켜봐야 하지 않을까요?"

"……! 그래서 오늘 송별식을 열었어? ……여전히 남을 너무 배려해."

"그러게 말이에요. 그럼 내일 새벽, 4시경에 와주세요. 빠져나올 수 있겠어요?"

"문제없어……. 저 둘과는 오늘 웃으면서 헤어졌어. 그거면 충분하겠지……."

그렇게 나는 가슴이 죄여드는 밤을 보내고…… 동생과 생이별할 새벽을 맞이했다.

§ § §

폭주한 식물로 인한 피해는 다행히 건물에만 그쳤고 인적 피해는 나오지 않았다.

새벽부터 복구 작업에 힘쓰는 주민을 관찰하면서 아침노을을 받는 성으로 향했다.

나무가 원래대로 돌아와서 성 대부분이 무너졌지만, 다리아의 재생술로 약해진 부분이나마 보강한 모양이었다. 정말로 편리한 능력이다.

나는 내가 뚫은 구멍을 통해 단숨에 지하로 뛰어내렸다.

이곳도 많이 정리가 되었지만, 여전히 거대한 구멍이 뚫린 채로 물이 흘러들고 있었다.

"다리아는…… 저기 있군. 제법 멋진 제단이잖아. 이런 걸 이렇게 빨리 준비했어?"

"카이본? 그래…… 너만은 불러야 한다고 생각했나. 다리아는 저쪽에 있지만, 지금은 치세와 함께 술식의 기점에 마력을 스며들게 하면서 걷는 중이야."

"불과 3일 만에 제단까지 설치하다니, 역시 다리아야. 절로 고개가 숙여져."

"아니, 이곳은 원래 칠성 봉인 신전이었어. 써먹기 좋으니까 재활용한 거지."

나는 슌에게 복구 상황이나 향후 예정을 들으며 두 사람을 기다렸다. 그러자 얼추 작업이 끝났는지 다리아와 치세가 제단으로 돌아왔다. 다리아는 웬일로 요즘 자주 입던 로브가 아니라 성녀의 의상, 얇고 하늘하늘한 옷을 입었다. 뭘까, 이 기묘한 느낌은.

그리고 치세는…… 이 세계에서는 볼 일이 없는 현대풍 옷을 입었다. 이건…… 비즈니스 캐주얼이라고 하나? 하긴…… 이미 사회인이겠지.

"왔군요, 카이본."

"왔어. 치세, 미안. 비밀로 하고 싶었나 보지만, 나도 배웅하러 왔어."

"……! 그런, 가요."

한순간 그녀가 표정을 찌푸린 것처럼 보였는데, 내 착각일까.

"치세 씨, 이 제단에 새겨진 문장 중심에 서주세요."

"……네."

치세는 손에 갠 옷과 노트 한 권을 들었고 목에는 내가 선물한 펜던트가 걸려 있었다. 이게 그녀가 이 세계에서 원래 세계로 가지고 갈 물건이었다.

의식이 시작됐다. 제단 뒤에 안치되었던 거대한 결정이 부서지고 주변으로 눈부신 빛이 떠돌았다. 그 빛은 다리아의 주문에 이끌리듯 이 지하 공간을 돌아 치세에게로 갔다.

"……카이본, 정말로 괜찮지?"

"그래. 말없이 보내주기로 했어."

빛이 치세를 중심으로 소용돌이치며 모습이 사라지려고 할 때, 치세가 외쳤다.

"저! 하나 더…… 가지고 가고 싶은 게 있어요!"

"으! 이미 중단할 수 없어요……. 대체 뭘 가지고 가려는 건가요?"

여기까지 와서 설마 뭘 깜빡했어? 뭐야…… 어른이 되어도 너는—.

그때, 빛 속의 치세가 나를 향해 팔을 뻗고 그 말을 꺼냈다.

"여기까지 왔으면…… 같이 돌아가자…… 오빠."

"어……?"

시간이 멈춘 것 같은 착각에 빠졌다. 지금, 치세는 나를 뭐라고 불렀지?

옆에 있는 슌과 다리아를 봤다. 설마 가르쳐줬냐고. 하지만 두 사람 다 고개를 저었다.

"……무슨 소리야, 치세. 미안하지만 나를 가지고 갈 수는 없어."

"쭉 궁금했어. 엘다인에서 왜 류에 씨와 레이스 씨 앞을 막으면서까지 나를 구하려고 했는지. 두 사람이 더, 소중할 텐데."

"그건…… 네가 해방자라고 생각해서 죽으면 안 되니까—."

"그 말을 누가 믿어……. 말도 안 된다는 거 알지? 그리고…… 가족이잖아. 생김새가 변했어도 옛 모습이 남아 있어. 그리고 무엇보다…… 이거, 오빠라는 증거."

그건 촌장님이 만든 레시피 노트였다. 그리고 펼친 페이지에는 『카이본 오빠의 레시피』라고 이름 붙은 어떤 요리 만드는 법이 적혀 있었다.

그 레시피 노트는 원래 헤어질 류에에게 남기려고 만든 것이지만, 함께 여행을 하면서부터 그날그날의 요리 만드는 법을 적는 기록장이 되었다.

……거기에는 요리를 못 하는 류에라도 할 수 있는 간단한 레시피가 적혀 있었다.

그리고 그건…… 류에와 마찬가지로 요리를 못 하는 가족

에게, 언젠가 내가 또 집을 나갔을 때를 위해 남긴 레시피와 똑같은 내용도 있었다.

"전부 똑같아. 설명 방식도, 순서도, 전부. 무엇보다 이거…… 바쁜 아침에 자주 만들던 거잖아. 들어가는 재료도 봐, 내가 요청한 것도 들어갔어."

그게 전부 우연이라고 말해 봤자 이미…… 치세는 확신을 가졌다.

촌장님, 설마 내 이름까지 그대로 옮겨 쓸 줄이야…….

"같이 가. 집에 가자…… 요시키 오빠."

돌아갈 수는 없다고 결심한 마음이 크게 흔들렸다. 가족의 애원 앞에서 내 선택이 흔들리고 발이 한 발자국 앞으로 나갈 뻔하지만—.

"안 돼! 가면 안 돼, 카이 군! 가지 마, 가면 안 돼애애!"

"가지 마세요! 두고 가지 말아요! 카이 씨! 저는 당신이 없으면—."

울려 퍼지는 두 사람의 외침에 움직이려던 발이 우뚝 멈추고, 마음을 다잡았다.

똑바로 빛 너머에 있는 치세의 눈동자를 바라보며 내 마음을 전했다.

"치세. 나는 이 세계에 가족보다 소중한 사람이 생겼어. 이기적인 건 알지만…… 같이는 못 가. ……미안, 못 돌아가서. ……정말로 마지막에 이런 실수를 하다니."

"……그래? 그럼…… 포기해야겠네. 응, 포기해야지. ……응."

치세가 팔을 내리고 등을 돌렸다. 이제는 진짜 작별이다. 영영 만나지 못할 이별이다.

달려온 류에와 레이스가 내 양팔을 잡고 어디에도 가지 못하게 매달렸다.

……정말로 나는 바보다. 동시에 세 명이나 울리다니, 남자로서 최악이다.

"치세. 마지막으로 하나만 말할게. 너도 자유롭게 살아도 돼. 나뿐 아니라 아버지 일도 아버지에게 맡기면 돼. 그 모양이어도 내 아버지야. 심지는 강한 사람이야."

"……정말로? 아빠는 안 돼……. 채소볶음도 못 하고 빨래도—."

"계속 해주니까 발전이 없을 뿐이야. 가만히 두면 점점 성장해, 믿어줘. 그러니까…… 너도 자유롭게 살아. 쭉 속만 썩인 내가 말하기도 그렇지만…… 자유롭게, 살아."

최소한의 위안밖에 되지 못할 말. 거만하고 무책임한, 가족을 버린 오빠의 말. 하지만 이 말만은 할 수밖에 없었다. 필사적으로 돌아가려는 치세가 어떤 저주에 사로잡힌 것처럼 보였으니까.

"알았어, 자유롭게 살게. 그러니까…… 오빠도 여기서 제대로 살아. 그리고 두 사람을 행복하게 해줘. 오빠한테는 아까울 정도로 좋은 사람들이야."

빛이 강해져 이제는 소용돌이 중심에 있는 치세조차 보이지 않았다. 이게, 마지막이다.

"행복하게 해줄게. 그러니까 너도— 남친 만들라고는 안 할게. 네가 원하는 인생을 살아, 치세!"

빛을 향해서 외치다시피 마지막 말을 전했다. 그리고 빛이 사라지자, 이미 치세의 모습은 어디에도 없었다. ……잘 가, 치세. 건강해야 해—.

"……깨어났더니 카이 군이 없어서…… 그래서 안 좋은 예감이 들어서……."

"죄송해요. 화나셨나요……? 제가, 너무 떼를 썼나요?"

"화나긴, 괜찮아. 그냥 좀 놀랐을 뿐이야. 나는…… 아무데도 안 가. 둘 다, 걱정시켜서 미안해. ……다리아, 슌. 너희도 고마워."

분명히 가슴은 아팠다. 하지만 그건— 지금 여기 있는 동료를 생각하기 때문이다.

나는 여기 있다. 앞으로도 이 세계에서 이들과 함께 살아가기로 결심했다.

"……그럼 오늘부터 우리도 복구 작업을 도울까? 공화국에서 회담도 열 계획이지? 할 일이 산더미야. 뭐든 말만 해, 다리아."

"……네. 그러면…… 오늘은 당신 혼자서 도시를 돌아보세요. 오늘 정도는…… 괜찮죠? 류에, 레이스."

사람을 너무 배려한다. 나는 그렇게까지 약하지 않다. 하지만— 오늘만은 그러도록 할까.

“알았어. 그럼 식당가나 다녀올게. 거기서 신세 진 적이 있으니까.”

이 지하 공간을 뒤로했다. 딱 오늘만이다. 내일부터는 정신 차릴 테니까—.

§ § §

“오늘 정오에 모시러 오겠습니다. 그럼 이만 실례하겠습니다, 류에 님.”

“응, 일부러 와줘서 고마워. 그럼 옷 갈아입고 기다릴게.”

성 안뜰에서 나는 망가진 화단을 재생하고, 내가 가진 고향의 꽃씨를 심었다.

“왜 함께 식사하고 이야기할 뿐인데 드레스를 입어야 하지?”

치세가 원래 세계로 돌아가고 2주가 지났다.

카이 군은 낙담하지 않고 오히려 매일 정력적으로 일하며 혼자서 수십 명이 할 일을 척척 해냈다. 그래서 나도 지지 않으려고 도울 일이 없냐고 물었더니 성 안뜰에 숲의 마력을 불어넣어 달라는 부탁을 받아 이렇게 고향 식물의 씨앗을 심고 다니는 중이었다.

“정원사 아가씨, 오늘도 열심히 일하네! 무리하다가 쓰러지면 안 된다!"

"고마워! 이게 끝나면 쉬려던 참이야."

그리고 지금 나는 머리색을 속이지 않고 흰 머리칼 그대로 성에서 생활하고 있었다.

임금님이 국민에게 선포했기 때문이었다. 『백발 엘프는 칠성의 영향으로 태어났을 뿐이다. 그리고 이번 재앙을 해결하고자 우리 선조의 고향에서 세미엘의 피를 이은 엘프가 와 주었다.』라고.

처음에는 동요와 의구심이 퍼졌지만, 임금님이 사람들 앞에 나선 덕분에 내가 그들에게 맡긴 숲의 마력이 서서히 퍼져 반사적인 혐오는 옅어지고 점차 주변 반응도 바뀌었다.

게다가 내 일은 이것만이 아니었다. 숲에 살던 시절의 브라이트 일족을 아는 나는 이야기꾼으로서 과거 역사와 문화를 임금님에게 가르치는 역할도 맡았다. 거창하게 들리지만, 실제로는 같이 밥 먹고 이야기할 뿐이다.

"어디 보자…… 슬슬 옷 갈아입으러 방으로 돌아가야지. ……오늘 밥은 뭘까?"

§ § §

"그래? 이미 예고는 했다고? 그럼…… 답변이 오는 대로 우리도 출발해?"

"네. 다행히 레이스가 도와준 덕에 도시의 주요 기능은 회복되고 있어요. 마안이란 거 정말 부럽네요……. 저보다 재생술 효율이 훨씬 좋더라고요."

성 최상층. 알현실보다 더 위에 있는 작은 방은 한때 슌과 다리아, 그리고 펜넬만이 출입할 수 있던 곳이라고 했다. 그 곳에 불려간 나는 조만간 세류에서 열리는 회담, 이번 소동의 전말을 보고하는 자리에 출석하기 위해 의논하고 있었다. ……그런데 이 방은 뭐지? 놀이 도구 천지잖아?

"그렇다고 레이스를 너무 혹사시키지 말아줄래? 본인은 재생술을 수행한다며 의욕적이지만…… 너무 분발하다가 자기도 모르게 무리하고는 해."

"어머나…… 그랬나요? 오늘은 물길이 막힌 지저 호수가 있어서 주변 강물 흐름을 조정해달라고 부탁했는데…… 나중에 상태를 보고 올게요. 여행 준비도 해야 하고요."

"그래주면 고맙지. 이번에도 아마미네 마을을 통해서 세류로 갈 거지? 신데리아에 수륙 양용 마차라도 불러놓을래? 아마 거기 도착하려면…… 일주일은 걸리려나."

"아뇨, 닷새예요. 녹스헤임에 객선을 준비할 예정이라서요."

그런 예정을 세우는 사이, 슌도 편지를 들고 방에 찾아왔다.

세류에서 전서구, 아니, 전서룡이 왔다는 것이었다. 이 대륙, 마법 기술은 진보한 주제에 통신 마도구가 아직 실용화되지 않았다. 이것도 대륙에 펼쳐졌던 술식의 영향이라고 하지만…… 앞으로는 더 발달하겠지.

"이미 다른 영주에게도 연락했고 각자 세류로 가는 중이래. 우리도 지금부터 가면 같은 날에 모일 거야. 어쩔래? 지금부터 마을로 갈까?"

"그렇게 서두를— 아 참, 곧 줄리아 치료가 끝나지? 시기도 마침 적당하네. 나도 두 사람한테 일러둘게. 곧 출발할 거지?"

"네, 그러죠. ……당신 덕분에 저도 슌도 정말 도움을 많이 받았어요. 이곳에 머물면서 복구를 돕겠다고 했을 때는 어찌나 놀랐는지……."

"……하고 싶어서 그래. 그리고 왕도 전부는 아니지만 국민에게 진실을 알렸어. 나는 그거면 만족해. 이미 이 나라에 원한은 눈곱만큼도 없어."

옛날 나라면 생각할 수 없는 변화다. 그런 생각이 절실하게 들었다.

"나는 이만 숙소로 돌아가서 류에와 레이스가 돌아오기를 기다릴게."

"알았어. 그 전송진, 너 혼자서는 기동 못 하지? 나도 같이 가지."

"이거 말이지…… 가까운 거리라도 살아 있는 인간을 전송한다니, 오버 테크놀로지잖아."

출입구가 존재하지 않는 방에서 마법의 힘으로 성 1층으로 돌아왔다. 이곳은 전송 전용 방이라고 들었지만…… 여기 놓인 장식, 얼굴 없는 여신상이 묘하게 신경 쓰인다. 이거, 색을 검게 칠하면 완전히 나와 류에가 마인즈밸리에서 발견한 주물(呪物), 저주를 흩뿌리는 조각상과 똑같은 조형이었다.

"이 조각상은 뭐야? 무슨 의미라도 있어?"

"글쎄, 옛날 펜넬이 어디서 가지고 왔어. 자세한 사항은 몰라."

"흠…… 알았어. 그럼 나는 돌아갈게. 너희도 자리 비우기 전에 인수인계 제대로 해 둬. 보나 마나 너는 당분간 줄리아한테 붙어 살 테니까."

"당연하지. 줄리아의 재활도 해야 해. 당분간 근위대장 임무는 부하에게 맡길 거야."

슌의 얼굴에 떠오른 것은 진심에서 우러난 웃음이었다. 정말로 잘됐어.

아버지의 얼굴로 웃는 친구를 잠시 선망의 눈길로 보고는 나도 숙소로 돌아왔다.

§ § §

감촉이 없는 바닥. 아무것도 닿은 느낌이 안 드는데 나는 지금 분명히 엎어져 있었다.

왜? 나는 돌아가는 게 아니었어? 왜 이런 곳에 있지……?

"정말로 무사히 돌아갈 수 있다고 생각했어? 내 소원을 무시하고, 내가 준 힘마저 그 녀석에게 넘겼어. 나를 배신하고 정말로 원래 세계로 돌아갈 수 있다고 생각했냐고!"

"아윽…… 갈 거야…… 나는…… 집으로 갈 거야!"

"……그렇게 가고 싶으면 네 시체를 보내줄게! 그래…… 네 기억에 있는 병…… 네 어머니와 같은 상태로 발견되게 해줄게!"

그 순간, 가슴 안쪽을 강하게 얻어맞은 것 같은 통증이 퍼지고 몸에서 힘이 빠졌다.

"안 돼, 안 돼…… 이렇게까지 했는데……. 빨리 새로운 그릇을 얻어야 해……. 그 세계로 돌아가야 한다고……. 내 세계야…… 내가 받아야 할 세계야……."

마지막으로 들은 말은 어디서 들리는지 모를 무척 초조한 목소리였다—.

"……기대는 못 하지만…… 그 녀석을 믿어 볼 수밖에 없나……. 그게 안 된다면—."

§ § §

슬퍼해야 할 때는 제대로 슬퍼해야 그 후 인생을 똑바로 살아갈 수 있다. 그런 말을 하는 사람도 있지만, 나는 개인적으로 슬픔마저 잊을 정도로 일해서 모르는 새 슬픔을 극복하는 편이 건설적이라고 생각한다. 그렇지만 그 점을 감안하더라도 요즘 나는, 아니, 우리는 너무 정력적으로 일하는 게 아닐까?

"슌…… 아무리 나라도 지쳤어. 마을에 도착하면 나는 출발하기 전까지 더는 안 움직일 줄 알아."

우리는 은둔촌 입구가 있는 구 역참 마을 데미 드라실에 도착했다.

"미안, 마음이 자꾸 급해져서……. 난감하네, 아직 입구가 있는 술집도 안 열었어."

"미리 연락은 했으니까 가 봐요. 사람이 못 오게 막았을 뿐인지도 몰라요."

예상대로 우리가 마을로 간다고 하여 전날부터 술집에 휴업 팻말을 걸어둔 것이라고 했다. 시간에 여유가 있으면 갈릭 스테이크라도 먹을까 했는데 아쉽네.

"전에는 금방 떠났는데…… 이번에는 얼마나 있을 거야?"

"아쉽게도 회담에 맞추려면 하루밖에 못 있어요. 그동안 줄리아의 치료가 끝나지 않으면…… 슌, 어떻게 할래요? 남을래요?"

"놀고 싶지만, 이번만은 직무를 내팽개칠 수도 없지. 끝까지 동행할게."

"그렇구나. 그럼 이번에도 마을 결계를 조정하고 무사히 기능하는지 확인한 뒤 바로 공화국으로 가는 거지? 녹스헤임에서 배로 간다고 했나?"

"네. 누구 덕분에 그 항구에도 대형 선박이 정박할 수 있게 됐으니까요."

"더 칭찬해도 돼. 사실 우연이었지만, 일단은 더 칭찬해."

소 뒷걸음질 치다 쥐 잡은 격이었다. 코웬 씨도 자기 영지의 경제가 활성화되니까 만세를 부르겠지.

아무튼 졸려 보이는 주인장에게 양해를 구해서 가게 뒤편으로 들어갔다.

예전보다 시원하다고 느끼는 이유는 결계의 영향일까, 아니면 계절의 영향일까.

아직 마을 주민들도 잠든 시간이지만, 우선 촌장님 저택으로 향했다.

손잡이로 노크를 해도 촌장님은 반응이 없었다. 역시 너무 일찍 왔나?

하지만 대답은 없어도 저택 문이 조용히, 그리고 천천히 열리고—.

"……누군가요, 이렇게 아침 일찍……. 중요한 일이 아니면 가만 안 둘 거예요……."

눈과 목소리에 졸음기가 가득한 촌장님이 유령처럼 나타났다.

"정말로 죄송합니다. 그게…… 그 아이를 생각하니까 가만히 있을 수 없어서…….”

“마음은 이해한답니다. 그렇지만 그녀는 아직 잠들어 있어요. 조금 더 기다려주세요.”

어떻게든 촌장님을 달래고 거실로 들어가자 슌이 사과와 함께 줄리아의 용태를 물었다. 그러나 아직 한 달도 지나지 않았다. 역시 눈을 뜨기에는 이른 모양이었다.

“어디 보자…… 최근에는 여섯 시쯤에는 일어나 있어요. 네 시 전에 자발적으로 일어나는 사람은 이 마을에 아무도 없어요. 심지어 그녀는 몸이 아직 어린애예요.”

“……응? 촌장님, 지금 뭐라고…….”

“그 아이는 매일 아침 여섯 시경에 일어난다고요. 아침을 만들 때 도와주고 있어요.”

“……줄리아 치료가…… 끝났다는 말인가요……?”

“아 참, 그랬죠. 저번 주에 깨어났어요. 연락 수단이 없었는데, 얼마 전에 바에서 편지를 받고, 왔을 때 말하려고 그냥 있었어요.”

무덤덤하게, 아무렇지도 않은 투로 중대 발표를 툭 내뱉는 촌장님에게 모두 경악하고 말았다.

……다리아. 역시 통신 마도구는 급히 개발해야겠다.

“그런데 공화국에서 회담이 있다고요? 가능하다면 저도 참가하고 싶은데 허가해주실 수 있나요? 슬슬 이 마을의 자치권을 인정받고 싶네요.”

"자치권이요? 그야 장소의 특성상 외부의 간섭은 피하고 싶으시겠지만……."

"그게 힘들면 이 토지를 제가 사고 싶어요. 이곳은 원래 선대가 왕국의 선왕에게 빌린 땅이기도 하고요. 물론 합당한 값은 치를게요."

"펜넬에게요? ……이번 사건과 무관하지 않으니까 참가할 자격은 충분하다고 봐요. 줄리아가 깨어났다면 여기 머무를 이유도 없으니까 같이 가죠. 회담에서는 혹시 모르니까 누군가 호위를 동반해서—."

"아마미를 데리고 갈게요. 그 아이도 슬슬 밖으로 나가고 싶을 테고요."

어쩐지 급격하게 이 대륙의 정세가 변화하는 것 같다고, 이때 나는 느꼈다.

백발 엘프 마을의 촌장이 나라 대표들 앞에 나타난다. 그것은 이곳이 더는 은둔촌이 아니게 되며 『이 대륙의 일부, 삶의 터전 중 하나』라고 선언하는 행위가 아닌가.

국왕의 선언으로 서서히 백발 엘프에 대한 박해도 줄어드는 추세에 이는 더욱 큰 한 걸음이 될 것이다. 그런데 촌장님, 이쪽 상황을 얼마나 파악하고 계신 겁니까?

"슌 씨, 그렇게 초조해하시지 마세요. 앞으로 두 시간만 느긋하게 있으세요."

"미안합니다……. 그 아이가 깨어나고…… 몸은 좀 어떻던가요?"

"근육 감소, 관절 염증, 소화기 기능 부전이 있지만, 지금은 건강한 상태라고 볼 수 있겠네요. 일단 장치 안에 있는 동안 근육에 전기 신호를 보내서—."

촌장님이 말하기로는 재활이 필요한 단계는 이미 지났으며 지금은 조금씩 일상생활을 영위하면서 체력을 키우기만 해도 문제는 없다고 했다. 그리고 무엇보다 줄리아는 봉인에서 해방되어 여기서 치료할 때까지 있었던 일을 기억한다고 말했다.

"……우리는 신경 안 써도 되니까 일어나면 둘이서 마음껏 이야기해."

"그럴게. ……나는, 그 아이한테 참 한심한 꼴을 보였군."

그리고 줄리아가 일어날 때까지 기다리는 동안 다리아와 류에는 마을 결계를 다시 조정하러 나갔고, 남은 나와 레이스는 촌장님과 함께 조금 이른 아침 준비에 들어갔다.

슌? 너무 안절부절못해서 정신 사나우니까 그냥 거실에 앉혀 뒀다.

"그러고 보니 촌장님. 치세에게 요리 노트를 주셨다고요?"

"무단 복제 및 배포를 해서 죄송해요. 아, 그래도 간단한 것만 베꼈어요."

"아뇨, 상관없습니다. 마을 아이들이 기뻐하면 대환영이죠. 게다가— 그 아이한테 준 것도 감사드려요, 정말로. 감사합니다, 촌장님."

"……그 감사의 의미는 모르겠지만, 그 마음은 감사히 받을게요. 그렇다면 답례로 하룻밤 제 상대가 되어주시면—."

"촌장님, 카이 씨, 채소 다 잘랐어요. 다음에는 무, 엇, 을 자를까요?"

촌장님, 레이스가 근처에 있을 때 그런 농담은 좀……. 식칼이 섬뜩하게 빛나서 무섭다고요.

그러는 동안 촌장님이 말한 여섯 시가 됐다. 이미 다리아와 류에도 돌아와 모두가 모인 거실에 조용한 노크 소리가 들렸다. ……에잇, 이 긴장감, 못 참겠어!

"들어오세요~!"

"앗, 카이본, 너—!"

『어? 손님이 계신가요? 실례합니다.』

문을 열고 나타난 사람은 은발에 하늘색 눈동자를 가진 엘프 소녀였다. 머뭇머뭇 들어오는 그 모습은 겁 많은 동물 같기도 했다. 이렇게 보니까 확실히 류에와 닮았다.

"줄리아!"

그 순간, 슌이 일어나서 줄리아에게 달려가 자기보다 조금 키가 큰 그녀에게 안겼다. 그리고 연거푸 그 이름을 부르며 눈물을 흘렸다.

"……슌 씨, 줄리아 씨, 응접실을 쓰세요. 문은 열려 있어요."

"감사합니다, 촌장님. 줄리아, 가자. 하고 싶은 말이 많아……

정말로 많아."

"그…… 설마 오셨을 줄은 몰라서…… 저기, 알았어요."

슌은 일어나자마자 재회하여 당황한 그녀를 데리고 갔다. 촌장님, 저 반응을 보면…… 설마 줄리아에게도 우리가 오늘 온다고 알리지 않았나요?

"깜빡했네요. 절대로 반응을 즐기려던 건 아니에요. 건망증이죠."

"어머, 마음은 이해해요. 하지만 지금 상태를 보면 정말로 심신 모두 문제가 없나 보네요. 정말로 다행이에요. 지금쯤 슌은 그녀에게…… 혼나고 있겠네요."

"아뇨. 그녀가 깨어나자마자 처음 입에 담은 말은, 그의 이름과 사죄였어요."

자신을 위해 고뇌하고, 손을 더럽히고, 통곡하고, 좌절한 모습을 모두 보았기 때문일까.

하지만…… 그것들이 모두 지금 이 순간 보답받았다. 그러니까…… 사과할 필요는 없다.

어느샌가 류에, 다리아, 레이스가 함께 손수건으로 눈시울을 닦고 있었다. 나는 그녀들을 달래고 두 사람이 돌아오기 전에 아침 식사를 식탁에 차렸다.

§ § §

“다시 인사드릴게요. 『줄리아 에바 리스』라고 해요. 여러분께 큰 폐를 끼쳐서 뭐라고 사과를 드려야 할지…… 정말로—.”

“됐어, 됐어! 자, 이리 와! 또 안아줄게!”

“그게 저, 그때는…… 어린애 같을 때라, 조금 창피해서…….”

식사를 마치고 다시 줄리아가 모두에게 인사를 했다. 듣던 대로 그녀는 몸은 어린이지만, 정신은 어엿한 어른이라서 예전 일을 창피하게 여기는 듯했다.

하지만 류에는 그래도 상관하지 않고 자기와 닮은 조그만 그녀를 끌어안았다. 이렇게 보면 오히려 류에가 그녀에게 따르는 것 같았다. 아주 흐뭇한 광경이구만.

“줄리아, 우리는 앞으로 다시 세류로 가야 해. 나도 남아 있고 싶지만…… 미안해. 혼자서 집을 볼 수 있겠어? 외롭지 않아?”

“슌 씨, 저는 어린애가 아니에요. 게다가 그곳에 간다면…… 저도 갈게요. 파르닐 님도 저 때문에 마음이 아프셨던 모양이니까…….”

정말로 엄청나게 착한 아이잖아. 그 영주에게 그렇게 마음을 써?

“괜찮아? 몸도 아직 덜 회복됐잖아? 배를 타고 이동하기도 해야 해.”

"어머…… 그건 기대되네요. 저, 배는 처음 타 봐요."

이미 그녀도 따라올 생각이었다. 가는 길에 잃었던 시간을 마음껏 되찾으시게나.

"드디어 줄리아가 깨어났는데 우리는 이제 곧 다음 대륙으로 가야 하나……."

"……내 처음 여행 목적은 달성했지만, 역시 남은 칠성을 그냥 둘 수도 없지. 무엇보다…… 해방자에게 지시한 자가 누군지도 궁금해."

"그렇죠……. 카이 씨의 동생을 선택해서 소환할 정도니까…… 방치할 수는 없어요."

이미 칠성을 위해서, 세계를 위해서만이 아니었다. 지구에 남은 내 가족에게도 영향을 주는 이상…… 나에게도 그 존재는 완전한 적이다.

"하지만 그것도 회담이 끝난 뒤의 이야기지. 후우…… 강행군이구만……."

그러나 이로써 이 대륙이 다시 태어난다는 확신이 있기에 버틸 수 있었다.

나는 바로 아마미를 불러서 함께 공화국으로 갈 채비에 들어갔다.

……이번에는 누가 뱃멀미를 할까. 류에, 레이스 다음은 과연…….

§ § §

"우웨에에엑! 젠장, 이 해역 너무 흔들리잖아……. 왜 이렇게 흔들거려!"

"해저 모양이 바뀌었으니까요. 그 영향으로 해류가 불안정할 거예요. 설마 그때 공격이 세류 해역까지 영향을 줄 줄은 몰랐네요."

저였습니다. 아니, 이건 아마 수면 부족의 영향도 있겠지.

결국 줄리아와 촌장님, 아마미가 합세한 우리는 점심 전에 신데리아에 도착했고, 그곳에서 마차를 빌려 똑바로 녹스헤임까지 직행했다. 그리고 세류로 가는 배, 녹스헤임 영주 코웬 씨가 타는 배에 동승했는데, 나는 여기까지 거의 한숨도 자지 못했다.

"카이본, 뱃멀미 방지 어빌리티 없어요? 그걸 부여해 보죠?"

"그런 편리한 게 있으면 진작 부여— 앗, 부여하니까 생각났다. 나, 결전 때 너희한테 부여한 어빌리티 아직 안 돌려받았어. 이제 도로 가져갈게."

"에! 이거 엄청 편리하니까 저 주세요! 아, 아앗! 돌려주세요, 돌려줘!"

"원래 내 거야, 인마! 우웁…… 우웨엑!"

일단 다른 사람에게 부여한 것도 돌려받았다. ……응? 치세한테 준 어빌리티만 안 돌아오잖아……. 설마 가지고 떠나면 회수할 수 없나?

[재기]가 만약 지구에서 효과를 발휘하면 큰일이다. 천수를 누린 순간 벌떡 일어나면 호러라고, 호러. 뭐, 혹시 모를 사고의 보험이 될지도 모르지만.

"에고고…… 그게 있으면 편하게 위문도 다닐 수 있는데……."

"성녀의 공무를 즐기려고 하지 마. ……이 회담이 끝나면 어떻게 할래?"

"으음…… 당분간 성녀로서 왕족과 함께 이번 일의 뒤처리를 하러 다니겠죠. 그게 끝나면…… 다른 대륙과의 무역, 교류에 착수할게요."

"그래? 그럼— 오잉크와 한 번 이야기해 봐. 너지? 옛날에 그 녀석 부탁을 거절한 사람. 히사시일 때 너라면…… 정에 휘둘렸을 테니까."

"……네. 사과도 할 겸 그녀를 찾아가야겠어요. 슌도 같이."

"좋아. 그럼 기분도 나아졌으니까 나는 선실에서 눈 좀 붙일게. 밤에는 세류에 도착하지? 도착하면 깨워줘. 저녁은 거를 테니까 부탁할게."

"네, 그럴게요. 그럼 도착하면 깨울 테니까 푹 주무세요."

회담이라고 해도 이번에는 사건의 전말을 보고하는 목적이 크다. 나라의 미래에 관련된 자세한 내용은 우리가 여행을 떠난 뒤 다시 논의한다고 들었다. 조금 더 이 대륙에 남아서 복구를 돕고 싶은 마음도 있었다. 하지만 어차피 가까운 미래에 우리는 다시 만나게 되리라.

"……축하해, 오잉크. 또 한 발, 네 꿈에 다가섰어."

옛 동료를 모두 모아서 그 레스토랑에 모이고 싶다는 그녀의 소원.

이걸로…… 남은 사람은 두 명이다. 과연 그 둘도 이 세계에 와 있을까?

슌과 다리아 때와는 달리 『엘』도 『구~냐』도 전혀 정보가 없었다.

그리고 내 여행의 목적도 지금까지와는 달리 명확한 골이 없는 상태였다.

"정말로 바람 따라 구름 따라 유유자적한 여행이 되겠군……. 뭐, 어때. 내게는 이미…… 많은 동료가 있어."

이 대륙의 여행은 류에에게 큰 시련이 되리라고 생각했다.

실제로 류에는 큰 시련에 맞섰지만― 그것은 류에만이 아니었다. 내게도 버렸다고 생각한 과거가 큰 시련이 되어 길을 막아섰다.

그래도 나는 둘도 없이 소중한 동료를 얻었고, 외면하던 내 과거와도 다시 마주하며 내 마음에 하나의 매듭을 지을 수 있었다고 본다.

"자유롭게 살아라……. 그래, 네가 지금도 일본에서 살아 있다면 나도―."

선실 창으로 해류가 다소 거친 바다를 바라보며 앞으로의 여행, 그리고 일본으로 돌아간 동생에 관해 생각하며 나는 천천히 이 커다란 요람 속에서 잠이 들었다— 들었다고 생각했었다. 아니, 나도 자려고는 했다.

"카이본 씨, 죄송하지만 이불 속에 숨겨주세요……. 숨바꼭질을 하는 중인데 달리 숨을 곳은 다른 사람들이 모두 차지해 버려서……."

"……알았어. 그럼 류에가 오면 그때는 포기해……."

너 정신은 어른이라고 들었는데……. 그러고 보니 오랜 시간을 살고도 언제까지고 아이다운 일면을 가진 엘프 아가씨가 우리 집에도 있었죠…….

아무래도 오늘은 좀 더 졸음과 싸워야 하겠다—.

§ § §

차가운 바닥의 감촉. 그리고 그리운 냄새에 눈이 뜨였다.

몸이 아프다. 마치 온몸의 근육이 굳어 버린 느낌이었다.

익숙한 바닥 타일을 확인한 나는 아픈 몸을 억지로 일으켰다.

"어라…… 지금 나, 이상한 곳에서 가슴이 아파서…… 꿈? 어, 어라? 그래도 여기는?"

무척, 무척 그리운 장소. 쭉, 쭉 돌아오고 싶었던 장소.

내가 깨어난 그곳은 우리 집 거실이었다. 눈앞에 있는 테이블에는 내가 먹으려던 저녁밥 그릇이 놓여 있었지만 창밖은 밝았다.

"여기서, 잠들었어……? 전부…… 꿈이었다고?"

그때, 내 팔에서 귀여운 그림이 들어간 노트 한 권이 떨어졌다.

"……! 이거…… 역시 꿈이 아니야! 꿈이 아니었어!"

당황해서 목을 더듬자 카이 군…… 오빠에게 받은 펜던트가 있었다.

그럼 방금 봤던, 누군가가 가슴을 짓누르는 것 같은 통증은…… 꿈이었나?

그때였다. 거실문이 열리고 그토록 듣고 싶었던 아빠의 목소리가 들렸다.

"잘 잤니, 치세. 그 옷…… 일하고 와서 그대로 잤어?"

"아, 응……. 여기 쓰러져서 잠들었나 봐……."

"쓰러져?! 당장 회사에 연락해. 몸이 안 좋아서 병원에서 검사받아야 한다고. 나도 상사한테 같이 말해줄 테니까 어서 연락해!"

"호, 호들갑이야……. 응, 맞아. 아빠는 항상 호들갑이었어."

그리워서. 너무너무 그리워서. 확실히 오늘은 일을 못 할지도 모르겠다.

그렇게 나는 병원에서 검사를 받게 되었고, 그 검사 결과에 나도 의사 선생님도 깜짝 놀라고 말았다. 의사 선생님 말로는 마치 새로 태어난 사람 같다나? ……무슨 뜻일까. 정말로 새로 태어났나……?

■작가 후기

(´·ω·`)오랜만에 뵙겠습니다. 저자인 아이아츠시입니다.

이번 편으로 서디스 대륙 편은 거의 완결되고 이제는 여행을 떠날 일만 남았습니다.

이야기도 마침내 종반부로 향해 움직이지만, 이번 편으로 카이본의 처음 목적이던 『친구와의 재회』, 『류에의 과거와 관련된 엘프들의 청산』은 완료됐다고 할 수 있습니다. 그럼 남은 이야기는 어떻게 되는가? 유유자적 여행은 어떻게 되는가?

여기서부터는 마침내 이 세계의 근간에 있는 비밀, 해방자를 보내는 원흉에게 맞서고자 자신들의 의지로 목적을 정하는 여행이 되겠습니다.

다음 여행은 어떻게 될 것인가. 카이본을 제거하려는 자는 누구인가.

여행의 끝에서 카이본 일행은 그 비밀을 밝히고 행복한 결말을 쟁취할 수 있을 것인가. 부디 여러분의 눈으로 그들의 여행길을 지켜봐 주셨으면 합니다.

그럼 이번에도 여러분에게 감사의 마음을 담아 작별 인사를 드리겠습니다.

(´・ω・`)총총 꿀.

★ 후기 ★
10권도
읽어주셔서
감사합니다!
숨 막히는 전개였네요!
탄력이 붙었어요~!
11권도
기대해주세요!
桂井よしあき
카츠라이 요시아키
이 애…♥
귀여워~♥
근질♥

백수, 마왕의 모습으로 이세계에 10

초판 1쇄 발행 2022년 3월 10일

지은이_ Aiatsushi
일러스트_ Yoshiaki Katsurai
옮긴이_ 김장준

발행인_ 신현호
편집장_ 김승신
편집진행_ 권세라 · 최혁수 · 김경민 · 최정민
편집디자인_ 양우연
관리 · 영업_ 김민원

펴낸곳_ (주)디앤씨미디어
등록_ 2002년 4월 25일 제20-260호
주소_ 서울시 구로구 디지털로 26길 111 JnK디지털타워 503호
전화_ 02-333-2513(대표)
팩시밀리_ 02-333-2514
이메일_ lnovellove@naver.com
L노벨 공식 카페_ http://cafe.naver.com/lnovel11

ISBN 979-11-278-6388-3 04830
ISBN 979-11-278-4210-9 (세트)

값 7,800원

L NOVEL

옛 원칙의 마법기사 1권

히츠지 타로 지음 | 토사카 아사기 일러스트 | 송재희 옮김

「기사는 진실만을 말한다」
「그 마음에 용기의 불을 밝히어」
「그 검은 약자를 지키고」
「그 힘은 선을 지지하며」
「그 분노는— 악을 멸한다」
전설 시대 최강의 기사라고 평가받는 동시에『야만인』이라는 이명을 가진 시드 블리체.
캘바니아의 젊은「왕자」에 의해 부활한 남자는 마법기사 학교의 교관으로 부임한다.
창설자 기사의 이념을 이어받은 네 개의 교실 중에서
그가 배속된 곳은 공교롭게도 자신의 이름이 붙은 낙오 학급(클래스)인데…….
"너희 말이야, 기사로서 부끄럽지 않아? ―일단 검을 버려."

최강의 기사는 야만인―. 새로운「교관」시리즈 개막!

NOVEL

라이트노벨의 새로운 빛! L노벨의 신간은 매월 10일에 발매됩니다. http://cafe.naver.com/lnovel11

L NOVEL

라스트 라운드 아서스 1~2권

히츠지 타로 지음 | 하이무라 키요타카 일러스트 | 박경용 옮김

모든 면에서 타고난 능력이 지나치게 뛰어났던 탓에
공허한 나날을 보내고 있던 마가미 린타로.
무료함을 달래기 위해 일부러 『최약』이라 불리는
루나 아르투르의 진영에 가세해, 다가오는 위기에서 세계를 구할
진정한 아서 왕을 정하는 《아서 왕 계승전》에 참가하게 되지만…….
"내 엑스칼리버는…… 팔아서 돈으로 바꿨으니까."
루나는 성검을 팔아치우거나, 소환한 《기사》 케이 경을 코스프레시켜서
이용해먹기까지 하는 문제아였다!
그러나 절망적인 위기에 처했을 때
루나는 린타로조차 인정할 수밖에 없는 강함을 보여주는데—.

새로운 아서 왕 전설이 여기서 시작된다!

라이트노벨의 새로운 빛! L노벨의 신간은 매월 10일에 발매됩니다. http://cafe.naver.com/lnovel11

NOVEL